沈奇诗文选集

A COLLECTION OF POEMS AND ESSAYS BY SHEN QI

沈奇 著

【卷三】

中国社会科学出版社

【卷三】 当代诗潮散论

前　言

卷三，三辑集成。选收20世纪80年代中期至今40年间，有关两岸当代诗歌发展的一些看法和议论。

辑一为6篇散议，就两岸诗坛探讨对接与整合的可能；辑二为9篇杂论和2篇序言及1篇导言，聚焦大陆先锋诗歌运动之节点问题；辑三为8篇访谈与对话实录，涉及诗心、诗运及诗学诸问题之散点杂谈。

涉足两岸当代诗歌理论与批评，有话想说，便性情使然地一路说了过来。到底，也只是在命运驱使下，说了一些该我说或者我该说的话而已，并因了对文字的少许敏感，还可以做到自圆其说，也便敝帚自珍而立此存照了。

没有固定明确的立场，只有一以贯之的情怀：在场、直言、有我、有担当、有问题意识，再将其写成可以读下去的文字，如此而已。

目录

【辑一】

- 003 我们需要怎样的新诗史——关于新诗史写作的几点思考
- 011 "体制外写作"与写作的有效性
- 016 中国新诗的历史定位与两岸诗歌交流
- 029 误接之误——谈两岸诗歌的交流与对接
- 037 回家或创造历史——《创世纪》创刊50周年感言
- 043 台湾"创世纪"诗歌精神散论

【辑二】

- 057 过渡的诗坛——关于当前诗歌创作的断想与推论
- 068 第三代后：拒绝与再造——谈当代中国诗歌
- 075 运动情结与科学精神——当代中国新诗理论与批评略谈
- 080 过渡还是抵达——关于后现代诗的几点思考
- 085 分流归位　水静流深——世纪之交大陆诗歌走势
- 089 热闹中的尴尬与困惑——从诗坛两个"排行榜"说起
- 094 秋后算账——1998：中国诗坛备忘录
- 110 中国诗歌：世纪末论争与反思
- 130 从"先锋"到"常态"——先锋诗歌20年之反思与前瞻
- 142 世纪交替的诗之摆渡——《九十年代台湾诗选》序
- 148 诗在西北——《明天》诗刊第二卷"西北诗群"导言
- 163 回看云起——《当代陕西先锋诗选》序

【辑三】

189　传统与现代——与郑愁予对话录

199　诗心·诗学·诗话——与简政珍对话录

215　从"大中国诗观"到"天涯美学"——与洛夫对话录

233　典律、可能性与优雅的诗歌精神——与李森对话录

258　新世纪大陆诗歌面面观——答诗友20问

274　语言、心境、价值坐标及其它——新世纪诗歌现状散议

283　个人、时代与历史反思——答诗友胡亮问

304　诗性生命历程的"初稿"与"原粹"——"八十年代大学生诗歌运动"访谈录

辑一

我们需要怎样的新诗史
——关于新诗史写作的几点思考

我们需要怎样的新诗史?

提出这样的命题,显然有悖常理。历史不能需要,历史是先于需要之前的一种客观存在,不可能应需要而发生或改变。但人们也知道,历史的存在是一回事,对历史的书写又是一回事。

作为文本形式存在的历史,必然是经由文本书写者无可避免的误读所生成的另一种意义上的写作。而写作不是记录。写作更多地指向当下,或许还指向未来。就当下而言,它必然要体现写者的立场、观点、方法,以及其精神底背和文化语境的影响;就未来而言,它还需提供可能的开启、导引与理想。因此也可以说,书写的历史总是应某种需要而书写的,所谓客观,所谓权威,还有所谓公正,可能终归只会是一个逻辑神话。

重写文学史已成当前学界的热门话题。一个世纪的结束,又一个新世纪的到来,特殊时间节点的提示,引发某种回应的需要,有如历史总会在某些特别仪式中被特别地记取。不过，这种需要很可能只是一种借用。对现行各种文学史之陈旧与缺憾的不满而求修正，才是本质意义上的需要。这需要由潜在而凸显，由学术探讨而付诸现实，不能不说是一大历史性的进步，当然，更是一种挑战。

看来"需要"已成共识。接下来的问题是：谁的需要？

有写者就有读者；有对历史的书写就有此书写的受众。历史的书写者不可能依从受众的需要而书写历史（怎样的受众？怎样的需要？肯定是无法先行解决的问题），但也不能由此忽略受众对历史书写之合乎历史的吁求。历史书写常常是由书写者个人来完成的（小的集体写作也属于个体的范畴），这种完成所形成的文本，却须经由读者的接受，才得以最终的或者说有效的完成。过去的各种历史书写，尤其是文学史，之所以问题成堆，其关键之一，就是完全不考虑受众的存在，唯上是问，唯主流意识形态是问，强行给予，被动接受，是以难得亲和而徒有形式。

由此想说的是，重写文学史，既是学者/写者的需要——出于对历史的负责，也是读者/受众的需要——出于对现实的感受。本文命题中的"我们"，正是站在新诗史之受众一面，代表普泛的诗人、诗歌研究者与爱好者，对中国新诗史的写作，提供一点专业外的思考。当然，这种"代表"是否具有代表性，也很难去自我认定，只能是自命的真实。

说思考，实际也未及作学理性的深究，只是一些由体验而生发的建议。概括而言，可归总为六个修复，即：对历史真实的修复；对艺术真实的修复；对知识分子立场的修复；对民间立场的修复；对独立、个在的写者立场的修复；对新诗之典律的修复。

一、对历史真实的修复

这是首要的修复，所谓"重写"的前提。

这种修复，从技术层面来看，或许也是一个逻辑神话——怎样的"真实"？是史实的真实还是意义的真实？是再现与还原的真实还是书写的真实？大概真正能落实的，首先是对历史负责的严正态度与纯正立场。

至少，要剥离意识形态的纠缠，减少政治框架的制约，把诗歌史的写作还给诗歌本身，还给诗学本身。比如先行找回在此前被体制性话语所遮埋或扭曲的部分，以此为基点，校正偏颇，弥补缺失，尽可能地恢复新诗发展的本来样态，尤其是其内在理路，并运用新的观念来予以整合。

特别是，在当代诗歌史部分，如何看待和处理官方诗歌与民间诗歌的矛盾，社会政治及多元文化语境与诗歌本体的矛盾，实验性诗歌写作与常态性诗歌写作的矛盾等等，就更需要超越性的目光和开放性的胸怀，以及富有创建性的具体写作策略。

二、对艺术真实的修复

比起别的新文学样式，新诗的发展，显得较为复杂和混乱。诗与非诗，纯诗与伪诗，泥沙俱下，鱼龙混杂，特别需要艺术层面的廓清。

为此，能否绕开所谓社会、思想、语言形式三大要素并举的老套路，以及跳出"思潮"、"运动"、"社团"三大主干的旧理路，着重力于诗歌艺术发展的新理路之梳理与开掘，来搭建新诗史写作的新平台，无疑是一个巨大的诱惑。——我们甚至期待一部有关新诗语言艺术史的出现，乃至仅以经典文本细读为基本框架和叙述脉络所展开的新诗史写作。总之，那种多以现象的指认，史实的辨识，疏于审美意义与艺术考量的套路和写法，实在是早已该从根本上予以改变的了。

而诗歌发展的现实，尤其是当代诗歌部分，其实已经为新的平台的建构提供了较为丰富的资源。

比如，就诗的品位而言，可见出"纯正的诗"与"庸常的诗"的分野；就诗的品质而言，可见出"有原创意识的诗"与"派生/仿生的诗"的分野；就诗的创作立场而言，可见出"生命性写作"与"社会性写作"的分野；就诗的艺术造诣而言，可见出"专业性写作"与"非专业性写作"的分野。以及"重要的诗及诗人"、"优秀的诗及诗人"、"重要而不尽优秀的诗及诗人"、"优秀而并不重要的诗及诗人"、"既重要又优秀的诗及诗人"之区别，等等。

这样界定，并不是为了划分什么阵营，而在于力求廓清理论认知，不再将不同质的东西作同一的比较（这是一些旧有诗歌史常犯的低级错误）。从社会学的角度而言，那些徒具诗形的诗（如各类政治化、宣传化、工具化的诗歌）也有存在的价值，但从诗学的角度而言，必须指出它非诗性的属性，不能混为一谈。这样，不但可以增加新诗史写作的内在张力，提供更多的"可写性"，也能有效地提升对新诗从诗体建设到诗学建设的认识。

三、对知识分子立场的修复

这里的"立场"有两个指向：一是新诗发展历程中，所凸显或隐含的知识分子立场；二是当下新诗史的写作中，所应持有的知识分子立场。

百年汉语新诗，尤其是上世纪 80 年代以降的大陆现代主义新诗潮，已成为百年中国文化最为真切的呼吸，成为百年中国人尤其是中国知识分子精神生命与思想脉息最为真实的隐秘居所。彻底的批判精神，超越性的先锋意识，持续攀升的艺术探求，对东西方诗质的创世性熔铸，与世界文学的接轨和对人类意识的认同——这些由新诗创作成就所产生的历史意义，无不与一代又一代具有独立人格和艺术抱负的知识分子参与其中而息息相关。在坚守艺术良知的前提下，不失对时代忧乐、世道人心、文化乡愁等诗歌精神的担负，已成为中国诗人某种深度承传的优良传统。

这一传统，既是新诗史写作的重要对象，也是其重要动力或基本立场。没有这一基本立场的修复，上述所谓历史真实的修复与艺术真实的修复，都可能付之空谈。

百年中国新诗史，既是中国新的诗歌形式的艺术探索史，又是中国知识分子的精神奋斗史，二者相辅相成，互为链接，成为推动新诗发展的深度链条。抓住这一链条，自会避免以往的偏失或肤浅。

四、对民间立场的修复

这里的"民间"，依然有两个指向。

其一，特指20世纪50年代之后，大陆新诗发展中，一直存在的非官方、非主流以及非公开的以民间诗歌或"地下诗歌"社团与报刊为运作方式的诗歌创作形态。正是这一形态，构成后来朦胧诗、第三代诗和90年代诗歌的基础与中坚，成为百年新诗又一创世般的造山运动，并由此彻底改写了20世纪下半叶大陆新诗发展的格局，成为其真正的制高点和真切的灵魂所在。

这是一种极为特殊的诗歌现象：它以潜流的形态隐伏于民间，却又最终成为真正意义上的主潮，一直是当代诗歌的活力所在、方向所在、价值所在，具有不可忽视的影响力与号召力。即或当时代转型，民间诗歌已为官方诗坛所接纳或兼容，不再有生存的艰难时，大量先锋诗人依然乐于选择这种独立自由的运作方式，以至成为一种传统，其隐含的心理机制和美学意味，值得深入追究。可以说，对于当代中国新诗史而言，大陆民间诗歌的存在，具有根本的、决定性的意义。不可想象，如果没有对这一宏大而持久的民间诗歌的书写，没有对"今天"、"非非"、"他们"等民间诗派的深入研究，当代新诗的历史将是何等的困乏和苍白！

由此，必然要涉及新诗史写作者的立场转移的问题，亦即"民间"指向的第二重意义。一方面，若依旧抱着"庙堂意识"和体制性话语的老套路来看待民间诗歌，难免会导致歪曲或改写；另一方面，面对民间诗歌写作方式之个人化和隐蔽性，所造成的历史书写之技术层面的极大困难，若不转换立场，引入民间视角，以保持一种写作的在场性，包括必要的"田野调查"，而一味在二手资料中打转转，也难免不生隔膜，乃至造成失语的尴尬。

同时还需要指出的是，民间立场的修复，不仅是诗歌现实对历史书写的呼求，更是历史书写本该就具有的一种精神品质。中国新诗史的写作，是否也可以像当代民间诗歌写作那样，"坚持独立精神和自由创造的品质"（韩东语），时至今日，大概已是不言自明的认知了。

五、对独立、个在的写者立场的修复

无论是知识分子立场还是民间立场，其共有的灵魂是其个人性与独立性。

长期以来，由于教育的国家化所导致的教科书的国家化，使文学史的书写一直难以改变其刻板、教条、僵化的面孔，所谓"严谨"，所谓"科学"，也便常常成了缺乏独立思考与个人担当的托词。教科书式的历史书写，不但剔除了历史进程原本的鲜活肌理，也使书写本身变得毫无生趣，对这种书写的阅读自然也成了乏味之事。

走出教科书的阴影，回到独立、个在的自由天地，在尊重历史、坚持学术性的前提下，不失写作者个人的思想寄寓、情怀寄寓以至学养和文采的寄寓，以改变此前的困境，看来已成重写文学史的必然选择。正如洪子诚先生在其《中国当代文学史》（北京大学出版社1999年版）"后记"中所言："当代文学史的个人化编写，有可能使某种观点、某种处理方式得到彰显。"

尤其是"处理方式"的个人化，有可能从根本上解决学术性与阅读性的矛盾，甚至不再排斥写作者个人书写风格的因素，使之不再那么生硬，在史实的脉络与学理的骨架之外，尚有肌理感的存活，以及叙述风格的可欣赏性。对于诗歌史写作来说，这一点更为重要，失却个在的感性体验与言说方式，仅凭观念、学理和资料来书写，总难免会差之毫厘而失之千里，更难说有多少创造性的建树。

六、对新诗典律之生成的修复

新文学以诗为旗，几乎在百年中国文学发展的每一转折处，都扮演着开路先锋的角色。一切有关美学、哲学、文化思潮的先锋性命题，无不率先以诗为载体而折射、而实验、而导引。或许正是这种不堪重负的角色促迫，加之唯新是问的运动情结，使得新诗一直难以回返自身艺术本质与艺术特性的确立，长期处于失范的、变动不居的状态中，以致至今我们还在讨论有关新诗标准的问题。新诗似乎越来越成了一种随遇而变的写作，不但远离古典诗质的源头，甚至连自身发展中所积累的一些传统，也不做归拢珍视，便总是只剩下当下手边的一点"新"。

因此，有关新诗危机的提醒和追问，一直未曾中断过。究其因，最根本之处在于形式的失范与典律的涣散。

由此，多年来，在整个文学研究领域中，新诗理论与批评虽不乏活跃，且常有得风气之先的佳绩，但每每一遇到有关诗体建设等基本问题时，总难免有说不起话的尴尬：缺乏可通约的艺指标，给不出基本的诗美元素，只能多以诗潮来说话，与时而变，因时而异，且总是各说各的，难以在一个共同的谱系中展开对话。对这一问题的勘测与省视，能否通过新诗史的写作，予以有效的探求，看来已成为一个颇为诱人的新课题。

至少，可通过宏观的梳理，在多变中找出不变的因子，重新认领新诗自身构成的一些基本元素，来给予正面导引的参照，以求强化典律的意识；或者，从对非诗因子的清理入手，包括对那些在新诗发展中起过重大影响的创作路向之负面作用的清理，以证伪的方式来剥离出潜在的典律之可能。特别是在与新诗史配套的作品编选中，更应将典律的生成作为首要的编选理念来实行，尽量避免"流变史"式的习惯路数，以强行"引入意义"，建构谱系。

应该还有其他的一些修复。

如，对新诗历史版图的修复：不再将台湾新诗"打入另册"，整合进统一框架，"进行整体的观照和同步的论述"（洪子诚语）。再如，对不同发展阶段之新诗命名的科学性修复，对那些以政治概念命名所带来的后遗症予以必要的清理等。对此，本文尚未有成熟的思考，这里只作建议提出。

而所有的建议，都是说来容易做来难，尤其是新诗史的写作，更是难中之难。在当代一切有关文学的话语中，对诗的言说不但早已成寂寞之说，且日益变为艰难之说，何况要为诗治史？

然而越是难说之处，也越是能产生有创造性之说，真正有志现代诗学的人们，自会守寂寞以沉潜，历艰难而超拔，给时代的吁求一份出色而坚实的答卷。

2003 年 4 月

"体制外写作"与写作的有效性

自古文学写作，本就是个人之事，只是到了 20 世纪下半叶，国人非得将这种个体劳作和国家体制挂起钩来，方有了后来所谓"中国特色"的文学尴尬，即体制内与体制外两种不同的写作机制和文学道路。几十年至今，许多有关文学艺术创作的论争，无不与此有关。

如今，将"体制外写作"作为一个严肃话题，公开提出并予以讨论，无疑是具有历史意义的；既具有思想史的意义，又具有文学史的意义。

其实大家都明白，这个"结"早就该解开了。记得两年前，我在一则日记中写下过这样一句话："在体制或时尚的网络上，诗，永远是一只失效的鼠标。"这里的"诗"，不单指写诗，更多地指向诗性生命意识，套句老话，即"独立之精神，自由之思想"（陈寅恪语）。这句话，当时也只是顺手划过，现在翻出来与"体制外写作"挂钩再细琢磨，觉得颇有意思。

首先，我发现我无意间把"时尚"与"体制"挂靠在一起，将其并轨为同一"网络"，无意中触及到了有关"体制"的外延问题。体制不单是意识形态化的。体制无所不在，时潮、风尚、广告、网络、信息等等，都可能转化为一种体制。我在《诗刊·下半月刊》组织的"新诗标准讨论"笔谈中，就指出："这是个唯时尚是问的时代，看似个性张扬，实是无性仿生。众所周知，诗是最忌时尚化的——诗的本质在于跳脱公共话语的驯化，重返生命本真，时尚正是商业时代公共话语的最大制造者。"

这里并非避重就轻，而确实就是感到"时尚"已成为当下诗歌写作影响最大的东西。这种对个性的抹杀，对本真言说的驯化，本质上就是体制性的，话语体制或叫做体制性话语。当然，比起政治体制、经济体制，它显得比较隐蔽一些，不那么明目张胆、咄咄逼人，但也因此更危险。

由此可否认为，体制有显性体制与隐性体制之分。

就前者而言，所谓"体制内写作"及"体制文学"，可能只是一些个别现象，尤其是在20世纪的中国，表现得特别突出；就后者而言，恐怕就是一种普遍的人类现象了，更值得警惕。从这一思考出发，我赞同"广义的体制"的说法，即"体制外写作"必须是从所有的体制化角色中退出，只以本真自我为基点的，甚至要警惕连"体制外写作"也可能演化为一种姿态、一种时尚，进而成为一种新的"体制"。

由体制（不论何种体制）去定义个人，而不是由个人去定义体制，一直是我们的老传统，是我们难以排拒的文化基因。这种可称之为"体制合作主义"的东西，已成为中国知识分子的一个文化潜意识，是以时时刻刻总想往体制上靠，既安全，又保证了功名,很难一下子消除。市场经济的推行,局部消解了一些旧有的人生依附关系,但对于依附习惯的中国文化人,是否又会自觉地去依附别的什么"庞然大物",譬如变体制人格为时尚人格,以及其他等等,恐怕一时难以完全排除。

因此,对"体制内写作"或"体制文学"的反省,必须是全面的反省,不能仅局限于某一范畴。否则,当寄生于其中的某一范畴之体制转型之后,是否就不存在"体制外写作"的逻辑对应关系了呢?

再者,个人的独立精神、自由思想及艺术追求,是个不断展开的过程,特别是诗人、作家与艺术家,他们是永远的"游牧民族",因而,"体制外写作"的提出,就应基于对所有体制化人格的退出,而不是仅针对某种体制而言。"君子不器","不"得是所有的"器",而非一时一地之"器",由此才能进入一种自觉自在的"体制外写作",避免其仅仅成为一种姿态,或转化成别的什么。

这就要说到写作的有效性问题。

文学写作与艺术创造,本质上是个人性的,非"独立之精神,自由之思想"难以达到真正意义上的"登堂入室"。——这个"堂"是艺术殿堂,这个"室"是思想密室。

也就是说,真正的文学艺术,是个人担当精神和超越气质的结晶,是其生命激情与艺术灵感的个人化产物。尽管这种个人化不免要受到世道人心、时代风尚等文化语境的影响,但具体到运思及落于文本的过程,应该是完全独立的、自由自在的、以个人的真情实感为基点的。由此所生成的文学艺术,也才谈得上是现代人之独立精神、自由思想及诗性生命意识的获救之舌。

而,所谓文学艺术的本质功用,其实正在于解放性灵、重返本真，以跳脱各种体制性话语的拘押与驯化，免于成为类的平均数。从这一点来看，所谓"体制内写作"或"体制文学"，就其发生学根本而言，实际上是一种失效的写作与失效的文学，因为它背离文学艺术的本质属性，成为体制化人格的工具，与体制性话语共谋，来化掉本应重新找回和确立的个人之独立精神与自由思想。

由此回头重新审视百年中国新文学、新文艺，自会发现：凡是"体制内写作"占主导地位的时代，必然是艺术匮乏、文学失效的时代，一旦"体制外写作"得以恢复和崛起，文学艺术也必然得以复兴，得以回返本质在性，成为有效的写作，有效的文学与艺术。

对此，我曾在一篇文章中，将中国新诗最有效写作部分划分为三大板块，即：上世纪20及30年代新诗拓荒期为第一板块，50年代至70年代台湾现代诗勃兴为第二板块，70年代末崛起，横贯80年代与90年代的大陆现代主义诗潮为第三板块。并由此指出，追索这三大板块形成的根本原因，无非是"自由创作，同仁刊物"这八个字。

事实是，即或还有陈旧的语文教材仍在那儿坚持着陈旧的诗歌教育，但在真正的诗歌阅读，包括大众与小众、欣赏性阅读与研究性阅读那里，几乎所有"体制内写作"的诗歌，那些徒有诗型而无诗性的应时应景之作，都早已烟消云散，不复为人们记取，是谓"无效的写作"。

这种写作的根本问题，在于它从一开始，就是失却主体人格支撑的一种寄生性写作。寄生必然依附，或有别的依附可替代，便转投他图，而一旦所依附的寄主不复存在了，寄生者也自然不复存在而随之失效——这一逻辑所在，从来没有也不可能失效过。

同理可知，所谓"体制外写作"，最终也还是要归结为"有效的写作"这一点上来。"体制外写作"由于其发生学上的合理性，为写作的有效性提供了可能，但绝不是保证。换句话说：它有"有效"的属性，但属性的实现以及如何实现，又是另一回事。

这样说的意思是想提醒："体制外写作"不是一种身份，甚至不是一种写作立场，好像立场和身份转换了，写作就有效了。而且，落于身份与立场的认知，也容易落入二元对立的陷阱，或可一时发奋，终难持久发展。如前所言，"体制人格"已成为中国知识分子的一种文化潜意识，不是换一个身份与立场就可以解决的。"体制外写作"更多应该强调的，是一种孤绝的精神气质，方能保证创作者对艺术的真诚和对思想的虔敬，进而保证写作的起码的品质，即其有效性。

当然，真正的有效，思想和艺术的双重有效，精神和气质之外，还有赖作者的才具之高低。"诗有别才"，道成肉身，真实的言说与言说的真实（艺术的真实）之间，还有一段过程。不过，那又是另一个话题了。

2003 年 4 月

中国新诗的历史定位与两岸诗歌交流

一、百年中国与新诗 80 年

向晚落暮，又一个世纪末逼临我们这个东方大国。

至少中国的文化界尚能记得，当 19 世纪落下帷幕，20 世纪即将开场之际，曾有多少仁人志士不无真诚而又热狂地预言：新世纪将是中国文化以及东方文化演主角、唱大戏、光复昔日荣耀、主导世界潮流的时代。

雄鸡唱白之后，转眼便是乱云低迷的薄暮。回首百年中国文化，我们面临的是怎样的反思与结论呢？

向以悠久、牢固、自足、雄视天下著称于世的中国文化，在这个世纪里，遭遇到西方文化空前的冲击：引进、接种、裂变、解构、拿来、移植、冲撞、交汇……如此等等，一条源远流长的东方文明大河，渐次离散为百湖千沼，呈现一片前所未有的驳杂、散乱和混沌。

无论是文化心态、文化性格还是文化观念，无论是思维方式、情感方式还是审美方式，风俗、习惯、生活、语言等等，无一不受到中西文化碰撞和交汇的深刻影响，几千年传统文化的血缘就此断裂，由其构成的传统物质秩序和传统精神秩序也随之解构，而新的秩序结构又不断移步换形，在在无所适从……显然，这是一个破坏大于建设、离散大于凝聚、拒绝多于再造、剥离多于衍生、裂变强于整合、解构盛于结构的，漫长而艰难的文化再生之准备和过渡——历史走到了这一步，自有它的道理，而界说有待另一个黎明，站在21世纪门槛前的中国知识分子，暂时面对的只是一个词：尴尬！

尴尬之余，尚有一点慰藉，即现代中国新文学及新艺术（以音乐、美术、电影为主）所开拓的崭新局面和所展示的宏大进程——以文学为发轫的"五四"新文化运动，最终也仅可以文学而自慰，这种"偏瘫"文化现象，恐怕是始作俑者所未料及的，而其中深含的历史成因，更是有待探讨的大题目。

在这一宏大的中国新文学（艺术）进程中，新诗则又占有独领风骚的特殊地位。以"五四"为起点的所有新文化之进发中，唯有新诗进程持续激荡，一浪高过一浪，并最终拥有辉煌的成就。——这是一次创世性的、造山运动般的崛起，一次从语言到形式到内容的全新的出发，是百年中国文学中持续高耸的山系之一，其身影的投射，已远远超过了诗本身。

新诗成就的历史意义体现在五个方面。

1. 彻底的批判精神

诗是人类生命一种最自由的呼吸，尤其是现代诗（国人故称自由诗）。因而新诗从本质上是不甘受现实的羁绊和传统的束缚的，具有彻底的、先天性的批判意识——从思想的到艺术的，从社会形态的到个体生命的，其对追求自由表现的激烈程度及对历史现实的深刻影响，为其他文学文本无法企及。

2. 超越性的先锋意识

作为敏锐、轻捷、灵动和超验性的新文学品种，新诗已成为现代意识和现代审美情趣在现代中国传播和高扬的最主要通道。一切有关美学、哲学、文化的先锋性命题，无不率先以诗为载体而折射，并做超越性的实验和导引。这一先锋意识，已成为中国新诗发展中熠熠闪光的深度链条。

3. 持续上升的艺术探索

现代诗人有一种反传统的"传统"，是一些永不满足的艺术"冒险族"。由此产生的强大驱动力，推动着新诗不断地求新求变，超越已有的成就。这种持续不断的、加速度般的艺术探索态势，促使新诗在面对旧体诗的巨大笼罩和其他新文学品种的挑战中，及时调整自身的艺术形式并占有独立的领地，且比其他文学艺术较早地赶上了世界文学艺术发展的步程。

4. 对东西方诗质的创世性熔铸

新诗向有"舶来"之嫌，然历史已证明，正是这种"舶来"，使汉语诗歌产生了革命性的飞跃。很难想象没有这场诗的革命，依旧泡在古典诗词"残山剩水"中的汉语诗歌会是怎样的一种境况。而所谓的"中国风格"，也并未在这种"舶来"或"移植"中丢失，反而得到一定的激活与发扬，变近亲繁殖式的儒道互补为具有杂交优势的中西互补，为汉语诗歌走出国门、走向世界奠定了坚实的基础。

5. 与世界文学的接轨和对人类意识的认同

让诗回到人，回到整个现代人类意识的认同上来，是熔铸了东西方精神、东西方诗质后的汉语新诗，留给后世的最宝贵遗产。

在这个充满暴力、对抗、忧患和各种危机的世纪里，新诗（尤其是 80 年代大陆现代主义新诗潮）已成为百年中国文化最真实的呼吸，成为向来缺乏独立人格自由精神的现代中国知识分子，其真实灵魂的隐秘居所，也同时成为东西方精神对话的真实通道。不断消解狭隘的阶级利益与狭隘的民族利益的困扰，顽强对抗各种意识形态暴力的迫抑，最终以独立的现代精神人格和独特的现代艺术品质，率先走向世界，与世界文学接轨，成为 20 世纪人类文化宝库中不可或缺的一个重要组成部分——诗，再次为作为文学中的文学而骄傲，百年中国文化，也最终为拥有诗的辉煌而自豪和欣慰！

二、中国新诗的三大板块与台湾现代诗的历史地位

由于历史的原因，中国新诗自 50 年代后，一直分割为海峡两岸各自为阵。进入 80 年代中期，几度春风，交流渐开，使用同一母语而天各一方的两岸诗界方渐渐熟悉起来。一个大中国诗歌的概念由此提出，并成为世纪末中国文化一个夺目的亮点。

由这一概念出发，纵观 80 年（至世纪末）汉语新诗，似可概分为三大板块。

第一板块为 20 年代至 40 年代初的新诗拓荒期。开一代先河，树百年高标，既有整体的推进，又不乏个性品质的闪光，其大业伟绩，已无可争议地为史家所公认。

第二板块为 50 年代至 70 年代的台湾现代诗。这是在特定的历史时空下，汉语新诗的一次特殊繁荣期。因政治困扰而偏离正常发展渐趋萎滞的新诗进程，再次得到良好的承传和拓展，使这一板块成为特殊意义的存在。

第三板块即中国大陆自 70 年代末崛起，横贯整个 80 年代和

90年代的现代主义诗歌大潮。群雄并起,流派纷呈,声势浩大,成就卓越,成为新诗80年最为辉煌壮观的昌盛期。①

三大板块构成汉语新诗山系的三座高峰,其共同的标志是:

1. 拥有一批有影响力和号召力的杰出诗人,及优秀的诗人群体;

2. 产生了大批有广泛影响的诗歌作品及经典文本;

3. 形成了整体的诗歌运动,并由此推动了新诗的发展,乃至促进了整个文学的繁荣;

4. 对新诗艺术的成熟有突破性的贡献;

5. 与世界文学的对接和与人类意识的交汇。

这三大板块中,第一板块已有定论,第三板块有待后说,本文着重在以大陆论者的立场,全面估价第二板块亦即台湾现代诗的历史地位——作为大中国诗歌的倡议者,我认为现在是到进入这种话题的时候了,过去那种大陆现代诗学中忽略台湾现代诗成就的存在,台湾现代诗学中忽略大陆诗歌成就的存在的不正常现象,是该结束而融会贯通为是——这实在是一次两岸比肩崛起的"造山运动",只是在时空上稍错前后而已,忽略任何一方,都是不完整的。

台湾现代诗,发轫于50年代。经"移植"之开启,"超现实主义"之拓展,晦涩、明朗、归宗、乡土、新古典、口白体、知性、感性之纷争割据,反思而后整合,经30余年、两代诗人的投入,终于形成近800位诗人、1300多部个人诗集、100多部各类诗选、200多部诗评论集、先后150多家诗刊诗报的宏大局面,且

---

① "三大板块"是个粗略划分,尤其第三板块,自然还应包括近半个世纪来,在大陆坚持纯正写作的许多中、老年诗人和他们的艺术成就,但作为这一板块的主体,历史地看,当以80年代以降之现代主义新诗潮为是。

进入多元共生、诗才代出的良性发展期。①

台湾现代诗的出发,落脚于"横的移植"与"纵的继承"之交叉坐标上,其起步是稳健的,方向是明确的。这里的"横的移植",不仅是指西方诗质,也主要包括了西方精神;这里的"纵的继承",既指中国传统人文精神和古典诗美,也含有对新诗前30年成就的承传。

对西方精神的"移植",实质在于强化一向孱弱闲适的中国诗人的批判精神,和对外来文化的消化能力。没有这一移植,诗质的移植只能落空。批判精神的强化和发扬,首要的功用在于保证了台湾诗人对汉语新诗道路的清醒认识。他们在逐步摒弃了对政治的附庸和社会学的成分之后,专注于新诗的纯正发展,使之不至于在政治危机中夭折,且最终获得了蓬勃的生机和新的高度,这实在是台湾现代诗对新诗首要的一大贡献。

批判精神的强化和发扬的另一重要功用是,它有力地激发了台湾现代诗人,对处于危机时代的现代诗之深层意义的追求。从对个体生命意义的探求,到与当代人类精神的契合,以诗性的透视与思考,反映出民族与个人在时代嬗变中的生存体验和精神真貌,从而大幅度地扩展了现代诗的表现层面和精神深度。这是台湾现代诗的又一重要成就。

相对于大陆80年代现代主义新诗潮的代表诗人来讲,台湾现代诗的拓荒者,亦即后来成为主将们的前行代诗人群体,其作为诗人的文化背景是大不相同的。毋庸讳言,传统人文精神在他们身上因袭很重,以这种精神去沟通"现代",便形成两种效应,即对现代性接受的不彻底性和对传统的再造意识。台湾现代诗人们

---

① 此处数据依据张默《台湾现代诗编目·1949—1991》统计,台湾尔雅出版社1992年版。

尽管都切切实实地经由了各种现代主义以及后现代主义的文本演练，但在骨子里难免犹豫和徘徊。为此所进行的多次多年的论战，且以"归宗"、"新古典"为主要归所，即是一证明。这种上一代的不彻底性及过早的回归，甚至影响到新生代的发展，后浪未能超过前浪且渐趋整体乏力的现象，恐怕与此不无关系。

同时必须指出，由此而生发的对汉语诗歌传统的再造意识，无疑是台湾两代诗人，尤其是前行代诗人的鲜明特点。由此而形成的对现代汉诗之语言和形式的大面积实验和多向度突进，其丰富的经验和从作品到理论的丰硕成果，以及其严肃、科学的态度，都值得大陆诗界借鉴，并必将为未来诗史所重视。

诗是语言的艺术。现代汉诗面对的是急剧信息化了的、主要作为资讯工具存在的现代汉语，从而成为对现代诗人最大的挑战。台湾诗人为此自觉地投入了普遍而又富有个性的实验。总的看来，他们主要着力于对古典诗质的再造和古典诗语的重铸，将其有机融合到现代汉诗中，以扩展新的表现功能和艺术张力。显然，这一实验取得了空前的成功，成为台湾优秀诗人们的显著成绩。但同时，这一实验深层动机中还夹杂着两个负面心理因素：一是对现代汉语的盲目不信任感，这是明显的；二是作为文化放逐者对传统的"归宗认祖"感，这是潜在的。由此造成了台湾诗界，一方面在对现代汉语尤其是口语的诗性表现功能的挖掘和创造上有所欠缺，一方面对大陆第三代代表诗人所创造的"口语化"与"叙事性"诗语的特殊品质，缺乏理论上的正确认识；许多台湾诗人和批评家将其与台湾所谓"口白体"、"通俗化"等同一视，实在大谬不然。

对现代汉诗之意象的经营，是台湾诗坛特别突出的一大贡献。这一经营的长久性、全面性及深入的程度，都是前所未有的，可以说已成为台湾现代诗的一大优良传统。由此而创造的灿烂如星河的现代诗意象，不但极大地拓展了古典诗美以外的疆域，也大大增强了新诗的表现能力和丰富了现代诗的审美情趣。同时也应该指出：这一"优良传统"到后来也渐渐出现了负面效应，即视意象营造为唯一之能事，唯一之尺度，陷入褊狭之见。其实现代诗是一种多种可能的展开，意象是其核心因子，但绝不是唯一。尤其在后现代诗中，着力点已集中于口语的创化和文本外张力的追求，以及整体性的戏剧性效果或寓言性等。何况意象也分为大意象（篇构意象）和小意象（句构意象），而大象无形，大意无旨，意在象外，象外有象，不一而终。大陆先锋诗人的一些代表作品，对此已有突破性的发展，其深层的理论探讨有待另文详述。

台湾现代诗的另一贡献是对新诗理论建设的关注与投入。新诗80年，强在作品，弱在理论，创作超前，理论滞后，一直是没解决好的一个问题。台湾诗人对此有强烈的意识，几乎所有有实力的诗人都在全力创作的同时，参与理论与批评的思考，尤其在具体的创作手法和技艺的研究上，有深入细微的创见，其著述之丰厚及严谨的科学精神，都值得借鉴。

还有一点，即对长诗和史诗创作的热忱投入，表现出台湾诗人深厚的历史责任感。这也是汉语新诗一直薄弱的一环。尽管台湾诗坛在这两方面的创作尚未达到一个较高的水准，但其持之恒久的创作态势确然难能可贵。

三大板块的划分，提供了一个宏观把握80年新诗历史的尺度。随着20世纪的临近结束，这三大板块，尤其是后两大板块的分裂状态也该临近结束了——一个历史性的对接与整合之"诗歌工程"，便成为世纪末最为注目的构想。

三、世纪之握：对接与整合

对接是历史的必然，整合是时代的吁求。即或暂时不能统一为一，也应从理论上去全面、正确、完整地把握两岸现代诗的过去、现在和未来，不断了解各自真实的存在，以共同推动新诗的发展。这是世纪末两岸诗人责无旁贷的历史责任，不必急躁，也不能荒疏。假如步入新的世纪的汉语新诗，依然像现在这样写着两部新诗史，可就真的愧对后世了。

然而，由于长达 40 多年的隔膜、不了解，一旦真的要说对接，的确是一个复杂艰巨的"诗歌工程"。一方面，作为两大板块之间得有一个了解、熟悉和理论把握的过程；另一方面，两大板块各自内部的复杂构成，又成为影响对接的微妙因素。

从整体上看，大陆对台湾诗界的介绍和引进，算是较为积极、也较为客观和全面。最早对之作全面介绍的，是人民文学出版社分别于 1980 年和 1982 年出版的《台湾诗选》（一、二册）。1982 年，《星星》诗刊连载由诗人流沙河主撰的《台湾诗人十二家》专栏，精选精评，颇受欢迎。次年成书出版，一时传为佳谈。（流沙河后又于 1987 年出版《台湾中年诗人十二家》）此后从报刊发表到各种各样的出版物，介绍渐多，至 1987 和 1988 两年达到一个高潮。据不完全统计，这两年间仅结集出版的各类介绍台湾的选本，就多达十余部。其中由湖南文艺出版社出版的厚厚两大部《当代台湾诗萃》，收入 280 余位诗人的千余首作品，连同 1990 年再版，前后发行数万套。此选集的编选虽不算上乘，但如此大面积、大容量的介绍，使大陆诗界对台湾现代诗有了一个较完整的粗略认识，功不可没。1991 年 2 月，由台湾前行代代表诗人张默主编的《台湾青年诗选》，在大陆由人民文学出版社出版，也是一次相当亮丽的展出。

与此同时，台湾一些著名诗人的个人精选诗集也渐次在大陆出版。一些文学研究部门和部分高等院校也先后成立了一批台湾文学研究学会或相应机构，大量论文专著发表出版，以及大批台湾诗人来大陆访问讲学，渐次成为诗坛盛事。

几十年的阻隔，交流初开，数年之间，能呈现如此局面，应该说，大陆文坛诗坛是堪可笑慰于历史的。这其中，潮流所至是宏观因素，而对台湾诗界的存在形态，包括从诗人地位到作品成就的统一认同、明朗格局与历史定论等，做了较明晰、较统一、较公正的介绍，则是不可小视的技术性因素。也正是因了这一因素的欠缺，导致了台湾诗界对大陆现代诗介绍引进的滞缓、模糊、芜杂，显得有些被动无力。

整体上看，台湾诗界对大陆现代诗的介绍有两种基本运作方式。

其一，打开门户，从大陆自然来稿中，依据各诗社刊物的艺术主张和用稿标准，予以取舍介绍，包括一些诗歌奖和纪念性选集，也一视同仁。如《蓝星》《现代诗》《葡萄园》《秋水》《新陆》等。作为同仁刊物，能腾出大量宝贵版面，坚持刊发大陆来稿，投入两岸诗界交流，已属不易之举。但这种浮面的、形式上的、自然状态的运作，终究难以产生深层影响，也不易取得历史效应。这其中有诸多非诗的因素，也有诸如资料占有较困难等缘故，但缺乏整体的理论把握恐怕是最主要的原因。

另一种运作方式，则带有理论意识和历史眼光，从研究入手，主动掌握，兼及自然来稿，以求更真实、更贴切、更全面准确地反映大陆新诗发展状况。鉴于各种局限，这当然是更加不易的了。尤其是大陆诗坛的存在形态，与台湾大不相同。十年现代主义新诗潮，更使其错综复杂，形成官方与民间、保守与激进、圈子内与圈子外以及非此亦非彼、是此也是彼的多元驳杂局面。加之久积而勃发，两代青年，数十万诗爱者，规模宏大，难免鱼龙混杂，难以把握。但毕竟潮涨潮落，渐趋分明，且已于80年代中期初见界定。关键是如何从理论上把握其脉络走向而不至偏失。

显然，能持这一态势进行有成效运作且颇有建树的，当首推《创世纪》诗杂志。早在1984年7月，《创世纪》第54期，便以近一半篇幅隆重推出"中国大陆朦胧诗特辑"，有组织有选择地刊发了包括朦胧诗全部代表诗人在内的、兼及部分热忱投入新诗潮运动的中、老年诗人共22位计46首诗作，并配发叶维廉、洛夫等台湾方面和谢冕、孙绍振、徐敬亚等大陆方面的八篇重要理论文章，对崛起于历史新时期的这一划时代诗歌运动，做了从理论到作品的、较高水准和相当规模的集约性介绍，一时轰动两岸。而身为社长的张默先生，为此还专程赴香港收集资料，其强烈的历史感和敬业精神，令诗界感佩！

朦胧诗后崛起的第三代（又称新生代）诗群，是大陆现代主义诗潮的又一高峰，与朦胧诗并肩构成整个当代大陆现代主义新诗潮的主体成就。对此，《创世纪》又于1991年1月第82期、同年4月第83期接连推出"大陆第三代现代诗人作品展"之一、之二两个专辑，刊发"确具有相当的代表性，在第三代诗人群中都有较高的知名度"的28位青年诗人的近60首作品，并附总编洛夫的"前言"。这一重大举动，诚如洛夫在第二辑"前言补记"中所言："……获得两岸诗坛和读者的热烈反应，都认为这个专辑除了产生沟通两岸现代诗与美学的功效之外，更具有影响深远的历史意义……"[①]

[①] 洛夫：《大陆第三代现代诗人作品展（一）前言》，《创世纪》诗杂志1991年1月号总第82期；《对大陆第三代现代诗人的观察》，《创世纪》诗杂志1991年7月号总第84期。

这种"深远的历史意义",显然是《创世纪》持之恒久的办刊思想,而于新的时期里,又焕发出新的光华。从第84期起,该刊干脆每期均用近三分之一的版面作为"大陆诗页",以第三代及第三代后实力青年诗人为主,推出一批又一批代表作品,影响更大。显然,前后两次成功的作品展及洛夫的评介文章引发了多重效应。大陆先锋诗人为之感佩而心仪,纷纷投寄新作和力作,大幅度提高了自然来稿的品位,使持久全面的深入推介有了坚实的基础。当然,编辑水准在这里也得到了高度发挥。有理论依据但不预设条框,有整体把握而不失新的发现,目力所及,泾渭分明,主次有度,与大陆现代主义新诗潮的实际进程颇为契合。仅至第92期为计,两年之内,所介绍诗人诗作中,几乎已囊括了大陆第三代及第三代后青年诗人中的绝大部分代表人物,还推出不少新人。所发作品,也足以代表大陆先锋诗歌的最新成就。整个"大陆诗页",已渐渐成为大陆现代汉诗发展的一个较及时而凝重的投影,其对接的广度、深度和准确性,是超乎寻常的。

时代就此掀开了新的一页——两岸携手,再创一个新世纪,已成为苍茫暮色中的中国文化之提前跃升的一片曙光!

百年回首,我们欣慰地看到,作为一个中国诗人是幸运的,也是值得骄傲的。尽管历史曾无数次地忽略了诗人们的存在,乃至扭曲汉语新诗之纯正的发展,但最终仍是诗人们为20世纪的中国文化留下了一片耀眼的亮色,且必将深入影响到21世纪中国文学的进程,及现代中国人精神质地的深层变化。

历史就这样走了过来。不管未来的历史将怎样走下去,一个经由对接和整合的大中国现代汉诗诗坛的形成和发展,想来应该是必然的趋势,而一个"创造出融合东方智慧与现代知性,表现

21世纪大中国心灵的现代诗"① 之新的现代汉诗大潮，也必将崛起于又一个世纪之初。

我们本是从同一个源头出发，我们也应该重新走在一起——手伸出便不再收回，世纪的大门已经叩响，而新的太阳正从中国诗人们的肩头早早升起！

1993年3月

---

① 洛夫：《对大陆第三代现代诗人的观察》，《创世纪》诗杂志1991年7月号总第84期。

误接之误
——谈两岸诗歌的交流与对接

1

发轫于 80 年代初而于近年日趋繁盛的两岸新诗交流，看看已逾十年之久。这期间的前半段，主要是大陆对台湾现代诗的大量介绍，以后才逐步发展为"对接"性的局面。站在临近世纪末的时空下，回看这一段"对接"历程，无论有多少偏差和缺失，都不失之为近 80 年中国新诗史上，一件具有历史意义的诗歌工程。所有为这一"工程"真诚投入和付出心血的两岸诗人和学者们，都应该为未来之中国诗史所珍视。

然而必须看到，欲使这一历史性的"对接工程"能更好地发展下去，确需两岸有识之士对以往的交流，有一个全面、冷静的检讨和再审视，以求在新的共识上进入更为科学、真实而真正为历史负责的新的进程。对此，于 1992 年底在台湾创刊的《台湾诗学》季刊，连续就大陆对台湾现代诗的编选、赏析、评介等问题，刊发了一系列讨论发言和专题文章，引起两岸诗界的注视，乃至引发了一些争论，无疑为两岸诗学交流的总结和再出发，开了一个好头。

在此，本文无意参与这些争论，只是仅就这些年交流与对接过程中存在的诸多问题，谈一点个人之见。①

2

作为一种特殊的文学现象，两岸诗界的"交流"和"对接"，已成为两个不同内涵且有质的区别的理论概念。"交流"带有自发性、普泛性、随机性，"对接"则是设定性的，具有科学性质和史学价值；交流讲究全面，对接要求准确。"对接"及"对接工程"这一概念，笔者较早提出，但似乎一直未引起足够的响应。已逾十年之久的两岸诗界之握手，似乎仍然滞留于浮面的你来我往热热闹闹中，难得沉静下来从中理出一点头绪，把握一些脉络，化"交流"为"对接"，成为一项现代汉诗之诗学工程，以谢历史，以示后人。

这其中，固然有诸如时空阻隔、意识形态困扰等外部原因的影响，但其主要因素，还是源自两岸诗界本身。归结起来，大概有以下四个方面。

其一，缺乏足够的心理准备而致随意性；

其二，缺乏基本的理论把握而致盲目性；

其三，缺乏严肃的科学精神而致浮面性；

其四，缺乏历史的整合意识而致破碎性。

---

① 此处相关资料详见《台湾诗学季刊》1992年12月号总第1期、1993年3月号总第2期之"大陆的台湾诗学专题"上、下两辑，及其后分延散刊至总第4、5、6期等文章。

3

两岸诗界交流,是随着时代的推动而被动开启的,双方都没有足够的心理准备。随机随缘,各怀不同的动机,其投入后的状态是可想而知的。

从最早于1980年和1982年由人民文学出版社出版的《台湾诗选》(一)、(二),到花城出版社推出的"席慕蓉旋风",以致近年各种重量级、大部头的所谓"赏析"、"辞典"的问世,至少就形式和数量来看,大陆诗界的投入,确实足够热切和广泛。其中也不乏如流沙河所编著的《台湾诗人十二家》《隔海说诗》等较有品位的介绍,但总体来说,大多流入随手拈来、随意推出之弊端。

或急于填补学术空白,或倾心于台港文学"有卖点",是造成上述弊端的基本心理困扰。前者的意识无疑是良好的,也迎合了大陆诗歌界,急于了解那个隔离甚久的彼岸文学状况的好奇心理。但让历史尴尬的是,一大批匆匆忙忙的"填补者",却基本属于大陆现代诗学界的"落伍者",大有乏于"此"转而求其"彼"的嫌疑。实则"求彼"未尝不可,这一新的领域总得有人去开拓,问题在于投入时的心态如何。仅从几年下来各方面的反应来看,确实处处可见因浮躁、急促、粗浅等不尽如人意的运作所留下的遗憾;"空"是填了,而"白"依然很多,乃至有意无意间形成"误导"。如此这般,也难怪最终引起彼岸诗界有识之士的疑惑和不满。

"卖点"问题则十分明显,说穿了依然是个心态趋向问题。是拿"交流"做"生意",还是真做学问?由此导致的商务性运作使本就随意化的交流更加错位。"席慕蓉旋风"就是一个典型。几近天文数字的发行量,其唯一的正面效应是激发了台湾诗人主动

"登陆"的热情，而怎样"登陆"亦即如何正确向大陆诗界介绍自己，对台湾诗人来说，同样是心里没底。便只有各随"机缘"，先求得闻达，顾不得苛求理解，急于"归宗"、"认祖"的亲情心理成了主要因素。于是总是"见树不见林"，长期流于"知"而不"解"的浮面交流。

反观台湾诗界对大陆现代诗的引进和介绍，也同样由于缺乏心理准备，先是被动迟缓，后又散乱无定，结果依然是"知"而不"解"，"见树不见林"。

4

长期的时空阻隔，各种历史成因形成的困扰，交流初开，"立场"不明，脉络不清，其随意和散乱应该说是一个正常的过程。关键在于要及时地进入理论把握的运作，以防止流于盲目。而这一点，正是两岸诗界交流和对接中最大的一个缺失。实际上，缺乏理论把握的交流，再怎么热切及热络，也难以真正进入对接的层次，而最终也就失去了交流的价值。

显然，有急功近利之"心"，无理论把握之"识"，已成为渐次冷静下来的两岸诗学界趋于一致的认识了。

进入80年代后的大陆诗学界，一直存在着新与旧、激进与保守、先锋与传统、民间/非主流与官方/主流两种理论话语场，其理论素养、批评视野、诗学立场、话语方式都有着本质上的不同。尤其一批新生的诗歌理论与批评家们，为推进大陆现代主义新诗潮的崛起与发展，起了决定性的作用，其各自卓然不凡的理论建树和批评效应，已为海内外所注目，并聚合为中国现代主义诗学新的基础与主导。

然而让人大惑不解的是，这些真正具有理论实力的大陆先锋理论与批评家们，除少数几位间或涉笔执言外，大都鲜有投入对台湾现代诗的研究，而致"话语旁落"。这里有客观上的原因，如潜心于本土风起云涌的现代主义新诗潮而无以分心等等。但实际上，还潜藏着一个理论误解的问题：诸如"台湾诗美而小，就是那么回事……"等人云亦云的种种误识，也先入为主地迷惑了不少先锋理论与批评家们。但不管怎么说，作为现代主义汉语诗学之雄心勃勃的拓荒者和执牛耳者，如此几乎是整体性地、轻率而又长期地将80年（至本世纪末）新诗史中一大重要板块弃之不顾，实在是一种历史性的"误失"！

而"旁落的话语"根本不具备理论把握的能力——观念陈旧、角度褊狭、语言老套，主观、表面、粗浅，模式化、单一化，一片浮光掠影，尽归"乡愁"、"回归"，乃至至今还在那纠缠什么"懂与不懂"、"晦涩与明朗"等为现代诗学早已弃之脑后不成命题之命题，其造成的理论遮蔽和误导是可想而知的。诚如刘登翰先生所言："实际上在我看来，这些都不能进入学术研究……"[①] 当台湾诗学界在那里抱怨"新时期诗学表现在对台湾诗的诠释上，出现了理论的贫乏"时，[②] 实不知这只是"贫乏的理论"在那里"诠释"，而真正代表新时期诗学的理论与批评家们，却基本上并未介入。作为台湾诗界应该考虑的，倒是何以台湾现代诗"登陆"后，总是难以进入前卫理论和先锋批评的视野？

这是一次双向度的缺失：台湾诗学界对大陆现代主义新诗潮从文本到理论的介绍，也同样缺乏全面的、准确的、本质性的把握。尤其对朦胧诗后亦即新生代、后现代代表诗人的研究甚少，除《创世纪》诗杂志有过几次有策划的、集约性的、辅以理论述

---

① 刘登翰："大陆的台湾诗学讨论会"发言，见《台湾诗学》季刊总第2期，第33页。
② 游唤：《大陆有关台湾诗诠释手法之商榷》，见《台湾诗学》季刊总第2期，第9页。

评的大运作外，其他基本上都还滞留于部分文本的选介，且多是以大陆向台湾各诗刊诗报自然投稿为基础，各自为阵，离散而零乱地介绍而已。

同样令历史遗憾的是，台湾有实力的理论与批评家们，也一直鲜有人潜心对大陆现代主义新诗潮有到位的研究，以致"话语空落"。诸如"他们现在玩的我们早已玩过了"，以及以"先行者"自居的褊狭姿态也时有所闻所见。实不知这是从质到量都完全不同的两段进程，其潜在的心理情结有待他解。

5

显然，没有理论把握的交流，再热闹，到了也只是一场"热闹"。两岸诗界的交流和对接，是具有历史意义的一个长久而细密的"系统工程"，一切随意性的、破碎化的投入，苛刻地讲，只是一些无关大局的短期行为，并无大碍，也终无大益。前期交流中所出现的诸多失误和缺憾，有一定的历史必然性，有些是不可避免的。一些功利性的运作也未必就完全无益，可称之为"史的功利"，客观上具有开启和推动作用。但总体而言，这段过程似已拖得太长，是该全面检视并予以清理和升华才是。

而，一旦真正进入"对接工程"，科学精神和整合意识就成了两岸诗人，尤其是理论与批评家们所应该首先直面而视的命题。

总是浮躁，总是附会，总是趋流赶潮，充满功利性，缺少基本的科学精神和独立思考——这是近百年来中国文化人的一个通病。两岸诗界毕竟出于同一文化根系，难免陷入同一历史怪圈，而这种弊病实在应该予以清除。

整合意识的提出基于这样两个认识：其一是对两岸现代诗在近80年新诗发展史上的历史定位。对此笔者曾提出"三大板块理论",即新诗发轫到初步成形的前20年,台湾现代诗40年,大陆70年代末至今的现代主义新诗潮这三大板块。其二是随着两大板块的日趋全面、准确的对接,一个可称之为"大中国现代汉诗"的"场"已客观存在。

也就是说,两岸诗界的过去、现在和未来之发展,都已不再是如同以前那样互不相关、各行其道的存在状态;从同一源头出发、用同一母语写作的现代汉诗,是到了该以一个宏大的整体而面对世界、走向新世纪的时候了。

我想,若能持有这一历史定位和宏观把握,那些任由"话语旁落"和"话语空落"的两岸先锋与实力理论与批评家们,或可自觉肩负起历史的责任,以科学的态度和方法,投入到这一意义深远的"对接工程"中来?

当然,还需要有一份超脱精神——超脱意识形态的困扰,超脱历史成因的困扰,超脱本土意识的困扰,超脱个人功利的困扰。尤其是理论与批评要率先超脱出来,将两岸现代诗的存在和发展作为一个整体,且纳入近80年新诗之历史进程中去做客观、全面、准确的研究,在一个新的、基本共识的高度上形成"第三论坛"——"大中国现代诗学论坛"。

这实在是一个十分诱人的构想,若两岸诗界都能潜心向此方向努力,许多问题便会豁然释解。

比如,无论是台湾还是大陆诗坛,多年来都因流派纷争、社团割据以及个人偏见等,难得见到比较公允、客观、全面,经得起历史再检视、有研究价值的诗和理论选本。对接的双方尚都不科学、不准确,又何谈科学、准确的对接?而历史已提供了这样的契机:设想能由两岸真正有理论眼光和科学精神与整合意识的理论与批评家们,或相互编选、或共同编选出全新的《台湾现代诗选》《大陆现代诗选》《两岸现代诗选》等，以及诗学理论选本，既使两岸诗坛对各自有一个统一、科学的认识，又向世界展示一个统一科学的存在，那将是怎样宏大的局面而使对接真正成为对接呢！

  历史的遗憾已成遗憾的历史，我们面对的是同一个世纪末的逼临和新纪元的到来。两岸诗界的交流和对接，在大陆，已走完一个形式上的回合，在台湾，才刚刚起步。而诗没有国界，所有的云彩，原属于同一片天空（借用台湾诗人白灵的诗意）——为黄皮肤、黑眼睛、方块字共同元素构成的两岸现代汉诗，期待着一个新的出发和辉煌。

1993 年 12 月

回家或创造历史

——《创世纪》创刊 50 周年感言

自 1954 年 10 月创刊,到 21 世纪的第四个秋天,台湾《创世纪》诗刊及其同仁诗社,已整整走过了 50 年的漫长历程。

纵观百年中国新文学,放眼整个海内外华文文学世界,《创世纪》已成为唯一坚持了半个世纪的奋斗且风华不减的民间诗歌刊物和民间诗社,实在是值得纪念的事。

50 年,占了中国新诗历程的五分之三。在这五分之三的时间里,正是新诗走向全面发展而至成熟的阶段。

在大陆,经由老一辈诗人的再出发,朦胧诗的开一代风气之先,第三代诗人的多向度探求,和 90 年代诗歌的收摄与整合,确立并拓展了以现代汉诗为主导的新诗潮之地位和跨世纪的宏大进程。

在台湾,经由前行代、新世代及其后来者三代诗人的杰出表现，为新诗从形式到语言到内涵的现代性诉求，开辟了另一片丰富而坚实的新天地。对此，我曾在《中国新诗的历史定位与两岸诗歌交流》一文中，以新诗"三大板块"说，将台湾现代诗与大陆新诗潮定位于并肩而立的两大板块，予以历史性的认领。

如今又是十年过去，在新世纪的曙光中，再回视台湾现代诗这一大板块，自会更明显地看出：在这一板块中，始终起着重要支撑和强大推动作用的，正是历经50年风云而愈发高标独树的《创世纪》诗刊，并最终成为这一板块的重心、坐标和方向，成为新诗近百年历史中十分珍贵的遗产，且在新的时空下，生成新的意义和价值。

这是一个奇迹——一群渴望"回家"而不得的人，将诗的创造化为持之一生的"回家之路"，并由此浓重改写了中国新诗的历史，创造了这历史进程中，最为壮观而特殊的篇章。

50年，《创世纪》为中国新诗，贡献了洛夫、痖弦两位雄视百年的杰出诗人。他们富有原创性和经典性的代表作品，遍及各种诗型（长诗、短诗、小诗、组诗等）、各种题材（历史、现实、时代、个人、战争、乡愁、现代性等）、各种流派（现实主义、现代主义、超现实、新古典等）及各种手法（意象、叙事、口语、抒情、反讽、禅意等），并在每一领域中，都留下了绵延至今的深刻影响和广泛号召力。

50年，与洛夫、痖弦并肩而行的，则是一个品质不凡、叱咤风云的强大阵容：商禽、张默、叶维廉、大荒、管管、辛郁、碧果、简政珍等……无论作为诗人还是诗之作品的存在，这一阵容在新诗史上，都是一方不容忽视的重镇，并以各自的风采，书写着新诗美学不可或缺的重要细节。

50年，《创世纪》为汉语新诗诗学，贡献了叶维廉、简政珍两位卓有建树的诗学家。叶维廉的《中国诗学》，无论在大陆还是在海外，都已成为普及性的经典读本。近年由安徽文艺出版社出版的九卷本《叶维廉文集》，更成为学人和诗家心仪的典范。简政珍所著《诗的瞬间狂喜》《放逐诗学》《台湾现代诗美学》等论著，超越历史学、社会学式的普泛模式，深潜诗学本体，探幽析微，自成体系，颇多创建。他们的成就，为一向薄弱的现代诗学领域，增添了难得的基石，并在渐趋学理化和科学性的当代新诗理论与批评中，发挥着新的有效作用，其影响已远远超出了地域所限。

50年，与叶维廉、简政珍之专业风度相互补的，是《创世纪》和"创世纪"诗人们对现代诗之诗学建设与诗体建设，一以贯之的关注和投入，习为风气，沿以传统，显示其超乎寻常的综合素质和历史责任感。

对此，稍加了解便会发现，几乎所有《创世纪》的诗人们，都或多或少介入过对新诗理论与批评的思考与言说，或从学理出发，或依"感觉的深度"（痖弦语），宏观，微观，皆不乏真知灼见。其中，洛夫的"大中国诗观"说、"天涯美学"论及《诗人之镜》等重要论述，张默的《台湾现代诗编目》及其持之一生对史料的精心整理与耙梳，痖弦对早期新诗诗人的系列专题研究和大量以序、跋、赏析为体的评介文字，都已成为汉语新诗诗学宝库中的珍贵财富。

这种"草莽学院"两路人马共振互动（痖弦语）的"创世纪风格"，不仅在台湾，置于整个百年世界华文诗歌史中去看，都可谓独树一帜。尤其对日益沉陷于学术产业而不能自拔的当下理论与批评界，如何重获"生命诗学"的源头活水，实可从这"创世纪风格"中得以鉴照和启迪。

50年,《创世纪》既是现代诗创作的重镇和现代诗理论与批评的重镇,又是两岸三地及世界华文诗歌交流与整合的重镇。百年中国新诗历程中,没有哪一个民间诗社,能如《创世纪》这样,在历史的重要关口,发挥如此重大的作用。

仅以两岸诗歌交流而言,《创世纪》于64期至83期连续推出的"中国大陆朦胧诗特辑"、"大陆诗人作品专辑"、"大陆名诗人作品一百二十首"、"两岸诗论专号"、"大陆第三代诗人特展"及持续刊出的"大陆诗页",都已成为两岸诗界难以忘怀的浓重记忆,为促进这一历史性的交流、对接与整合,做出了卓有成效的贡献。而进入新世纪之后,在《蓝星》《现代诗》等诗刊、诗社相继停刊、解体,诗运处于空前低迷和边缘化的恶劣境遇下,《创世纪》却愈发"老当益壮",独自支撑于艰难过渡之中,并作为凝聚、整合台湾及海外高层面现代诗创作与理论的唯一重镇,发挥着更为重要的作用。

当然,从一个同仁刊物的风貌来看,近年之《创世纪》也因此显得风格模糊,方向感不强,近于一种无边界也无中心的诗广场形态。但值此艰难时世,整合事大,风格事小,如此调整办刊理念,也是顺应历史进展的必要抉择。

50年,在所有《创世纪》的成就后面,都隐含着诗人中的诗人之心血、智慧和忘我的奉献精神——他就是张默,《创世纪》的产妇、保姆、当家人与守护神。在两岸同然之太多功利、太多相轻、太多争斗、太多自以为是的诗歌大环境中,张默的存在,有如泉水与火焰的存在,一种为诗而生、以诗为命、敬业殉道、纯粹而永生的诗歌精神的存在,由此才决定了《创世纪》的存在——"三驾马车",一代风流,天才绝配,百年佳话,中国"缪斯"最得意之作，莫过于此！

　　50年，140期，18250个光荣与梦想的日日夜夜……民间诗社最长命的"长命猫"，同仁刊物最长久的"同心结"，自由写作最响亮的"正气歌"！——从建立"新民族诗型"的探求，到"超现实主义"的狂飙突进；从两岸交流的推波助澜，到多元并存的水静流深——一路走来，虽也有过意识形态的困扰，东西诗质碰撞的冲击，终归于以诗为诗的理想和与生俱来的汉语诗性，化郁结为创生，在"怨"与"伤"的苦味中，作"纯"与"美"的不懈追求。

　　50年，乃至100年中，没有哪一个族群，遭遇如此残酷而又如此漫长的文化与精神和家园与肉体的双重放逐，更没有哪一个族群，在遭受这样的放逐后，一齐选择诗为心灵的驿站，选择诗的创造为"回家"的路。——如此生成的写作，既是"躲避文学为政治服务的另一条小径"（简政珍语），也开辟了"生命写作"与"生命诗学"的广阔大道。

　　至为关键的是，在《创世纪》以及曾与其同行的《现代诗》《蓝星》等同一族群的这种写作中，绝非仅仅一群天涯沦落人，围着一堆艺术与文学的篝火取暖，以抵御精神的荒寒，而是把诗当作唯一的信仰，当作最终的家园，十分虔敬地、为诗而诗地走了一辈子。他们以诗的写作为理想人生，并以此来建造自己放逐人生的"家"——不仅作为精神慰藉，更是以创造者的身份进入真正的艺术追求、文化建设以及对残酷现实的挑战，并一起创造了百年新诗不可或缺而特别厚重的里程碑。

　　思乡"把我撞成了/严重的内伤"（洛夫《边界望乡》诗句），我将这"内伤"化为生命的诗行！所谓"生命写作"，所谓"语言是存在的家",所谓"人,诗意的栖居",正是在这样一个特殊的族群之坚卓超拔的诗的"创世纪"中,才得以真正的体现。

而同时,若将这一"放逐"—"回家"—"创造历史"的内在理路,置于今日时代语境去反思,又何尝不是一个超级隐喻,代表了整个现代人类,在物质的暗夜,在科技理性的促迫中,走向精神漂泊之路后,如何找回自我和家园的一个预演?——"他在为揭示一个族群的文化放逐中,同时揭示了一个民族乃至整个人类的文化放逐;他在为一个个失乡的个体做精神塑像时,也同时塑造了一个失乡时代的影像;他在为昨天的历史做诗性定义时,也定义了今天的现实。"①

由此所形成的诗歌立场、诗歌情怀、诗歌观念,以及最后化合为一的特殊的诗性生命形态,才是 50 年的"创世纪"留给台湾、留给大陆、留给世界华文文学最为宝贵也最值得承传和发扬的遗产。

50 年,草莽出英豪,优雅化苦难;

50 年,"衣上征尘杂酒痕","轻舟已过万重山";

50 年,人尚健,梦还在,青山满目夕照明!

而,"什么是不朽呢?"(痖弦诗句)

——被历史改写的人,最终改写了历史,并在这一历史性的改写中,为自己、也为人类,创造了诗的家园。

2004 年 8 月

---

① 沈奇:《痖弦诗歌的语言艺术》,原载《文学评论》1995 年第 4 期。

台湾"创世纪"诗歌精神散论

在现代汉语诗歌的大中华版图上,台湾"创世纪"诗社的诗歌历程,无疑已成为一个颇具影响性的重力场,成为现代汉语诗歌在新的世纪的进程中,可资借鉴的重要资源与传统。

一个民间诗社,在各种外部环境(诸如意识形态暴力、文化转型困扰、工商社会迫抑等等)重重挤压下,能苦苦支撑50余年,并创造了如此丰富而重要的成就,显然有一种不同一般的精神力量存在于其中。两年前,在《创世纪》创刊50周年之际,我为之撰写了题为《"回家"或创造历史》的纪念性文章,[①] 随后便一直在思考,能否从那种激情化的感想中,总结出一种可称之为"创世纪诗歌精神"的理论认知,以便更深入地理解和发扬这一重要资源与传统。

---

① 原载《创世纪》2004年秋冬季号总140—141期合刊"创刊五十年纪念特大号"。

一种带有价值指认性的理论认知，必得先确定这一指认的参照坐标是什么，即对何者而言，它是如此存在且有其独在价值的。作为大陆诗歌评论者，探讨台湾"创世纪"诗歌精神，自然要以大陆同时期的诗歌历史来做比较，否则没有太大的现实意义。同时我也一直认为，这种基于同根同源而不同道路不同形态的比较（包括大陆与台湾、大陆与香港、大陆与海外等），或可称之为当代汉语诗歌内部格局之间的比较，是远比中西诗歌之间的比较、古典诗歌与现代诗歌之间的比较更为重要的比较，也是更为切实和有效的一种比较。

经由这种比较，我将我所认定的"创世纪"诗歌精神，粗略归纳为以下三个层面，并做简要阐释。

一、"现代版"的传统文人精神

但凡长期关注和研究台湾现代诗，并与其诗人有过交往的大陆人士都会发现，彼岸诗人从文本到人本，其精神气息比之大陆诗人总是多少有所不同，其实说白了，就是多了一些中国传统文人和"五四"文学传统的遗风，而令人心仪。这一点，在"创世纪"诗人，尤其前行代诗人身上，有着特别突出的体现。

奠定"创世纪"诗歌精神之基石的"创世纪"前行代诗人，大都有军旅出身的背景，属于被痖弦称之为"饥馑边缘的战火孤雏、丧乱之年的流亡少年、当兵吃粮的小小军曹或低阶军官……把脚后跟磨破的一群"，① 而后又通过各种方式，完成了现代文化人的身份转换，并在这种转换中，继承与发扬了中国传统文人的风骨，同时有机注入新的生存体验、生命体验和生活体验，将其

---

① 痖弦：《创世纪的批评性格——〈创世纪四十年评论选〉代跋》，原载《创世纪》1994年9月号总100期"创刊四十周年专号"。

提升为一种现代诗人的现代诗歌人格。

由"兵"而"秀才",由"秀才"而不失"兵"的"草莽性格与狂飙作风",① 是"创世纪"诗人不同一般的诗性生命之特质所在。在文化与精神、家园与肉体的双重放逐中,在后来的台湾社会转型所带来的各种现实利益的诱惑与挑战下,能实现并执着于如此的转换,对于所有非此"族类"的人们来说,实在是难以想象的。

而我认为,正是这种转换中所形成的潜在心理机制——即俗话讲的"心气"、文言讲的"气格",决定了"创世纪"诗人诗歌精神谱系的基本点:以草莽求纯粹,以优雅化苦难,以文学艺术的创造性活动,和天涯漂泊之独在的文化身份为终极归所,遗世而立,一种无奈中的超拔。

正如洛夫 30 年前于《我的诗观与诗法》一文中所告白的:"揽镜自照,我们所见到的不是现代人的影像,而是现代人残酷的命运,写诗即是对付这残酷命运的一种报复手段。"②

对"创世纪"诗人而言,诗,以及一切与诗、与文学、与艺术、与文化相关的事由、事项及事业,最初都可看作是"家"的转喻,是"文化原乡"的转喻;写诗便是"回家",便是向"家人"和"故土",传递游子"归宗认祖"的心声,和不甘沦落的志气。而当这种"传递"久久没有回应时,身处永远的"外省人"(对台湾而言)和永远的"老兵"(对大陆而言)之空前绝后的生存绝境中的他们,也就只有跳出"时局",安心"诗局",不再作"回归"或"还乡"的梦——从"伦理家园"到"文化家园",再

---

① 萧萧:《创世纪风格与理论之演变》,原载《创世纪》1994 年 9 月号总 100 期"创刊四十周年专号"。
② 转引自《台湾诗论精华》(沈奇编选),陕西人民教育出版社 1996 年版,第 101 页。

过渡到"诗歌家园",唯以诗与艺术的创造安身立命,舍此再无其他。①

这种看似无奈的选择,却暗合了中国传统文人的宿命。在这里,诗与艺术的创造,既是一种承诺,更是一种拯救;既是自我的拯救,也是一个漂泊族群在失乡、失根、失去身份归属后,挑战残酷命运而重获人生价值和存在意义的拯救。在中国文化语境下,这种拯救所唯一可汲取可凭借的,只能是千古文人所秉承的"飘飘何所是,天地一沙鸥"(杜甫)及"独立之精神,自由之思想"(陈寅恪)的传统——对于这样的传统,"创世纪"同仁们显然都不陌生,那原本就是他们文化人格与精神生命的"基因"与"初乳",可谓顺理成章,并最终成为20世纪下半叶的绝响!

由此我们可以看到,正是这种包括"五四"文学传统的承传在内的"现代版"的传统文人精神,使"创世纪"的诗人们,得以将最初靠着彼此为诗的爱好而燃烧的体温取暖,转换为一个族群的精神殿堂,继而将荒寒无着的"回家"之路,转换为创造历史的辉煌业绩。

同时,也正是有了这样的风骨,使他们在后来左冲右突漫长而曲折的诗路历程中,得以在异质文化的侵扰下,自觉地恢复传统文化记忆,追索汉语诗性的本源感受,将文人气息、文人学养、文人品格和"草莽性格与狂飙作风",一起注入诗的创造之中,"终而完成一个现代融合传统、中国接轨西方的全新的诗学建构",②从而成为百年汉语新诗发展中,一脉新的传统。

---

① 《创世纪》诗人群体大都多才多艺,爱好广泛,既是诗人,又是其他艺术门类的专家或高级"票友"。如瘂弦的话剧表演,管管的电影表演,洛夫的书法,张默、碧果的绘画等等。这也从另一个侧面说明其传统文人风骨之所在。
② 洛夫:《〈创世纪〉的传统》,原载《创世纪》2004年秋冬季号总140—141期合刊"创刊五十年纪念特大号"。

这是"创世纪诗歌精神"的第一个层面,是他的内核、他的灵魂。

二、优雅自在的"纯诗"精神

"草莽出诗人,优雅化苦难"。这是多年前我与"创世纪"前行代诗人大荒先生,在一次题为《丈量萤火虫与火炬的距离》的对话中,谈到"创世纪"前行代诗人之诗歌生命形态所共有的特征时,所得到的一点感受。[①]

在过去的一个世纪里,"中国人是苦难的,他们恒常在两种文化的夹缝里,在不同的错位空间、风景、梦的夹缝里伤失穿行,承受着身体的、精神的、语言的转位放逐之苦。"[②] 这样的苦难,两岸诗人都经受过,但在"创世纪"这样更多了一重"外省人"和"老兵"的惨烈处境之磨难的漂泊族群这里,苦难的分量便更加沉重。然而,也正是他们,在苦难的承受与诗和诗学的创造之间,找到了"优雅"的"化合剂",从而始终能以纯粹的诗歌精神(本节标题中的"纯诗"一词即为此意的另一措辞方式而非诗学意义上的"纯诗"概念)与独立的诗歌人格,拓展开属于他们自己的诗歌道路。

必须要说明的是,这里所说的"优雅",不是指诗的优雅或写优雅的诗,更不是指生活的优雅,而是指一种超越生存现实的迫抑和摆脱浅近功利诱惑的、优游不迫的创造心态。窃以为,有无"优雅化苦难"的心态,是决定诗人及一切文学艺术家,能否长久保持其纯粹的诗歌精神与纯粹的艺术精神,和独立的诗歌人格与

---

① 全文载《创世纪》1999年冬季号总121期。
② 叶维廉:《被迫承受文化的错位——中国现代文化、文学、诗生变的思索》,原载《创世纪》1994年9月号总100期"创刊四十周年专号"。

独立的艺术人格的基本前提。

实际上，在最初思考"优雅化苦难"这一命题时，我也曾注意到一些不同于大陆的现实因素的影响。比如，包括"创世纪"在内的属于军人身份的台湾前行代诗人们，在退役之后（基本在中年阶段），大都有较优厚的"终生俸禄"（相当于大陆的退休金）为经济保证，可以过衣食无忧的小康生活。若再有所兼职或别的收入，大概进入中产阶级的生活层面也不成问题。如此无忧的"经济人格"，再加上解严之后"政治人格"的无虑，似乎理所当然可以被认定为是形成其纯粹优雅的"诗歌人格"的底背，其实不然。

一方面，比较于大陆诗人而言，在当年大多数人根本不知"经济人格"与"政治人格"为何物的时候，我们的"诗歌人格"自是根本无从谈起。后来大家都多少恢复一点"经济人格"与"政治人格"了，却依然难以在"诗歌人格"上得以完善；总是避免不了意识形态化和社会化的困扰，总是携带生存、急近功利、充满欲望而心有旁骛，难得纯粹与优雅；另一方面，仅就台湾前行代诗人而言，绝大多数在从事诗歌创作与诗学研究之后，便如香客般义无反顾地、一心一意潜心虔意地终生为诗"服役"，过起了"诗歌居士"般的日子，即或有优化"经济人格"与"政治人格"的机遇，也从不动心，且很多诗人的现实生活，也只能用"安贫乐道"而言之。

对此，痖弦曾在同笔者的一次对话中谈道："《创世纪》诗社和诗刊，一开始是哥们几个写诗的在一块玩一下，后来成了精神庙堂。没有发表过一篇政治性的东西，非常纯粹而专注。在那样一个艰难污秽的世界里，这是我们最后的尊严，也是我们一生最有价值的贡献。那时大家写作态度非常纯粹，我认为你的诗没写好，你是我哥也不行。最有意思的是，在我们的理论意识尚不成熟完备的时候，就有强烈的纯诗意识，不受意识形态影响，现在看来，真是很难得。"同时还颇为感慨地说："既然作诗人，当然就该从容一些、雍容一些。美的耕耘本身就是一种快乐，要沉得住气才是，要带着一种理想的色彩才是。台湾的周梦蝶是这方面的代表，谁都没有他那样纯净和自足自在，从不想诗写作之外的事，多安稳，多富足，多幸福！如果这样的诗人多了，社会也才会投入更多尊敬的眼色，诗人和诗歌才会成为我们世界最美好的一道风景线"。[①]

这便是何以"优雅化苦难"的根本因素之所在了——在"创世纪"以及和他们有着同样命运与同样志向的台湾诗人那里，诗与艺术的存在，既不是宣泄苦难的简捷通道，更不是任何可借做他用的工具，而只是"安身立命"的一种"栖居"方式——既是生命理想的仪式化存在方式，也是生存现实的日常化存在方式；我诗故我在，我在故我诗，我的创造诗意人生的行走就是我的家、我的历史。

由此，人诗合一，气交冲漠，与神为徒，澹然自澈，而水静流深。人生变得如此单纯。从黑发的青春到白头的暮年，所有的爱、恨、愁、苦皆为一个"诗"字所"收容"，爱诗、写诗以及一切与诗的创造、文学艺术的创造有关的事，都有如"做功课"和"做家事"一样去看待、去"服役"，遂有持之一生而乐此不疲的"愚诚痴傻"，而"不能不叫人打心底里感叹：他们是把诗当作生

[①] 此处文字引自笔者2004年6月在温哥华拜访痖弦时，于先生家中作题为《永远的红玉米——与痖弦对话录》，未刊稿。

命的一群，不管在外人眼中卑微或尊荣。他们是真正的诗的风格"！①

需要补充说明的是，如此以"优雅"化"苦难"，并非如"鸵鸟方式"般地对待苦难，而是跳出时局深入时间、于更深层面反抗命运的一种方式。正如痖弦在品评诗友丁文智作品时所指认的："他的诗不是向时间下战帖，而是向时间递交和解书。他深深了解，人与时间的缠斗将无止无休，屡战屡败；虽败犹起，固然可以显出人的一种尊严，一种悲壮，但最终还是会败北下来。与其如此，还不如把时间给予人的种种，折磨也好，养育也好，通通吟之于诗，借着文学形象，把站在岁月面前进退维谷的自己解救出来。让时间时间他的吧，天地的仁与不仁，端看你如何去思考存在的意义，存在，又何尝不是一种温婉的抗议？以时间为师、为友、为敌的丁文智，乃是以诗的悲哀，征服时间的悲哀了"！②

这是"创世纪诗歌精神"的第二个层面，是他的气质、他的品格。

三、多元开放的探索精神

跳出线性的"历史时空"，安心开放的"诗性时空"，新诗与生俱来的多元开放的探索精神，在"创世纪"诗人群体这里，得到切实完整的实现。

这样的群体，"当在孤灯荧荧之下面对稿纸时，他们是绝对孤

---

① 这是台湾中生代表诗人陈义芝在为祝贺《创世纪》创刊四十周年撰写的纪念文章《在时间之流——〈创世纪〉印象》一文结尾处所发的感叹，亦可视为代表台湾中青年诗人对前行代诗人几为绝响的诗歌精神的感佩之声。全文见《创世纪》1994 年 9 月号总 100 期"创刊四十周年专号"。
② 痖弦：《一壶老酒，一小碟时间——读丁文智时间意识与诗友聚谈作品之联想》，原载《创世纪》2006 年春季号总 146 期。

立的，个性俨然，各有面貌。但他们饮酒、海聊或集会正式讨论诗歌问题时，他们的言说却有着惊人的一致性。"[①] 这种"一致性"，这种同质的诗歌立场，并非无门户之见或"小圈子"意识，而是以海纳百川的开放姿态，和以世界性为视野的眼光，长久保持前驱姿态，不断发扬光大，而真正可称之为"多元开放"的探索精神，并取得了历史性的卓越成就。

其实，作为新诗的传统之一，多元开放的探索精神，本是所有有志于新诗创造性追求的诗人们共同恪守的诗歌立场。只是相比较于20世纪下半叶的大陆诗歌界，以及台湾其他诗歌群体而言，"创世纪"诗人群体的表现，显得更为宽展也更具有超越性一些。

具体说来，其一，在诗歌运动方面，不是唯求新求变求先锋而不断革命、不断移步换形的方式，而是以修正与承接的方式，化"先锋"为"常态"，寻"典律"于"探索"，有来路，有去路，逐步形成自己的风格、自己的传统。

纵观当代世界华文诗坛的各种诗歌运动，过于新潮前卫的，总是有去路没来路，那去路也便不会长久；过于传统保守的，总是有来路没去路，那来路也便失去意义。在这一方面，"创世纪"融"草莽性格"与"学院气质"为一体的探索精神与运动风格，确实为我们提供了一个可资借鉴的范例。

其二，在诗歌生命形态方面，以开放的心态，将孤独个体的生命体验与一个特殊族群的漂泊意绪熔铸为一，并有机地将其提升为一个民族在被迫承受的文化错位中，于"放逐"与"回家"的彷徨境地，以诗艺的探求和诗性生命意识的塑造，作为回归精

---

① 洛夫：《〈创世纪〉的传统》，原载《创世纪》2004年秋冬季号总140—141期合刊"创刊五十年纪念特大号"。

神原乡的表征的主体形象。

尤其是，在身处异质的文化中国与异质的乡土台湾之两难困境中，在文化血缘与政治地缘的纠缠和冲突中，保持独立的族群意识和民间立场，于地缘中追寻血缘，在血缘中确认地缘，宁可自甘"二次放逐"，也不妥协于时代的拘押。置于今日时代语境去反思，又何尝不是一个超级隐喻，代表现代人类，在物质的暗夜，在科技理性的促迫中，走向精神漂泊之路后，如何找回自我和家园的一个预演。而这，正是"创世纪"诗人群体，为20世纪中国诗歌之生命形态和精神位格，所提供的最为震撼人心的典型个案，也是其作为历史价值中最为闪光的深度结晶。

其三，在诗歌语言形态方面，较早摆脱各种主流与时尚话语的宰制，以世界性的视野，多元潜沉，强化基质，汲古润今，化西为中，求现代之异，不离传统之法，在现代性的诉求与汉诗语言特质的发扬之间，不断寻求可以连接的相切点，以强化汉语文化本源性的诗美感受。

特别是在现代诗的意象经营上，惯于将古典诗歌中一些可利用的元素予以再造和通合，以涵纳汉语文化和汉语诗歌精神的深度基因，进而成为新的传统因子。在这一点上，"创世纪"诗人群体的有效探索和不凡成就，放眼20世纪下半的新诗进程，大概难有可与之比肩者。

其四，在建构中国现代诗学传统方面，"创世纪"更是以一个小小的民间同仁诗社的力量，创造了独具特色、独具一格、雄视台湾进而笑傲世界华文诗坛的业绩。这里不妨沿用洛夫的总结："我们在这五十年内，先从'民族路线'具体化为'新民族诗性'，再从掉臂而去反抱西方现代主义到'修正的超现实主义'（或称中国化的'超现实主义'），然后回眸传统，重塑古典，并探求以超现实手法来表现中国古典诗中'妙悟'、'无理而妙'的独特美学观念的实验，最终创设了一个诗的新纪元——中国现代诗。这不仅是《创世纪》在多元而开放的宏观设计中确立了一个现代汉语诗歌的大传统，而且也是整个台湾现代诗运动中一个不容置疑的轨迹。"①

如此业绩的获取，应该说，坚持多元开放的探索精神，在此起了关键性的作用。

这是"创世纪诗歌精神"的第三个层面，是他的状态、他的风度。

三个层面，一种精神——"失乡的人"由此不幸而有幸，从此再没有什么可失去的了，而漂泊中的精神世界，总是任八面来风皆化为我有——这样的风度、这样的品格、这样的灵魂，不正是百年来所有现代、当代中国诗人们，苦苦追求的最高境界吗？

结　　语

在半个多世纪坚卓而超拔的诗歌进程中，《创世纪》一直由他的创始人张默、洛夫、痖弦三位共同掌舵领航，史称"三驾马车"。当年台湾诗坛曾分别给三位带头诗人送了三个雅号，称张默为"诗痴"，洛夫为"诗魔"，痖弦为"诗儒"。若按"儒"、"痴"、"魔"的顺序重新排列，似乎恰好可以借用来形容上述"创世纪诗歌精神"之三个层面："儒"的灵魂，"痴"的品格，"魔"的风度。

隔岸论诗，借镜鉴照，我们自可发现，大陆半个多世纪来的诗歌历程中所出现的种种缺憾，大概总与或多或少地缺乏这样的

---

① 洛夫：《〈创世纪〉的传统》，原载《创世纪》2004年秋冬季号总140—141期合刊"创刊五十年纪念特大号"。

灵魂、这样的品格、这样的风度有关。诗贵有"心斋",方不为时风所动,亦不为功利所惑,终得大自在。从某种意义上来讲,真正的诗不是写出来的,更不是喊出来的,而是养出来的,靠诗人的"心斋"养出来的。有大自在之诗心,方得大自在之诗歌精神。有了这种诗歌精神,落实于诗的创作,无论质量高低,终不会作伪诗、假诗、赶时髦的诗,更不会为诗之外的什么去出卖自己的诗歌人格。

　　近年由海外归来的画家陈丹青先生,曾调侃性地表示过一种看法,大意是说,比起上一世纪二三十年代的那一代文化人,我们在"长相"上先就输了一筹。这里的"长相",所指为何,大家都清楚。若拿此说法来看两岸诗人与诗歌品相,是否也有点意味深长的体悟呢?

2006年9月

【辑二】

过渡的诗坛
——关于当前诗歌创作的断想与推论

作为一个尚不具备全面理论修养的诗歌作者，却又想宣布自己对诗坛自以为独到的一些看法，于是被迫选择了另一种对话的方式——只谈瞬间获得的一些真实的感觉与思路，不再上升为有模有样的理论结构；只是提出一些半生半熟的问题，以期引发大手笔和人物们的深入研究，而不准备去解决任何问题——一句话：从感觉出发，以断想的形式，"点到为止"，且谬称之为"感觉派"理论。

在诗坛，常常因为一些最基本的问题未能廓清，造成不必要的论争。本文将要反复用到一些关于诗的大的归类的概念，先行开列于此，以免文中赘注：

1. 从诗歌创作角度来说，有重要而不纯粹也不算优秀的诗，有纯粹并且优秀却不算重要的诗；当然也会少量地出现既重要也优秀并且纯粹的诗；

2. 相应地，有处于历史地位上的重要的诗人，有处于诗人群体中的优秀的诗人；重要的诗人不一定是优秀的诗人，优秀的诗人常常也许并不重要——对于当时的历史阶段而言；

3. 从"诗歌消费"亦即各种接受形式的角度来说，有主要存在于研究范畴的诗，有被广泛流传的诗；

4. 因了观念的分歧和背离，当代诗坛一直奇怪地存在着在位的、有形的诗坛，和不在位的、无形的诗坛——民间性质的"第二诗坛"。本文中所提及的"诗坛"，有的系指前者，有的系指后者，请读者自鉴为谅。

一、揭过去了的一页——朦胧诗派

新时期的当代诗歌，已整整走过了十年历程。这其中的后五年，则是朦胧诗派崛起与全面兴盛的时期。

朦胧诗辉煌的历史地位，今天已无可置疑地存在那里了。有意味的是，这一展示了全新的诗美世界，使整个当代中国诗歌获得了一次极为重要的解放的新诗潮，设若处于过去的生活节奏和文化背景里，很可能会十年乃至更长时间地主导和笼罩我们的诗坛，然而它仅仅辗转了半个十年，且还经历了那么多艰难曲折、不被承认的时间，到了80年代中后期，便已被新的诗潮掀揭了过去，逐步转入一个保留和裂变的阶段。

不是看不懂，而是看得太累——这是朦胧诗派逐渐失去普泛读者群的一个可能的症结。当然，对文学艺术作品提出看得懂和看不懂这样的问题，本来就很不科学甚至十分荒谬，这里只是沿用大家约定俗成的说法而已。

比较于传统的现实主义诗歌与新时期初的官方诗歌，朦胧诗无疑开创了一个全新的诗美世界，一时风靡于整个诗坛，千百万诗爱者，尤其是青年诗人和诗歌读者们追逐于斯、陶醉于斯。这其中，除了朦胧诗"睁开眼睛看世界"的强烈的现代意识外，其最大的魅力还在于，它以新奇的意象和丰富的联想，为长久枯燥乏味乃至荒凉的当代中国诗坛，展示了别开一界的诗性想象世界，并由此产生了十分强烈的艺术感染力。

不无遗憾的是，朦胧派诗人们的许多作品，由于在单位面积中，亦即一首诗、甚至一句诗中，过于密集繁复重叠的意象与联想，使这种较为复杂的艺术感染力，在普泛读者的普泛性阅读中前后抵消，最终失去了总体的艺术效果——读者不得不时时停下来，被迫接受这种局部的张力，从而使阅读本身成为一种艰难的历程，觉着"累得慌"。对于当代国人尤其是年轻人来讲，在"全频道"式的文化生活场景中，一旦感到累，就会自然而然地转换到另一个"频道"去了。

新的文学艺术消费意识和消费者的出现，逐渐使朦胧诗由被广泛流传的诗，转而为"沙龙"式的、或诗学研究为主的诗。朦胧诗自然还要继续发展下去，但作为当代诗坛的主导性地位，正在成为揭过去的一页，虽然它巨人般的影子依然笼罩着诗坛，而当代诗歌必须获得第二次解放。

二、第二次突破——客观派诗

就在朦胧诗派由全盛走向保留与裂变的1984—1985年间，至少在广大的青年诗坛中，一个"幽灵"出现了——南京的韩东、昆明的于坚、西安的丁当等新一代诗人们，写出一些面目俱非、陌生而不熟悉的诗，且迅速地、如同"瘟疫"般地流传开去，并出现了一批机智的模仿者，使诗坛又一次发生了"地震"，发生了倾斜。

出于意象思维的习惯，当所有的诗人们，都在那儿拼命地试图找出比"苹果就是我的心"更绝更妙的比喻与想象时，这批新一代青年诗人们却冷不丁冒出来大喊一声："苹果就是苹果！"他们以瘦硬的、口语化的语言，却又非实际讲话那样散漫重复的语式，以异于朦胧的明朗、别于含蓄的自白和似乎随手拈来的现实生活题材，那么随便、那么俏皮、又那么自然而然地出现在我们面前——似乎什么都可能写成诗，骨子里却充满了冷峻而严肃的选择！

这些年轻的诗歌"异教徒"们，拒绝将此在的生活与生存过于虚妄地、逃避式地予以理想化和彼岸化，而直面并切入客观存在的本质层次，将至深的经历、至痛的反思与新的选择，以简洁、有力的方式和公民化的语言表象出来；他们满怀痛苦地追求真实，毫无留情地洗刷包括朦胧诗在内的浪漫主义色彩及不无装饰性的美，避免一切虚假的抒情、强制性的联想和仪式化的形式，甚至摒弃一些基本的传统诗写手法，最终达到一种朴素的、一目了然的新诗美。

作为这一诗派的知己者，西安的一位青年理论家将它概括为"真实世界的客观陈述"，以与在此以前所有那些"想象世界的主观抒情"的诗歌相区别，于是这个"幽灵"便有一个"客观派"的别号。

假如说朦胧诗像现代派绘画，客观派诗则近似现代雕塑（一切比喻自然都蹩脚得要命），成为一种引发而非笼罩、一种触动而非给予。读者很轻松很简便地完成了阅读过程，明晰地留下了这些诗质朴明确的"外壳"，然后在明快新奇的回味之中，长久地震颤于它所引发的艺术张力，以及通过亲切质朴的诗句表现出来的赤裸的、令人警觉和顿悟的经验事实与提高了的现代意识。

这种以更简捷更轻松的阅读过程，获得更坚实也更亲切的诗美享受的艺术效果，正是现代人所感兴趣的——他们除了追求诗歌艺术的感受深度之外，同时还特别强调这种感受过程的自由度和轻松感。

朦胧诗派是一次作为诗人和诗的审美意识的返璞归真，作为诗本身，则趋于贵族化倾向。客观派诗却是一次从诗人到诗本身的完全返璞归真——前者越来越成为一种"沙龙"性的诗歌作品，后者则以公民式的普遍的诗美走向民间，成为影响面更为广泛的诗歌作品。

不可否认，作为客观派诗本身，尚未达到真正成熟的发展阶段，其中不少诗人还常常停留在那刚刚迈出的第一步。显然，仅仅出于逆反心理，从事于发掘"苹果就是苹果"这样初步的真知灼见，而不再进入更深层的探索，他们是很难长久地维系自己的创作、也很难长久地维系读者的。

然而客观派诗的重要地位在于：作为对朦胧诗派主导新诗潮诗坛的一个及时的反拨，作为对整个当代诗歌在朦胧诗之后新潮崛起的一种新的激活，比起同时期其他众多诗派来说，确实起到了使当代诗歌再次获得解放和突破的重大作用。——火车从这里拐弯了，也许"这里"本身并非如何，但这个弯却拐得非同小可！

三、多元化的过渡时期——百舸争流

客观派诗对朦胧诗是一种历史的反拨，但绝非历史的代替。早在1983年秋，笔者有幸在和韩东的一次长谈中就提出：假如诗人们都一窝蜂来写你这种诗，我们的诗坛可能会更加无聊。

好在历史并没有重复旧有的格局——一个新的多元化的诗歌群体在朦胧诗之后全面发展和形成了；一两年之内，从北到南，几十家民间新诗刊、诗报和无数民间诗社喷涌而出，出现了到处"揭竿举旗"、各自为阵为体的"割据"局面——当代中国诗坛渐次进入了一个多元化发展的过渡时期。

失去"中心"，失去主导，失去所谓"主流"和"总趋势"，使许多诗人和诗歌理论家惶然不安——"归一"的思想，"分久必合"的老话，总是促使他们试图从这离散的诗歌群体结构中找出一个主要的、供大家趋于一致的"发展方向"来，可谓一片苦心善意。

然而谁站出来这样做，谁就是跟自己过不去，同时也难免"误人子弟"——我们的当代诗坛，好不容易走到今天这样一个百舸争流的时期，过早地谈归一，势必害多益少。

让世界听到每一颗心灵的声音，人类会变得年轻！

四、读者群的裂变——一个被忽视的"诗歌消费"问题

时到今天，恐怕谁也无法否认，当代中国诗歌作品的质量，无论从任何方面来看，都不比它的前代逊色，也不比国外当代优秀诗作逊色。然而在国内各种官办文学刊物中，以及在整个文学作品的"消费市场"中，似乎依然不断地被冷落、被轻视。——实际上，诗歌的"消费"现象远比诗歌的"生产"现象更复杂、更微妙，我们却一直忽视了这方面的研究。

历史上，空间距离从来也没有像今天的时代这样短，人与人，人与物，作品与读者之间的联系，也从来没有像今天这样广泛而又脆弱、贴近而又短暂——生活的物质结构在急速变化，生活的心理结构也同样在急速变化，时代正在把我们的物质生活和精神生活，锤打成种种新的不熟悉的形态，从而从根本上改变了包括诗歌在内的一切文学艺术消费个人与消费群体的形象和结构，同时也不断更新着人们的文学消费意识。

新的文学消费意识是什么？

体现在诗歌方面，在当前的时期，似乎主要表现为轻松、明快、亲切、宣泄、参与和不断求新这六种特性。

新的消费群结构则呈现为一种短暂、游离、个性化、多元化的离散状态，并趋于不断的分化与重新组合的运动之中。

因此，随时了解一下，除了诗人们自己之外，除了其他艺术享受之外，究竟谁还在读诗？读谁的诗和读怎样的诗？现在的和未来的读者群正在发生和将会发生怎样的裂变？实在是促进当代诗歌不断发展和繁荣的重要问题。

也许这样去考虑诗的创作，不免有些落俗，然而历史将会证明：谁若一味忽视诗歌的消费，忽视不断更新和不断发展的现代审美意识，谁或许就从根本上取消了诗歌创作本身。

五、诗的剥离——一个有待成熟的命题

诗，曾经是 20 世纪以及在此以前的文学的一种最杰出的形式。

在传统的诗歌中，我们不但可以领略作为诗本身特有的情感、思想和情趣，亦即其意境和韵味，还可以在诗中领略音乐的美、绘画的美、戏曲的美甚而小说、散文、随笔等等的趣味。然而到了今天，那种庞大的不断扩展和急剧膨胀的现代文化传播网络，以及各种新生的文化艺术和亚文化艺术形式，正逐渐取代传统的实质性的文学阅读，并使诗歌首当其冲地受到严峻的挑战。

这种挑战导致对诗歌艺术的外部剥离。

我们必须重新给诗下定义，重新认识文学艺术领域中，诗究竟还有多大的"领地"可供驰骋？它过去的审美属性有哪些已被剥离？哪些正在被剥离？哪些还会被剥离？最终到底会剩下什么？

应该剩下什么?

一句话:有没有最终不会被剥离而独属于诗的本质属性?有没有只有诗的触角才能发现其奥妙、揭示其本质的"独家"探索的领域存在?

还有一个内部剥离的问题。

不断求新,无疑是当代诗歌发展的一个主要倾向和特性。当代诗人们似乎都有一种反传统的"传统"。这种不断革新的倾向,促使诗本身不断自觉地扬弃不属于新诗美的元素,且不断孕育和滋生新的诗美元素。

这就要求当代和未来的诗人们,必须具有一种不断探索的姿态,具有对外部世界和诗歌本身寻根问底的顽强意志,去不断地从前人作品里曾经隐瞒或未经涉足的世界里,发现更新的世界,不断容纳发展了的人和发展了的诗美。同时,自觉地摒弃那种现实的功利,只带着自身的尊严和价值,以诗的质素而非数量,顽强而充满自信地走向未来、走向世界。

实际上,这也正是整个当代诗歌发展的一个重要属性和美学标准。

六、裂变和剥离成为一种运动——瞬态趋势

关于当代诗歌之读者群的裂变与诗的剥离这一命题,笔者在1985年一篇题为《无名者的回答》[①]的小文章中提出过,但当时仅仅认识到这是一种诗坛过渡时期的暂时性现象。今天看来,因了个性的尖锐与突出,以及时代语境的剧烈变化,这种裂变与剥离,已成为一种持续的、不断加速的运动。

---

① 沈奇:《无名者的回答》,原载《星星》诗刊1985年第4期。

从这一基本思想出发，再次试着做出以下几个推论。

1. 包括诗歌创作在内的整个文学艺术创作中，天才论和永久性的观念正一去不再复返；

2. 不再有权威性的、历史巨匠式的大诗人，也不再有以传统价值观为尺度的所谓一流诗、二流诗之分，只有这一流诗与那一流诗之间的竞争与共存；而，一切诗的价值，仅在于它本身的尊严，而非是否取得了暂时性的成功；

3. 一批又一批彗星似的非职业性的"瞬态"诗人，将会成为诗坛的主人；诗成为首要的，诗人则居于次要；

4. 诗人和他的作品与读者的关系，不再如过去那样持久，而必将变得短促和脆弱。同时，每一位诗人和每一首诗的读者覆盖面也将越来越小，呈现出一种离散的、不稳定的、跳跃式的状态；

5. 目前诗坛出现的过渡性状态，将会在不太长的时间内结束，诗的全面繁荣时期将会到来——而目前处于无形的、民间性的"第二诗坛"，也将必然成为诗坛真正的主人。这样，同现代流行歌曲的应运"泛滥"一样，我们可能会迎接一场空前的"诗歌瘟疫"！

七、令人困窘的历史反思——过渡的诗坛

在对当前诗歌运动的发展作了以上乐观的分析与预测之后，便很自然地想到现实的诗坛——那些坐在成名诗人和编辑位置上的人们，对急剧变化和发展的新诗潮，表现出一种习惯性的茫然无措，且常常不自觉地成为一种障碍；他们顶多能捕捉到一些变化，却总不能认识飞跃、认识未来。甚至连一些很快成名的中青年诗人也是如此。

在这一块土壤上，我们的诗人真是衰老得太快了！

诗歌的发展和繁荣（表现在报刊公开发表方面的）落后于小

说的发展和繁荣；文学的探索落后于绘画、雕塑和音乐的探索；理论落后于作品，编辑落后于作者，诗人落后于诗歌读者——这几乎成了当代文坛一个别有意味的大问题。

平衡导致了平庸——请名家挂名，发名家作品，新旧搭配，老中青三结合；发一首朦胧诗，必得用大面积不新也不旧的诗去覆盖——几已成固定套数，似乎不这样就不成体统，就不是正经刊物。

于是新的也很快成了旧的，没有质的突破，量变只是一种重复。十几家诗刊和一家诗刊是一回事，占主要篇幅的依然是那些人们"应当读"而又很少读的诗人们的作品，或者是在那些宣传诗、亚宣传诗以及不断重复循环的应景诗方面、"源远流长"的后起之秀们的"佳作"。而这些诗人和他们的作品，既没有提供任何更新的认识价值和更深的人生体验，也没有提供更新的审美情趣和审美意识。他们只是像一些浸透在什么溶液中的标本，把读者早已习惯了的，在从前那些诗人们那里早就知道了的东西重新包装一下，再塞给读者。

而我们大量的诗歌编辑们，又总是习惯于或喜欢于将这些标本以发表为标准、为动力，去鼓励新的仿效，新的复制，新的重复，使他们把主要精力花在做好一个学徒之上，从而最终成为诗坛又一批最勤劳也是最低劣的诗人。

实际上，我们本来应该拥有多少探索性的、超越性的先锋诗人——他们发出的声音，连诗歌界以外的作家和艺术家们也为之感动并获益匪浅，但在我们的诗坛中，却总难"有幸"，总难出世而形成阵容。于是地上不流地下流，民间诗社、自办诗刊、自费出版诗集如风潮勃兴，形成庞大的"第二诗坛"，从而成为当代中国文学史上一个特殊的历史现象。

不是读者冷落了诗，而是诗坛冷落了读者。十载春秋，与当代中国小说界的主持者和前辈们相比，我们"正宗诗坛"的主持者和人物们，是何等让人遗憾？！

是非功过，这段艰难而曲折的当代诗歌史，后来者自有评说。

结　语

我们所面临的是这样一个时代：它不但将严峻地宣告一大批人艺术生命的消亡，而且还将无情地宣告一大批人精神生命的消亡。——一切对未来可能发生的变化，没有做好心理准备和思想准备的人们，都可能在新时代钟声的轰鸣中，猝然间老去！

诗不会衰落，诗也不再需要监护——我们尊重历史，但首先看到生活；生活正在发生根本性的变化，我们正在被这变化的生活所淹没，又必将被这变化的生活所高举。

因了个性的尖锐和突出，在当代，在未来，谁也无法再保持一片古老而平静的海面了——在这涌动的浪潮之上，在艰难的过渡之后，诗的太阳会更加真实而年轻！

1986 年 6 月 8—10 日

【附记】

此文系 30 余年前，开始涉足当代诗歌理论与批评的第一篇正经文章。原载《文学家》双月刊 1986 年第 3 期，后于《诗歌报》1988 年 4 月 21 日头版重新发表。现在看，难免有不少偏颇与粗率之处，但出发时的锐气和敏感仍令人追忆。同时，此文也是国内最早从宏观角度，为第三代诗张目的理论文字，其中一些观点和提法，至今仍未失效，且为此后许多理论与批评者或直接或间接引用，是以敝帚自珍，原样收入此集。

第三代后：拒绝与再造
——谈当代中国诗歌

一

从朦胧诗到第三代诗，整整两个五年，我们经历了一个拒绝的时代。

朦胧诗是一种政治上的拒绝，第三代诗是一种文化上的拒绝。

朦胧诗是对当代中国新诗表现内容亦即所谓"主题"的一次全面突破、拓展和解放，一次诗歌思想的革命。朦胧诗所发出的声音，几乎代表了整个当代中国，在社会大变革和东西方文化交汇的浪潮中，所凸显的新的时代意识和个体生命意识，并做了最为深刻、全面和先锋性的折射与传播，从而影响了整整一代人，乃至推动了其他文学的革命。

第三代诗歌，则主要是对当代中国诗歌表现形式亦即诗歌"文体"的一次新的突破与拓展，一次现代汉诗语言的革命，从而为现代汉诗最终形成自己成熟的、独特的表现形式，做了最宽范围、最多方位、最大效应的实验与突进。

夹在这两代拒绝者诗人之中的，是那些作为艰难时世中，个体灵魂之自慰性歌唱的隐逸者诗人，作为顺应芸芸众生浅近精神需要的文化快餐式的消费者诗人，和依存时代工具意义的涉世者诗人，以及作为青春期诗恋症的大量的诗歌熟练工。

然而，我们知道，几乎所有这些诗人们的目光，都是投向过去和现实亦即此在的——从而他们作为诗人的一切意义，也只能仅仅来自这个此在世界——他们是此岸与彼岸之间过渡性的一代诗人。

二

以"我不相信"（北岛·《回答》）粉碎昏热的时代神话；以"你不是一个水手"（韩东·《你见过大海》）推倒虚假的文化英雄——在对"政治动物"和"文化动物"（韩东语）作了全面、彻底的拒绝之后，拒绝者诗人们历史性地促使中国现代主义诗歌，回归到人的真实同时回归到艺术的真实，并追随国际诗歌一起进入了现代意识的广原，从而宣告伪现实主义和伪理想主义的彻底破灭。

这种为再造而举行的全面拒绝、探索和实验，无疑是具有重大的历史意义的——这几乎是一次狂飙突进式的、大跨度的飞跃，没有这一飞跃，我们也许至今还在愚昧、虚伪和非诗的泥淖里爬行。

历史将庄严地记下为历史的发展真正负责任的两代诗人中的所有杰出代表。同时，历史还将深刻地记下以谢冕先生为代表的现代主义新诗理论与批评家们，自始至今所持有的深远的历史眼光和深刻的理论支撑；记下由牛汉先生主持改刊后的《中国》文学期刊（1988年停刊）对"新崛起"亦即"第三代"诗人群体短促而有力的鼓促与扶植；记下由徐敬亚等诗人发起并与《诗歌报》联合促成的"1986.现代主义诗群体大展"；记下《他们》《非非》《一行》等海内外民办诗歌刊物的巨大而深刻的历史性影响。

然而问题的关键在于，假若我们从更深、更宏观的历史角度审视这一段"辉煌的过渡"，我们会发现它的主要价值，只是将一度中断了的新诗革命再次复活，并做了深度推进，且跟上了国际诗歌的发展——一句话，这主要的是一次新的革命而远非新的创建，而整个20世纪近百年历史的中国文化，已是太多的革命而太少真正意义上的创建了！

对此，一位多年来坚持圣化诗歌、恢复诗歌终极关怀精神的青年诗人李汉荣指出："朦胧诗诗人主要是以'政治场'为感觉对象的。第三代诗人则主要是以'社会场'为感觉对象的。而这都不是诗人的场。诗人的场是贯通了天、人、神的宇宙场、自然场或天/人场……诗人应该关心更根本的东西：那是极感性的又是极抽象的东西，它关涉到我们生命的核心内涵。恐怕表现孤独、荒谬、绝望、死亡、迷茫……并不是诗的最高使命，诗并不是也绝不该是仅仅为表现这一切的工具：诗，它本身的含义就是一种宗教的意味，以一种深深的万古情、万古心给人以爱和安慰——因为人本身就是一种很悲哀的生物。"[①]

而另一位时代的清醒者、青年诗人肖沉则明确提出："我们将诗歌转向'宗教'的意义是明智之举。自诗歌诞生那天起，就决定了它是最具理想色彩般的面目的，它仅仅有权提出拯救灵魂的一切善意的理念，这种理念的脆弱已接近无穷大而成为愿望的化身，它解决了什么并不是诗歌的任务。——对诗人来说，诗歌的

---

① 引自青年诗人李汉荣1991年5月24日致沈奇信。

任务是重建精神的殿堂。"①

对于处于20世纪末的中国诗人们，这些发自青年诗人们的圣徒般的声音，无疑是历史性的提醒和昭示——可惜今日中国诗坛真正超越性地悟到此境者并不多见。

三

而，缺憾的阴影正由此降临。

随着第三代诗人们将拒绝推到极致，我们就真的只剩下"此在"之"荒原"了：神性生命意识的缺失导致诗的内在困乏，对诗歌文体的本质性偏离导致诗的外在迷失；人们在商业文化垃圾和后现代主义冲动之皮屑间漂游，在现实的呕吐物中迷茫，一边用"沙器"式的艺术证明自己的存在。

应该说，这几乎是一个世界性的缺憾。

现代人类精神由此进入了一个悬空状态，并加速度地跌入物欲和消费之漩涡；人类几乎是过度地消费了这个世界，而这个世界也便过度地消费了人类，特别是消费了我们作为地球和宇宙唯一特殊有机体的神性之光！为现代文明所困扰、所钝化的现代人类，似乎再也难以听清古往之"天籁""地籁"和"人籁"——而那是作为既神圣又孤弱的人类唯一超越造化、反抗死亡的声音，是对我们短促生命的终极安抚和最后的慰藉！

于是我们又一次为自己"创造了"新的困境：旧的精神家园已经破灭，新的精神家园尚未得以构建。我们只是在迷惘而孤弱地流浪。相对于一个闭锁禁锢的破落庄园来讲，流浪无疑是一种解放、一种进步、一种轻松、一种洒脱……但流浪不是归宿！

---

① 肖沉：《诗歌实验室手记》，《一行》诗刊总第12期，第139页。

我们为何成为诗人？

我们创造了些什么？我们丢弃了些什么？我们应该丢弃的是什么？我们可能创造、应该创造的又是什么？

我们必将何往？

还是那位圣徒般虔诚的青年诗人李汉荣的话让我震动："他们没有所由来的家园和所要去的彼岸，他们是无根的，因而长不高、长不大……"①

而那位"荒原"意象的"创造者"T. S. 艾略特则多次提醒人们："在还没有学会栽种新树之前，我们不应该砍掉老树。"

四

客观地讲，我们实际上已经部分地学会了栽种新树，并已成长起一些幼林，问题在于我们似乎过于迷恋更新、一味主张变革，而缺乏必要的反思精神与整合意识。

拒绝—解构—再造，作为现代主义诗歌的世界性进程，在西方是经历了近百年的探寻与发展的，我们却在短短十几年内做了形式上的演练，其先天不足与后天不良的弊端是可想而知的。中国式的"布尔乔亚情结"和"运动癖"，在这里再次发作和泛滥，"各领风骚两三年"的后面，呈现的并非全是艺术生命的丰沛与强盛，也隐藏着困乏与迷惘。

再造的前提是拒绝，而拒绝的目的则是为了再造。步入20世纪末的当代中国诗人们，终于发现了"荒原"与"此在"的局限和个体生命的孤弱，重新回到"家园"和"彼岸"这样的命题——让诗歌转向它的本源即"宗教感"与"彼岸性"的意义。

---

① 引自青年诗人李汉荣1991年5月24日致沈奇信。

对于迷失的现代人,"彼岸"并非虚妄,"宗教"也并不可怕,可怕的只是对"彼岸"与"宗教"意义的完全无意识。

拒绝者诗人,尤其是第三代诗人们的诗歌光芒,来自至今尚未全面释放的语感体验,和未被全部展开的生命内在。在饱受欺骗和失望之后,从他们的诗中,我们得到一种亲切的、兄弟般的个人关怀,有如老朋友相聚,一杯酒,一支烟,一种暂时的轻松与快慰。

然而人生本来就是孤弱的。在造化面前,在社会面前,在命运面前,在不可抗拒的死亡面前,这种兄弟般的关怀和个人的慰藉,毕竟只是如雪地萤火而转瞬即逝。在大部分时空里,在基本上总是独自一人面对世界的境况中,我们需要听到的是另一种声音——那是来自彼岸世界的上帝般的终极关怀之语!

圣者诗人,或,再造者诗人——这将是未来历史对新世纪诗人的尊称。

这一诗人族群的诞生和崛起,将取决于第三代后的诗人们,对已有的中国文化及世界文化的重新认识与重新整合的程度,以及对未来人类精神的深入程度,当然,也取决于其艺术动力之持续上升的程度。

五

这实则只是一个古老的命题,笔者只是再一次重新提起而已。但这又肯定是一个创世纪式的新的出发。

不可否认的是,对于从本质意义上看,连"拒绝"这一历史性进程,都尚未彻底完成的当代中国诗歌界,上述命题的提出,暂时也只能是一种提示或可望而不可即的路标。我们只是刚刚将几颗独立而自由的头颅拱出泥潭,而大部分依然身陷旧垒;我们似乎才迈出艰难的第一步，所谓的超越遂成为可能的呓语。

然而问题的要害在于：我们是否真的必须步西方之后尘，把包括后现代主义在内的所有西方精神与艺术历程，乃至他们的恶心与呕吐都要再经历一遍？经历之后我们又会站在哪里？我们不是已经跻身于"荒原"了吗？仅就诗歌来讲，我们不是已经自信地认为和国际诗歌处于差不多同一地平线了吗？那么我们是否可以或者应该提前"立定"，转个身，从另一个维度跃入新的空间，再造一个新的、超越性的诗歌工程，一个洗刷尽世俗性、工具性，而恢复固有的圣洁与神性的精神家园？！

其实我们根本别无选择：造就一代圣者诗人、再造者诗人，让诗歌回归它本源的意义，是第三代后中国诗歌的历史使命，也是对整个现代文化缺陷的一个可能的补救。

是的，我们已经有了十年的积累，十年的高度，现在是该完成这历史性一跃的时候了。

1991 年 10 月

运动情结与科学精神
——当代中国新诗理论与批评略谈

1

"……初起的潮头已渐渐远去,奔突于峡谷中的激荡亦已渐平息。'山随平野尽,江入大荒流',流深而水静,十年现代主义思潮终于以大江长河之势冲入 20 世纪的最后十年,并开始它更雄浑、更深沉的行进。"

这段文字,是笔者在一篇题为《站在新的地平线上——中国现代主义诗歌运动十年概述》的文章中,对进入 90 年代之中国新诗的形象化描述。①

绝非虚妄的乐观。今日中国诗坛,至少就理论与批评来看,所谓"正宗诗坛"亦即官方诗坛之"主流效应",尽管仍时有回

---

① 沈奇:《站在新的地平线上——中国现代主义诗歌运动十年概述》,原载台湾《创世纪》诗杂志 1991 年 7 月号总第 84 期。

潮，但终已渐近式微，真正实在的"第二诗坛"，亦即当代中国现代主义诗歌之代表力量以及广大的青年诗歌界，几乎已无人理睬这种"权贵理论与批评话语"的存在。包括周伦佑、徐敬亚、韩东、于坚、蓝马、唐晓渡、欧阳江河、陈超等一代年轻的诗人理论家在内的"新崛起"诗歌理论与批评家们，经过十年的奋争与突围，已形成自己的明确立场和坚实的抗衡力，并为现代主义诗歌创作实践所确认，从而并肩进入实质性的、自在自主的发展时期。

经由这一次"突围"，现代汉诗之理论话语权已经转移，我们面对的未来之挑战，将主要来自我们自己。

2

站在新的地平线上，回顾和反思十年之艰难"突围"，应该清醒地看到，我们的现代主义新诗潮，从作品到理论与批评，都不免带有强烈的"运动态势"。这种"态势"于"突围"时期是完全必要的，也是不可避免的，可称之为"史的功利"。问题在于"突围"之后，若不及时消解这种"态势"，依然滞留于其惯性之中，就难免会成为今天重新起步的障碍。

"新崛起"理论是在对抗中生成和壮大起来的，一旦对抗消散，我们还有没有自我行动的能力？即或是对抗依然存在，我们是否也应该把更多的注意力，放在自身的建设和早已"远去"的创作实践上去？

尤其重要的是，似乎很少有人反省到，过去极大地推动了现代主义新诗潮的"新崛起"理论效应中，有相当的成分带有可称之为"运动性导引"的性质，而非纯粹的理论建构。当运动逐渐消解，现代汉诗渐次进入更深层次、更个性化发展时期时，这种理论效应便渐显乏力，出现"二度滞后"状态，乃至一些诸如"抢山头"、"争话语权"等不良心态和分裂现象也渐现端倪。

究其深层原因，除了理论与批评家们个人人格与文化根性之外，我们在过去十年的策略性运作中，不知不觉所借重的"运动情结"，已同样不知不觉地形成了新的遮蔽。

这种"遮蔽"，实在可以说是由来已久的中国特产。近百年中国历史所演出的种种悲剧，其深层症结，无不含有"运动情结"这一固有之病根，它几乎已渗透进每代中国人乃至每个中国人的血液之中。

无论是朦胧诗时期，还是朦胧后即第三代诗歌时期，我们对整个现代主义新诗潮的崛起与迅猛发展，缺乏心理和理论的准备，传统的断裂使我们扎根甚浅，长期的闭塞又导致对外来文化的生吞活剥，而历史又必须迈出这一步。于是，再次借助于这种"运动情结"，从而使我们的诗坛太像一个混杂繁乱的"市场"和"运动会"，普泛的诗人和理论家们又太一味迷恋于创新举旗、趋流赶潮，缺少基本的独立思考和科学精神。

在探索的时代、奔突的时代，这些都无可非议，而当这时代结束，这种历史性的"遮蔽"就成为首先需要突破的东西。

还有另一种遮蔽——来自西方话语的遮蔽。引进变成附会，借鉴演化成阐释权，"抢占理论制高点"以趋于新的"话语权力中心"，正成为新的功利诱惑——以及如此等等。

3

实则这些大多只是理论与批评界自身的困扰，远离当前新诗发展之实在，也必然与创作实践相脱节——

当年轻的"新崛起"理论家们，尚沉醉于刚刚争得的对朦胧诗的阐释权时，更年轻的诗人们，已开始"第三代"诗歌亦即新生代诗的突进，而远远将朦胧诗抛在了身后；

当学院中的新批评家们，尚在"后现代"、"解构主义"等西方最新文学理论概念中清理思绪时，这些"主义"的诗文本乃至土生土长的理论文本早已在《非非》《他们》等第二诗坛形成和发展；

当所谓"主流话语权力"渐近式微，作为十年现代主义新诗潮之理论代表们，开始关注新的"理论话语中心"构想时，进入90年代的新诗创作本身，也早已既不认那个中心，也不认这个中心，进入可称之为"边缘中心化"的发展状态。

对于现代汉诗，这无疑是天大的好事，对于现代汉诗理论与批评，则不失为一个新的挑战。

于此，我们不能再沉迷于策略性运作而难以潜心诗学本体。建设是比"突围"更艰难也更重要的事情。面对如此动荡与不平凡的世纪末，现代主义新诗理论与批评，也必须重新调整自己的方位，同时保持自己的纯洁性和责任感。

对此，我主张"二度拒绝"与"重新进入"。

4

首先，是对一切或旧时的或新式的"运动情结"的拒绝或叫做消解，尤其对一些含有过多策略性、运动性的，从理论到创作的实验，适当持一份冷静的保守态度。提倡科学精神，提高整合意识，进入自由、自主、多元而又严谨的理论态势。这里面包括对传统的再认识（我们反对强加于我们的所谓"传统之精华"，但绝不能就此放弃对传统之本真血缘的追寻与再造），以及对十年现代汉诗之理论与批评已有成就的再认识。

其二，拒绝对西方诗歌和西方诗学生吞活剥、亦步亦趋式的附会，进入"本土意识"，关注本土诗歌创作与理论的生成和发展，探究现时空下，中国人自己的现代感和现代诗歌意识。当然，这里绝非要重弹"越是民族越是世界的"等陈腐论调。

我们深知，狭隘的民族利益和狭隘的阶级利益，是导致中国新诗以及整个文学无法形成世界性影响、与经典作品相形见绌的根本症结。但不能因此就想象自己要成为非中国的"世界诗人"，乃至以西方诗学为唯一的价值尺度，去赶这个主义、那个主义的"场"。西方现代诗学植根于西方人的生存现实，而我们有自身的、完全不同于西方的生存现实。引进甚至拿来都是必要的，我们只是想提倡一种扎根本土的开放，否则，最终都只能演变为附会，而附会则是自我的消亡。

其三，拒绝虚假的批评作风，以及由此生成的大而空泛的新形式主义的批评文本。新的时代已不再需要虚张声势，期待真正严肃公正的批评家，和诚实的、实质性的、个性化的批评精神。

以上三点，其根本问题是消解"运动情结"，讲求科学性、原创性、本土性和自主性，使理论成为理论，使批评成为真正意义上的批评，既非创作的附庸，也非"舶来品"之"炒卖"，自成体系，有自身的驱动力、生命力和超前性，以最终求得从另一个维度，跃入新的时空，创建我们自己的、面向未来的现代汉诗之诗学殿堂。

1992年8月

过渡还是抵达

——关于后现代诗的几点思考

进入 90 年代后的中国新诗,无论要谈理论还是谈创作,似乎都已不能仅仅只着眼于大陆诗坛。随着近年两岸诗界日趋准确、全面的历史性"对接"与"整合",一个可称之为"大中国现代汉诗"的"场"已客观存在。

至少,台湾现代诗发展的现实,已成为我们思考诸多理论问题不可或缺的参照。谈后现代诗,更是如此。

1

就大陆诗界而言,自 80 年代中期,亦即朦胧诗后崛起的第三代诗,可以说已是充满了"后现代式"的喧哗与骚动,一部分诗人的作品也颇具后现代意识。但从 1986 年后至今的新诗潮之总体进程来看,无论是理论与批评还是创作本身,似乎还一直处于未界定状态。至少,鲜有文章指认谁是"后现代诗人",怎样的诗歌作品是"后现代"的,也很少见到有诗人自己打出这面旗号来。

而这期间,海子、骆一禾的非后现代之轰动,所谓"麦地诗"、"乡土诗"的滥觞,新古典、新现实旗号的招摇,也使潮头初起的"后现代"态势渐趋式微。近一两年似乎又"火"了起来,其实也多在理论界"炒"来"炒"去,创作方面则不显山不显水。

从理论上讲,台湾诗界尤其是青年诗坛,应该说是"过来人"了——颇具寓言性的"乡愁"情结,自上一代延传下来的文化根性之阉割,对归宗传统的迷失与漂泊,尤其是步入接近后工业社会后的生存现实,整体上或确已进入"后现代氛围"。然而作为一种"后现代诗"文本的确认,也一直未有定论。故有"有后现代理论,无后现代作品"的说法。

2

这便是东方式的迷津!

谈中国当代新诗的"后现代",甚或,谈一切当代中国文学艺术的"后现代",首要的问题是如何面对这一迷津。

实则,对于眼下的中国诗坛来说,挂在人们嘴上的所谓"后现代主义",大都是趋于一种从后现代的角度去看待,或从后现代意义上去套说的"意向性趋动",而非真正进入理论的建构与导引。尤其诗人自己,更无法确切认定"我要写后现代诗了"等等。而假如,纯粹拿引进的西方各种后现代主义理论概念来套中国诗歌的现实,则又难免只是一种虚拟,落入另一种非后现代性的话语权力中心了。

看来先得弄清楚的是以下几点。

其一,中国有无后现代主义的现实存在?

其二,现时空下中国人自己的后现代感是什么?

其三，由此产生的后现代诗创作的基本特质有哪些？

作为晚期资本主义后工业社会的一种文化现象，台湾显然已是一种较广泛的现实存在。大陆虽不具备理论意义上的现实依据，但作为一种世界性的精神话语，后现代主义的文化因子也已日趋急速地渗入人们的生存之中，并经视听、广告、快餐以及各种流行媒介而畸形膨胀。

黄河照样流，长江照样流，只是两岸的风景已开始变味。

3

提出现时空下中国人自己的后现代感之命题，在于必须面对东西方语言与生存的本质性差异，这种差异必然导致作为西方文化进展产物的后现代主义，进入中国本土的异变现象。任何无视这种异变的理论，都是自欺欺人的"玩虚"。

而有无后现代感是一回事，产生怎样的后现代文本又是另一回事。

表现在大陆上的后现代感可主要归纳为以下几点。

其一，历史感、责任感的消解与对商业文化与消费文化现实的初步认同；

其二，神性生命意识的缺失与世俗化的繁衍；

其三，对所谓"主流话语权力"的拆解或忽视，由此产生多元共生或边缘中心化趋向，以及个性自由的空前张扬；

其四，不可遏止的反传统冲动，包括对所有既存艺术模式、美学理论、语言范式的再审视，及由此生发的多层面多向度实验与探索；

其五，表现在各类文学艺术文本中的新潮性、时尚性、世俗性、反讽性、不确定性、混杂性、宣泄性、无主题、无深度、冷叙述、反高雅、反抒情、反英雄等等；

其六，对语言的全面关注、质疑与重构。

看来，连这块古老的大陆也开始步入"后现代"了——实则也只是知识界、文化界及某些文艺圈子里的一种初始存在，但其日益扩大的影响不可低估，其中"感染"最甚者首推诗与绘画。

由是，短短几年，各种后现代、准后现代式的各式演练，已全面改变了包括台湾在内的当代中国新诗的面貌，但若要对其归纳出基本的特质与确认度，似乎又比较空茫。尽管上述中国式的"后现代感"，在这些演练中都有不同程度的表现，但就具体文本来说，总体感觉尚是一种现代主义的"衍生品"，一种现代与后现代的过渡性文本。

一句话，我们已经存在诗的"后现代"之氛围和气候，而"后现代"的诗之存在则有待认知。

4

于是又回到那个东方的迷津。

何以早期后现代式喧哗之后又趋于平静？何以喧哗六七年之后仍虽有气氛而鲜有文本？何以即或一些颇具后现代态势的诗人们，一旦进入具体创造中时，又总是常常将后背靠在旧文化之母体上使之走调变味？何以连台湾这样基本"后现代化"了的地方，也只是有理论而无作品？

也许我们连真正的现代主义都未能深入？如同我们很少有过真正的现实主义一样。

什么都喜欢拿来"耍耍"，什么都最终"耍"不彻底"耍"变了味——这就是当代中国的文化语境；

理论的全面引进与文本的全面异变（已出现和可能出现

的)——这就是当代中国"诗的后现代"。

一种过渡而非抵达——一种渐进的、家传的、不可逾越难以拆解的改良而非飞跃。

必须赶紧声明,上述用词都不含褒贬色彩而属中性的。正视也不是认同,是中国文化的祸还是福,仍是一个无解或有无数可能解的命题,一个"后现代"式的后现代命题。

回到题目上:本文的"过渡"和"抵达"有两层意思:其一是指认当代中国诗歌的后现代目前是一种"过渡"还是"抵达";其二是想提出需要的是"过渡"还是"抵达"?

我是说,假如异变是不可消解的,我们"抵达"的又是什么?必须"抵达"吗?"抵达"后的中国新诗又会站在世界格局中的怎样的位置?

到了的感觉是:现在谈诗的后现代,不是早了一点,就是虚了一点。

1993年4月

分流归位　水静流深
——世纪之交大陆诗歌走势

20世纪末的最后十年,可谓中国大陆诗坛最为驳杂动荡的十年。

以1986年秋《诗歌报》和《深圳青年报》联合举办的"中国诗坛现代诗群体大展"为启动,继朦胧诗之后的第三代诗潮,进入了一个社团林立、群雄纷争、流派分呈、变革迭起的"大摇滚"时期,成为汉语新诗80年中,最为壮观也最难把握的一道风景线。

显然,这是一次极为重要的裂变,经由二次"能量释放"之后,泥沙俱下、混杂不清的大陆现代诗潮,逐渐开始分流归位、朗现格局。其大体脉络,以我个人诗学观念而言,可作如下划分。

一、从诗歌艺术造诣分层,可见出专业性写作与非专业性写作的分野。

这一分野，最终使绵延十余载的"诗歌群众运动"之负面效应，亦即"运动情结"所造成的非诗性因素，得以逐步消解，使现代汉诗开始步入依从艺术规律与诗歌本体作良性发展的稳健阶段。

泥沙俱下后的水静流深，沙自沙，泥自泥，专业与非专业，诗性的与仅具诗形的，各得其所；非专业性写作尽可向专业性写作过渡，但不再混为一谈，影响艺术层面的拓殖、收摄与整合。

二、从诗歌立场所在分层，可见出生命性写作、知识性写作、社会性写作三个层面的分野。

"生命写作"虽一度成为第三代诗人个个挂在口头的标志，但大多数并未有真正深切的生命体验和生存痛感作支撑，只是将"青春期诗恋症"误作了生命写作的基因。其中一部分，尤其一些"学院派诗人"，便改由间接的知识性生存体验为精神底背，侧重于通过阅读与思考的兴发，专注于与"文本现实"而非与生存现实的对话，所谓"书斋写作"。其中不乏专业层面的高手，但其精神源流，总还是与当下有隔，尤以本土文化根性的丧失和语言及诗体的过度"翻译体化"为弊端。

至于社会性写作，乃主流诗歌亦即官方诗歌的传统写作，大都借用新诗的表面形式，拿来作社会学层面的布道之说，或浅情，或近理，或指点江山登高一呼，或应景及时浅吟低唱，皆有其诗形而无其诗性，属于非诗的另一极。

但此种写作应主流社会及主流意识形态所需，大量长期"订货"而历久不衰，且容易为非专业性阅读所接受，遂构成与纯正诗歌写作长久并存的一大景观。

三、从所承传的诗歌源流看，大体仍在现代主义、现实主义、浪漫主义、新古典主义四大路向中分流发展。

尽管，从朦胧诗到第三代诗，大家似乎都以打出"现代"旗帜为己任，但各自所承继和所认同的"遗传基因"不一样，最终仍大体分属了不同的路向，只是比原先的各种"主义"，其表现略有不同，或有所发展，或互为融通，但其底背所在，还是较为分明的。至于后现代主义，至少就眼下而言，尚只有极少数企及者，未形成流派阵营之势。

四、从语言形态趋势看，可见出三脉路向：其一是以营造意象为能事的抒情性形态；其二是以活用口语为主导的叙述性形态；其三是二者兼济的、可称之为"第三向度"的形态。其中，又有或过于"翻译语体"化，或片面追求本土化，或重涉古典理想的现代重构之理路等不同倾向，取舍不一，所形成的语感、语境及诗体营造也各具特色。

五、就创作状态而言，又可分为激情性写作与智慧性写作两大类。前者重在诗歌精神向度的拓殖，后者重在诗歌艺术向度的拓殖，虽各有千秋，但后者的重要性，正被越来越多的诗人所认同。

"写什么"之激情滥觞之后，"怎样写"依然是首要的命题，这也是现代诗运渐趋成熟之后的标志性认识。

以上五点指认，只是大略把握，粗线条勾勒其一个轮廓。

需要特别指出的是：两个十年的大陆现代主义新诗潮，一直均以"现代性"为旗号，虽然各自承继的遗传基因不一样，却都为这一旗号的号召所鼓促，簇拥前行。实则何为"现代性"，什么是中国人现时空下自己的"现代感"，在初起的潮流中，都是含混不清的，则后来的分化也便在情理之中。

中国新诗，向有"舶来"之嫌，两个十年的中国大陆新诗潮，更是全面引进和演练西方各种主义之思与诗的空前盛会。

这一"盛会",一方面及时开启并激活了当代中国大陆的诗性思考,形成了新诗80年中,最为宏大的诗歌造山运动,无论其拓殖的精神空间还是艺术空间,都是前所未有的;另一方面,也逐步显露出种种无法回避的后遗症,其中尤以文化失根、精神失所、语言失真、品格失范为烈。

为此,如何在世纪之交的时空下,及时调整自己的内在理路,在反思、整合与超越中,开启新的步程,以不负新诗百年的呼唤,已成为中国大陆诗界共赴的使命。

1998年7月

热闹中的尴尬与困惑
——从诗坛两个"排行榜"说起

不久前,由《诗刊》社搞的"新诗现状调查",最后排出"最有印象的现当代诗人"50名"排行榜"。这个调查,其对象以《诗刊》刊授学员与订户为主,"加之其他一些因素"(某媒体报道用语),使其"排行榜"的可靠性颇令人生疑。

其实,就学理而言,笔者并不看重这个调查本身有何价值及意义,重要的是这一调查结果所暴露出来的当代诗歌传播与教育的问题。——让人难以置信的是,我们的诗歌体制和大学教育与中学教育,怎么就培养出了这样几乎完全不搭调的读者口味?显然,我们的普泛的诗歌读者,已在多年的驯化模式中,失去了辨别真伪的能力,实在令人遗憾!

"诗教"的问题,首先源自诗歌传播的弊病。

众所周知,充斥于各种官方诗刊、诗报以及装点副刊的那些徒有诗形的各类"豆腐块",那些天天见面、月月"闻名"、知其名不知其诗的"诗人们",却因反复占据传播要津,遂成"谎言说一千遍便成真理"的效应,使不在"此山中"的广大读者总难识"庐山真面目"。同时,一批又一批"春风吹又生"的诗歌青年,为了"登堂入室",过把"青年诗人"的瘾,便总得要无形中就范于这样的"圣坛",当好一个"小学徒",进而为"师长们"(其实主要是"编辑诗人"们)所认可,功利驱使加上集体无意识,造成长期弱势因子互惠共存而致虚假的繁荣。

问题其实已存在许多年了,《诗刊》社的调查,实际是个迟到的大暴露。

尽管,近 20 年中,因了民间诗歌社团的奋力抗争,渐次形成较为纯正的第二诗坛之阵营,但毕竟由于体制所限,传播不畅,虽为海内外真正到位的诗歌理论与批评家们所看重,且为专业性阅读层面所熟悉而认同,但在大众阅读层面,还是需经由公开出版物的中介,变味走调,难免"杂烩"一起。

非诗满天飞,好诗无人知,诗歌的真正繁荣,有待于文化体制的彻底改革。尤其是,国家不再背官方诗坛这个旧包袱,让诗歌创作和诗歌传播一律民间化,看谁能真正赢得读者、征服未来。

对此,作为当代中国文学"精神圣地"的北京大学,终于率先做出了反应:由北大文学社负责人向"全校范围内的诗歌行家及爱好者"发出 100 份调查问卷,改《诗刊》社"最有印象的现当代诗人"为"最具实力的现当代诗人"之导向,也排出了一个 36 人的"最新排行榜"。因其仅只在 1999 年 1 月 1 日出版的《中国大学生》杂志简短刊出,不妨在此作以转抄,以便行文对照。

"其名单按得票多少依序为:北岛、海子、舒婷、穆旦、艾青、冯至、西川、戴望舒、顾城、徐志摩、何其芳、郑敏、食指、戈麦、欧阳江河、芒克、多多、江河、闻一多、卞之琳、翟永明、骆一禾、余光中、牛汉、杨炼、王家新、郭小川、郭沫若、韩东、于坚、臧棣、杜运燮、蔡其矫、西渡、黑大春、任洪渊。"

北大文学社的这个"排行榜",比起《诗刊》社来说,显然是要纯正公允得多,至少,在大体还原历史的真实这一点上,还算交代得过去。但也不乏值得商榷的地方,且有一些隐在的漏洞需要指认和正视——

其一,昌耀漏选,让人费解,窃以为仅就"原创性"一项指标而言,榜中少一半诗人不及昌耀;

其二,没有伊沙,不费解却遗憾。既然排行榜已排至90年代青年诗人群体,何以将独具一格、影响甚大(尤其在青年诗歌界和"新人类餐座"之诗爱者当中)的伊沙排除在外?有失"兼容并包"之北大风度;

其三,"北大情结"突出,36人中北大出身的诗人占了不少,难免有狭隘之嫌;

其四,作为新诗百年三大板块之一的台湾现代诗,仅以余光中一人作代表,连痖弦、洛夫、郑愁予这样在世界华文诗歌界影响巨大的诗人都弃之不顾,不知是阅读有限还是其心理机制有问题,难免有失公允、贻笑大方;

其五,若以新诗浪漫主义、现实主义、现代主义、新古典四个"球根"亦即四大流向之说去看,北大排行榜中,浪漫主义诗人的份额明显居大,而其他流向尤其是现代主义流向的代表较为单薄,是个值得深究的问题。

这就要说到当代诗歌鉴赏与评论中,有关"学院审美口味"的话题。

这么多年来,我个人一方面置身民间诗歌潜流,一方面又侧身学院诗歌批评阵营，常无意间于两栖中作些比较。遂感觉到，在历史进程的认领与诗歌发展格局的宽容之外，学院"诗歌行家和诗爱者"们，似乎一直为浪漫主义余绪和抒情情结所困扰，尽管也承认以"他们"诗派为代表的第三代诗人之口语化、叙事性诗风的存在，但内心里还是有"另类"之嫌，不作"正宗"视之。"玫瑰"式的高雅，"夜莺"式的婉转，优美朦胧的意象加上高屋建瓴式的真理呼唤，才是他们所看重所倾心的诗歌圣殿。由此"朦胧"过后盼着新的"朦胧"，神化海子后期待新的"海子神话"，以及所谓"九十年代知识分子写作"的高调标出等。

其实就我个人"审美口味"而言，多年来也是作如此虔敬倾心的，但总是失望，反而最终是被并不"高雅"、并不"优美"的口语化"另类"诗歌所征服，感到真实、亲近、可信。本来正、负承载，多元共生，是当代诗歌的常态，不存在谁是"正宗"，谁是"另类"。看来还是浪漫主义的"瘾"没过够，可又总是没法"过"——这也是多年困扰我自己的一个问题，且认为许多纷争与误会，都与此有关。

由此又扯出另一个话题，即民间诗歌写作与学院诗歌批评之间的调适问题。

我个人就常常遇到这样的情况：在民间诗歌写作那里，多以听到的是对学院批评的抱怨，抱怨其失于偏颇、不尽深入、抱着旧资料老账目不放；在学院批评那里，听到的是对民间诗歌写作的求全责备，责其失于偏激、过于本位、缺乏自省自律等等。当然，90年代后的学院批评，也发生了一些新的变化。一方面是战线拉得太长，顾此失彼；一方面也不排除个别新派学院批评家，夹杂有以制造新的理论话语权力为策略的"圈地运动"意识，以偏概全，形成不必要的纷争。

总之，矛盾已经出现，能否得以新的调适而复归和谐？还是不管不顾各走各自的路？既然是两方面的原因，调适的可能就是存在的，所以我依然期盼着纷争之后的理解，进而再造同步共谋的新局面。

诗坛排行热，历史犯尴尬，其背后显露的文化心态，实在值得注意。真正对历史负责的，还是静下心来多研究点问题、做点实事为是。

1999 年 1 月

秋后算账
——1998：中国诗坛备忘录

中国新诗自"五四"发轫，历80年匆促的步程，即将进入新的世纪。中国人算账爱求个整数，于是临近世纪末的1998年，便成为中国诗坛提前到来的"大清盘"之年：新诗80年，新诗潮20年；三代诗人、三大板块（大陆、台湾、海外）、三路军团（"辫子军"、"洋务派"、"民间社团"——这里仅就当下大陆诗坛而言），都要在重新上路之前，于这个特殊的时空点，讨个像样的说法——其实庄稼还都才长得半生半熟，急于收获的人们已开始摆出"算账"的谱。

首先是南方《华夏诗报》以"旗帜鲜明"的"学术立场"，展开对"朦胧诗派"、"实验诗歌"、"先锋诗歌"、"崛起论者"、"后新诗潮研讨会"的连续"批评"（实质是批判），颇有点"置于死地而后快"的架势。与此同时，北京的《诗刊》，以权威官方诗刊的身份，于1998年9月，向公众亮出了一份《中国新诗调查》，令所有具有基本常识和良心的人们为之震惊。

其二，于1998年3月在京举行的"后新诗潮研讨会"，及由程光炜主编的《九十年代文学书系·诗歌卷·岁月的遗照》的出版，在纯正诗歌阵营引起强烈反响，表明这一阵营内部，从理论到创作的分歧乃至分化，已成不可逆转的趋势，为海内外汉语诗界所关注。

其三，1998年5月，由小海、杨克主编的《〈他们〉十年诗歌选》，由漓江出版社公开出版发行，以此为坚持非主流立场的民间社团，丢掉幻想，重返民间，注入了一剂强心针。

出于急于进入历史书写的驱动，1998年成为中国大陆诗坛共赴的"秋后算账"式的约会，这其中，上述一个调查、两部诗选，大概是最具代表性的、别有意味的"账目"，让我们从头"算"起。

"我不相信"
——对《中国新诗调查》的质疑与思考

诗刊社《中国新诗调查》的粉墨亮相，爆出了中国诗坛临近世纪末的最大新闻——它令人震惊到难以置信的地步，但我们知道，这很可能就是我们必须直面的现实。

此新闻为许多报刊发布后，立即引起各方面的强烈反响。有报载：位列"最有印象的当代诗人"前50名之一的青年诗人西川接受记者采访时声称："我感到耻辱！"而另一位入选者于坚，在电话中对我说："我无话可说。"颇显尴尬和无奈。对此，我也曾在我的教学和几次讲座中广泛听取学生们的反应，得到的是对这一调查结果的普遍不理解、不相信、乃至哄堂大笑。与此同时，已有各种传闻对这次调查的真实性表示怀疑，更多诗界人士，则将此看作不屑一顾的笑料而不置可否。

笔者则坚持认为这次调查的"结果"是真实的,且不想追索其调查动机和策略的纯正与否。正因为其真实,它才成为一个事件,一个"具有很高的参考价值"(某媒体语)的"病案",值得深入分析和研究——

1. 文本分析

《调查》最引人注目的,是最终给出了一个"按所得票数顺序",排列前50名的中国新诗诗人"排行榜"。这一"排行榜",在稍有常识的人看来,至少有以下几点令人吃惊与不解:

其一,作为"快餐诗歌"(有青睐者称其为"轻派诗歌"、"热潮诗歌")的代表人物汪国真赫然位列其中,且居第14名,排在郭沫若之前;而鲁迅、闻一多、何其芳等大家名家则均排名40名之后。

是"百花齐放",还是鱼龙混杂,明眼人一看就清楚。将具有原创性的诗人艺术家与徒具诗形而无诗性的普泛诗人混淆一起,所谓"老、中、青三结合",实在让人啼笑皆非。而更让人匪夷所思的是,将并不以新诗为重,且被各种当代文学史称誉为"文学家"、"思想家"和"民族魂"的鲁迅先生排名第43位,真不知是"抬举"还是辱没?

其二,作为新诗80年发展史上三大板块之一的台湾诗人群体中,只有余光中、席慕蓉二人入选,仅占"排行榜"总人数的百分之四。

两岸诗歌交流,已有十多年了,却依然无视彼岸的成就,以我为主,褊狭、隔膜,乃至停留于道听途说、人知我知的流布层面,岂不可悲?而实际的情况恐怕并非这样,至少如痖弦、洛夫、郑愁予等诗人的影响还是很广泛的,哪能如此以偏概全。

其三，作为大陆新诗潮之开创性人物、朦胧诗代表诗人北岛未列入选。

无非是因阅读的被迫中断而致淡忘，或者是被汪国真式的诗人取而代之了？其实二者都只能是发生在大众阅读层面上的事，真正到位的诗人和诗爱者，是绝不会对历史无知到此种地步的。

其四，50人"排行榜"中，身为此次调查的"主持人"诗刊社的编辑诗人（包括其编委、顾问）竟有15人之多，占总人数33.3%；若再加上曾经做过《诗刊》编辑或编委者，以及其他官方诗刊的编辑编委，已近半数。

这大概是此次《调查》最让人质疑之处——其实这已成见怪不怪的"光荣传统"。80年代初期笔者曾作过一个抽样分析，同期几家省级文学刊物上的诗歌栏目，编辑诗人之间的交换率高达96%，几乎占据了全部官方文学刊物的诗歌阵地。由此我们方明白，一批伪诗人是如何成名的，而坚持纯正写作的青年诗人们，又是为何被迫选择了走民间办刊的艰难道路。变权力为权利，以量的影响造成虚假的声名，已成体制内诗歌的不治之症。没有谁真正为历史负责、为诗神敬业，有的只是一批又一批以诗为生业为名义的市侩、政客和生意人！

2. 文本外考察

反映在《调查》文本内的谬误是显而易见的，乃至使人有不屑一顾的蔑视。真正值得深究的，是文本外提出的问题：调查的结果虽然荒谬却是真实的，并非如传闻中所猜想的是否"有意操作"，而何以便有了这样一个被调查对象的集合和这样一个可笑的结果，遂成为问题的焦点。

按调查者的说法："我们的调查是以文化程度较高的中、青年诗歌爱好者为主体"的。或许连调查者自己也对调查结果，尤其是"排行榜"的构成感到心虚,是以委婉地说明:"我们发现部分被调查者对新诗缺乏最基本的了解,许多人对近年涌现的优秀诗人所知甚少……"云云。这里的"部分"一词应该换成"大部分",因为调查的结果表明,被调查者基本上是属于仅从官方教材和出版物了解诗歌状况的读者群体,可称之为"体制内诗歌族"。

我们知道,新时期以来(并非是"近年")20年中,大陆诗歌的进程,一直是以官方与民间两种形态存在并各行其道的。官方诗歌虽一直拖着"十七年文学"及"文革"遗脉的辫子,难得有真正意义上的诗学变革,但由于长久占据传播要津,且因社会所需、大量长期订货而历久不衰,从而逐渐成为"体制内诗歌族"的阅读重心,视此为"正宗"、为"典范"、为诗的"历史"。民间诗歌虽历经20年的艰难奋争,彻底改写了中国当代诗歌的格局,以其纯正的写作立场、全新的精神世界和高品位的审美价值,成为真正意义上的主流、典范和历史的创造者。然而,由于长期无法进入正常传播渠道(间或被接纳进入,也属点缀陪衬性质,以示其宽容姿态),是以只为专业性阅读层面所了解,无法去"化大众",去占领"时代的大舞台",为此还担上"脱离时代"、"疏离大众"的罪名,实则谁是这时代的灵魂与眸子,谁是这时代的胎记与皮屑,早就是不言而明的了。

而问题的症结也正在这里:绝大多数的诗爱者和阅读者,一直被权力纳入其许可的或无法选择的诗歌知识范畴,从而逐渐造成其所熟悉、所理解的诗歌知识,转而为建构其理解力和熟悉度的权力,使他们一再成为当代中国诗歌历史的误读者。同时,这一权力还通过其生产机器,不断制造出大量的复制品,更通过其具有现实利益性的诱惑力,培养出一批又一批的追随者——这就是我们所面对的"大众",这就是我们所身处的境况,这就是诗刊社《调查》所给予我们的最终启示——在这样的权力宰制下,出现这样荒谬的《调查》结果,就不足为怪了。我是说:中国诗歌真正要进入良性发展还有待时日,有待教育体制和诗歌大环境的进一步改善,直至一再被遮蔽的历史恢复它本来的面貌。

至于诸如《华夏诗报》等一类"辫子军"对新诗潮"反攻倒算"式的"口诛笔伐",实在是不值一驳的"沉渣泛起",一场不具备对话级别的无聊闹剧。时至今日,当许多现代歌曲的词作,也已远远比那些大量徒具诗形的诗还要高明许多,并逐渐取代了流行诗歌的存在价值时,这些始终没弄明白现代诗学基本问题的遗老遗少们,依然抱着那些残喘几十年的老话旧题纠缠不清,实在只是为着自己那点即将为历史所封存的旧日的名分,鼓噪出一点自我慰藉的气氛而已。

从哪里走来的,终将回到哪里去;历史可能会有反复,但历史绝不会倒退,它只能沿着新的生长点向前走去,并将已经死去的东西、寄生的东西,无情地抛在身后。一个漫长的艰难过渡的时代即将结束,世纪末的中国诗歌终将以它新生的力量为主导,在新的世纪里,朗现其新的格局。

无地彷徨
——从"后新诗潮研讨会"的争论说起

1998年3月,一个由"在京和来自全国各地的重要诗歌评论家、诗人和学者四十多人"参加的"后新诗潮研讨会",在北京开了三日,按荒林所作研讨会纪要的说法:"涉及议题广泛,争鸣热烈深入,展示出对中国当代诗歌批评全面反思的势态。"①

---

① 详见《诗探索》1998年第2期,中国社会科学出版社1998年版。

与此同时，由程光炜主编的《岁月的遗照——九十年代文学书系·诗歌卷》出版发行（社会科学文献出版社1998年2月版）。敏感的媒体很快品啜出了这部诗选的特殊性，《北京青年报》率先在其"一句话书评"栏目中，做出"没有选入伊沙的诗成为这部诗选的遗憾"这一有意味的报道。

同样有意味的是，作为世纪之交特殊时空下，对纯正诗歌阵营带有总结性质的这次研讨会，没有邀请对"后新诗潮"做出重大贡献（无论是创作还是理论）的于坚、韩东参加，实际上等于排除了这一阵营中，几乎有多一半代表性的声音。而在程光炜的诗选中，不仅排除了"后新诗潮"最具影响力（至少在青年诗歌界）之一的伊沙的存在，即或是无法避开的于坚、韩东的存在，也仅只是作为一种不得已而为之的附庸与陪衬入选（二人只选入二首小诗），另外如小海、丁当、杨克、侯马等近年影响日盛的一批青年诗人，以及如周伦佑这样写出了《刀锋二十首》等重要作品的代表性诗人，还有诸如王小妮这样闪耀着特异质素的优秀女诗人，也均未入选。由此，这次研讨会和这部诗选，在整个纯正诗歌阵营引起了不大不小的震动，其暴露出来的问题，正越来越为人们所关注。

显然，一种新的分化正在这个阵营内部发生。如果说"后新诗潮研讨会"尚因"争鸣热烈"而对这一分化未置可否的话，程光炜的诗选，则已毫无保留地划清了界线。

从"后新诗潮研讨会"的发言中可以明显看出，研讨的重心，在于给滥觞于90年代的一脉所谓"知识分子写作"的诗歌一个权威性的认同，并作为90年代纯正诗歌写作的主流，予以历史性的充分肯定。不管由此引起了多少争议，其研讨的对象和主旨，似乎并未超出这一脉诗歌的框架范围。尽管会上也有王一川、陈旭光等少数学者，试图对90年代纯正诗歌写作中另一脉走向的存在作以指认，但他们的声音在这样的框架中，难免显得单薄。

问题的关键正在于此：所谓"知识分子写作"的诗歌路向，是否就能代表90年代纯正诗歌写作的全貌或者实质？排除了"他们"、"非非"以及其他大量坚持民间写作立场的诗歌成就，仅以"知识分子写作群体"作为"后新诗潮诗歌"的指认，是对历史真实的一时忽略，还是一种别有用心的策略运作？

于是需要进一步发问的是：究竟谁是90年代中国大陆诗歌中"最为坚实、成熟的那部分"（王家新语），在所谓"身份危机"和"文化焦虑"中，什么是真正消解了那种"剽窃的策略"和"创造力的危机"，而真正从本土发生且发展起来的、新的诗歌生长点？

这使我想起在1997年武夷山现代汉诗诗学国际研讨会上，针对我的论文中将以于坚、韩东、伊沙为代表的一脉诗风，称之为"现代汉诗中最为深入而坚实可信的言说"，并指出某些"高蹈的、抒情的、翻译性语感化的，充满了意象迷幻、隐喻复制、观念结石以及精神的虚妄和人格的模糊，失去了进入新人类文化餐桌的可能性"之诗歌弊端，程光炜曾善意地指正我过于偏颇，并提醒我是否对另一批诗歌创作现象太不了解，我当时含蓄地回答说：对你说的那些诗，我其实读得不少，只是不喜欢，头晕！

也许"头晕"这个过于感性化的词太无学理可言，但又是最为真切可靠的阅读感受。读所谓"知识分子写作"之类的作品，我们无法得到任何可资信任感的审美感受和亲和性的精神感受，只剩下充满了上述种种弊端的技术性操作让人不知所云。谢冕先生指认的那种"浅薄和贫乏"的缺陷，在这一类文本中可说是比比皆是，而这种浅薄和贫乏又是以所谓"复杂的诗艺"（程光炜语）为外表，就更加令正常的阅读者生厌。

实际上,"知识分子写作"是纯正诗歌阵营中开倒车的一路走向,他们既偏离了朦胧诗的精神立场,又重蹈语言贵族化、技术化的旧辙,且在精神资源和语言资源均告贫乏的危机中,唯西方诗歌为是,制造出一批又一批向西方大师们致敬的文本。正如程光炜在其选本的序言中所指认的:"西川的诗歌资源,来自于拉美的聂鲁达、博尔赫斯……庞德";张曙光的"作品里有叶芝、里尔克、米沃什、洛厄尔以及庞德等人的交叉影响";欧阳江河"同波德莱尔一样,把一种毁灭性的体验作为语言的内蕴……",且"使阅读始终处于现实与幻觉的频频置换中,并产生雅各布森所说的'障碍之感'";而"阿波利奈尔、布勒东是怎样渗进陈东东的诗句中的,这实在是一个难解之谜";而"王家新对中国诗歌界产生实质性影响,是在他自英伦三岛返国之后",如此等等。

正是这样的精神背景与语言背景,使这些以"知识分子写作"为要的诗人,大都成为脱离中国人生存现场的"暗房工作者",专注于"二手材料"的对话(这些材料包括各种来自西方的文化遗产、精神遗迹、远去大师们的身影,以及各种国际化幻影等),在这种"对话"中,确实不乏富有"技术含量"(程光炜语)的"匠心和经验"(西渡语),但这种缺乏历史情怀和当下关切的、与我们时代的生存挤压和生命痛感毫无关系的"匠心和经验",究竟有多少价值可言?当生命弱化时,人们才依赖技术存活,唯技术是问的复杂形式直接就表达着柔弱的本质,而图解知识与图解政治也没什么两样。

由此,当代中国诗坛在庞大的、只知其名而不知其诗的"辫子军团"之外,又有了一批只知其名而不知其诗的"洋务派"诗人,他们当中,除王家新、西川、欧阳江河、张曙光等少量代表诗作外,我们很难在阅读记忆中,更多地找到"知识分子写作"

的深刻印象——他们存在着，如同幻影、呓语和"虚无的力量"，若不走出"暗房"、重返大地，或许真会成为"岁月的遗照"和"虚幻的家谱"，封存于历史的"抽屉"，供"梦游者之听"！（《岁月的遗照》中的诗名）

对此，于坚在其《棕皮手记：诗人写作》一文中尖锐指出："对于诗人写作来说，我们时代最可怕的知识就是某些人鼓吹的汉语诗人应该在西方诗歌中获得语言资源，应该以西方诗歌为世界诗歌的标准。这是一种通向死亡的知识……它毁掉了许多人的写作，把他们的写作变成了可怕的'世界图画'的写作，变成了'知识的诗'。"①

同时，谢冕先生在"后新诗潮研讨会"上也尖锐地指出："我们拥有了无数的私语者，而独独缺少了能够勇敢而智慧地面对历史和当代发言的诗人。"想来谢冕先生的这一指认，是面对以"知识分子写作"为主体的这一诗歌路向而言的。问题在于，谢冕先生所期待的那种诗人，是否在整个90年代的诗歌写作群体中都不存在呢？

其实我们不乏这样的诗人的存在。于坚的长诗《0档案》、伊沙的一系列短诗作品，都是"面对历史和当代发言"的杰作，并在国内外不少研究者那里得到强烈反响和高度重视。就在"后新诗潮研讨会"结束后不久，于坚又发表了他史诗般的巨作《飞行》，以其极具整合力和超越性的高度，拓展了我们这个时代的期待视野，乃至使诗界以外的作家和一般读者，都为之惊叹和震撼——于坚的存在，已成为20世纪的中国诗歌，继艾青、北岛之后，又一位完成了"历史的综合"而成为"我们民族自己的成熟的诗

---

① 见《星星》诗刊1998年第11期。

人"。然而不无遗憾的是，对这样"一个历史期待已久的诗人"的存在，我们却总是一再予以忽略或难以重视，也就一再成为难以弥合的历史性的遗憾！①

而这，也正是笔者十分痛苦地书写这一节文字时，最终想要提出的问题——这么多年来，作为一个野路子出身的理论与批评工作者，在怀着虔敬的心情认识并参与了学院批评后，便渐渐生出一份担心：我所敬仰的师长们所敬重的学长们，会不会在90年代特殊时空下，或因天时，或因地利，或因资历与头衔，在及时填补了因时代转型而出现的权力真空后，为"中国特色"式的权力迷障所困惑，成为某种新的、非官方意义的"主流话语"，而出现偏离民间视角的理论误区与批评盲点？

现在看来，这份担心并非庸人自扰：一些令人可疑的现象正在出现，一些令人失望的事情正在发生，早期患难与共、同舟共济的"语境"正悄然远离我们而去——这是令人痛心的变化，却又是无法回避的变化，这变化迫使我们重新做出选择，不再为错误的愿望耽误行程。

重返民间
——由《〈他们〉十年诗歌选》公开出版所想到的

将《〈他们〉十年诗歌选》的公开出版发行，列为世纪末中国重要诗歌事件作以讨论，绝非小题大做。

了解中国大陆50年代后诗歌历史的人们都知道，一份长期疏离于主流文学意识、坚持自由立场的民间文学刊物，能在我们身处的社会环境中撑持十年之久，且最终得以公开出版自己的选集，

---

① 此处借用钱理群、温儒敏、吴福辉合著《中国现代文学三十年》"艾青"一章中语，北京大学出版社1998年版。

实在不是一件小事。历史允许了这颗"异类"的种子生根、发芽以至开花、结果,说明了历史的场景已开始转换;而这颗种子能在体制外的本土艰生带繁衍为一片呼风唤雨的林带,更说明它自身承传的精神与艺术基因,是怎样的纯正、坚实和富有生命力。

新时期以来的20年中,迫于主流话语的宰制,中国诗歌一直以官方与民间两种形态并存,成为文学史上一大特殊景观。诸如小说、散文等其他文学样式,是如何很快消解了这种官方立场与民间立场的对立,而融合为一或取而代之,这里仅作存议不论。仅就诗歌而言,这种对抗从未消失过。此伏彼起的民间诗歌团体和民间诗报诗刊,如野火般地由70年代末燃烧到世纪末,且一直充当着新时期文学思潮的拓荒者与前导者的角色,以其不断拓展的精神空间和不断更新的艺术生长点,影响着其他文学的发展。

这其中,由于各种原因,绝大多数民间诗歌团体和民间诗报诗刊,都流于或昙花一现或各领风骚三两年的匆促展现,未成大的气候。产生过重要影响的"非非"、"莽汉"、《现代汉诗》、《锋刃》、《北回归线》、《南方诗志》等,也因或风格不明确或中途夭折,未能撑持更大的局面。——我们知道,这种撑持有多么艰难,而唯其如此,方感佩坚守者的不易!

应该说,整整激荡20年的民间诗潮,真正产生历史性的影响,且形成某种足以催生并导引新的诗歌思潮和诗歌生长点的,当属早期的《今天》和1985年后的《他们》(还有严力主办的《一行》诗刊,但因其不在本土,另当别论)。《今天》移师海外后,《他们》便成为从80年代中期持续深入至世纪末的一方重镇。这方重镇的存在,不仅有力改变了朦胧诗后大陆诗歌的发展格局,于诗学和诗歌作品都提供了有影响力的经典文本,还以其既具凝聚力、号召力,又具延展性的艺术气质,滋养了当代小说和散文的新的生长——以一个民间社团的小小存在，竟然如此改观了当代文学的样貌，实在是我们这个时代罕见的一个杰作！

这是注定要改变历史的一种集合：作为《他们》"实际上的主编和'灵魂'人物"①的韩东，没有将他创生的这份刊物，办成文学青年"过家家"式的"小沙龙"，或利益同盟者围着取暖的"小火炉"，而是以其敏锐的历史眼光和严谨的专业风度，将其内化为一种思想、立场与人格的集合。

实际上，《他们》作品的集结，已成为第二位的运作，它真正的意义，在于对气质的培养和对思潮的推动，由此方形成了它独特的社团风格和卓有成效的创造业绩——前后三块诗歌方阵，已成为当今中国诗坛特别耀眼的名字：早期的韩东、于坚、丁当、小海、小君、于小韦、吕德安等，中期的朱文、鲁羊、刘立杆、吴晨骏、李冯、翟永明等，后期加盟的伊沙、杨克、侯马、李森、徐江等。同时，韩东还以他的诗学论文、小说，于坚以其诗学论著、随笔、散文，以及由朱文、鲁羊、李冯、吴晨骏等组成的诗人小说家方阵，为跨世纪的中国文学留下一抹凝重的记忆。

这就是《他们》，影响了整个十年来中国当代文学发展进程的《他们》。——每当我思考这一可称之为"《他们》现象"的文学命题时，我总是由衷地想到鲁迅先生当年对"沉钟社"的赞誉："中国的最坚韧、最诚实、挣扎得最久的团体。"这个团体以"对于一切专断与卑劣之反抗"（《语丝·发刊词》）为精神旗帜，强有力地洗刷了当代文学进程中那些早该洗刷的东西，建构了一些早该重新建构的东西，而这一切的洗刷与建构，乃是由一个小小的民间刊物来承担，是否该引发我们更深入些的思考呢？

---

① 语出《〈他们〉十年诗歌选·后记》，漓江出版社1998年版。

熟悉中国新文学历史的人都知道，从"五四"新文学的发轫，到二三十年代新诗流派的滥觞，无不依赖于各个时期文学社团的兴起和支撑。胡适、刘半农、沈尹默之于《新青年》，郭沫若之于"创造社"，汪静之、应修人之于"湖畔诗社"，冯至之于"沉钟社"，徐志摩、闻一多、朱湘之于"新月社"，戴望舒、卞之琳之于《现代》杂志、《新诗》月刊，艾青、胡风、绿原、阿垅、牛汉之于"七月诗派"，穆旦、郑敏、杜运燮之于"中国新诗派"，等等。综观新诗前30年的艰卓拓荒与蓬勃发展，可以用"自由创作，同仁刊物"这两点作概括，没有这两个核心支点，很难想象是否还能取得那样辉煌的历史成就。

这些年我研究台湾现代诗的发展，追索其究竟何以能形成近800位诗人、1300多部个人诗集、100多部各类诗选、200多部诗评论集、150多家诗刊诗报的宏大局面，且成为与新诗前30年和大陆新时期20年并肩而立的中国新诗三大板块之一，其根本原因，也无非是遵从了"自由创作，同仁刊物"这一理路。——这是历史已经一再证明了的必由之路，尤其是对诗歌这样的文学中的文学而言。

然而，自50年代起，由于各种因素所致，我们几乎已完全丧失了这一历史规律的滋养，乃至成了谈虎色变的禁区。只是到了新时期以后，年轻的诗人们才冒险闯入这一禁区，非常艰难地重涉"自由创作，同仁刊物"这一诱人的诗歌理路。仅就这一点而言，新时期20年的中国大陆诗歌，不仅以其造山运动般的创作成就和深具开启性与前导性的艺术思潮，推动着整个当代文学的发展，同时还以其持久的民间立场，为跨世纪中国文学体制的改革产生了不可估量的影响。同样无法想象，设若没有民间诗歌团体与诗歌报刊和官方诗坛的长期抗争，新时期的诗歌步程又将是怎样的一种状况。

现在看来,这样一种唯有这个时代才发生的特殊文学现象的存在,其最重要的历史意义在于指出并证明:所谓当代诗歌的种种"危机",说到底,是违背文学艺术生存与发展规律的"体制的危机",诸如什么"小众与大众"、"懂与不懂"、"传统与现代"之类的所谓理论之争,以及什么官方与民间、主流与非主流、专业与非专业之类的名分之争、宗派之争等等,大体都源于官方诗坛这个"怪胎"的存在!而20年风起云涌的民间诗潮,从根本上讲,均在于对这一"怪胎"的负面效应予以解构,以重归"自由创作,同仁刊物"的诗路历程。

同时,也只有回到这样的诗路历程上后,一些看似不可避免、实则十分荒唐的所谓"危机",才可能自行消解——先锋者自以先锋的孤独为乐,流行者自以流行的热闹为荣;愿意呆在"暗房"工作的,自有他的道理,愿意围着"小火炉"取暖的,自有他的兴味;潜心纯正写作的,自可与真正的诗爱者为友,热心社会诗歌的,自可与从政者为伍;愿自掏腰包献身诗歌艺术的,自是心甘情愿,而那些本想从诗歌中捞取现实功利的,自会自动清场——如此"天朗气清",泾渭分明,国家省钱省心,诗坛相安无争(当然不排除艺术之争),诗运繁荣昌盛(至少不再如眼下这般混乱、困窘与尴尬),岂非是真正堪可告慰历史的进步?

然而这毕竟还是一个过渡形态的时代。非但上述种种仅止于一种理论空想,即或绵延20年成百上千的民间诗社和民间诗报诗刊,又有多少将此作为理念与目的,而不是过程与策略?不断地成立、创刊,又不断地夭折、消亡,在生存环境过于严酷这一客观因素之外,大量的"过客们",其实是失陷于自身。长期形成的依附心态和功利情结,使多数民间诗人,对其所操作的民间诗报诗刊，是否可以以及有无必要坚持下去（尤其在所谓的"功成名就"之后），并没有十分的信心和明确的理念。

"他们"文学社团则不同。因了"基因"的纯正，"他们"拒绝任何浅近功利的羁绊，摒弃由"边缘"向"中心"过渡的诱惑，只为自身的存在而负责。连接"他们"的，只是一种气质，一种可称之为"他们式"的文化气质与精神气质，正是这气质使"他们"与其他民间文学流派卓然不同：成员相对稳定，风格较为一致，持续印行刊物，深入影响文坛，直至得以公开出版其总结性的十年诗选，并最终使其大部分成员，成为当代文学中重要的一员。联系到 20 世纪下半叶中国的历史现实，这无疑是一个证明、一种特殊的感召，使那些依然为各种错位的愿望迷惑和彷徨的人们，看到了另一种希望、另一种未来！

是的，历史的场景正在转换，先行者的道路已经扩展，而百年中国新诗，实则只是尚未脱幼稚的形成期，只有那些基因纯正的诗人们，有望穿越世纪的迷障，走向新的黎明，去自豪地呼喊：诗安，21 世纪！

1998 年 11 月

中国诗歌：世纪末论争与反思

20世纪末的中国大陆诗歌，是以一场"民间立场"与"知识分子写作"的论争为浓重记忆而结尾的。

对于这场论争，在一般诗歌公众看来，似乎是由"民间"一方率先发难，"知识分子"一方被动应战的"是非之争"、"权利之争"。"知识分子"一方的一些代表诗人，利用阐释空间的褊狭，在90年代的中国诗歌界占尽声名、定为主流，"民间"一方不免给人以"造反"、"争风"的嫌疑。同时在急于进入历史的"学术产业"那里，更将唯"知识分子写作"为旨归的所谓"90年代诗歌"，视为已可论定入史的事，是以必然视不期而遇的"民间立场"的"揭竿而起"为"争名夺利"的"闹事"。

其实这场论争的肇因潜伏已久，论争爆发的形式不无偶然性，但还90年代中国大陆诗歌一个公正全面的历史真实的吁求与辩白，是迟早要发生的事。在这里，真正被动应战的，是一再被遮蔽、被忽略、被排斥在"阐释话语权力"（这一权力如何生成，将在后文展述）之外的"民间"一方诗人，亦即非"知识分子写作"圈内的诗人，以及大量代表着更新的诗歌生长点的年轻诗人。毋庸讳言，被迫应战或者说被迫发起挑战的"民间立场"一方，在诗学之争的同时，带有强烈的"权利之争"的色彩，但说到底他们争的只是同一阵营多元共存的"生存权"，是在"知识分子写作"者们越来越咄咄逼人的"宰制权力"面前，向历史讨一个公正的说法！

然而今天看来，连这种"讨公正"的想法都已变得幼稚和悲凉。一方面，在"盘峰诗会"上，一些心胸狭隘的"知识分子写作"之诗人和评论家，先入为主地刻意将不同时空下，非"知识分子写作"诗歌对来自"知识分子写作"诗歌的漠视与排斥所作的散点式的反弹，阐释为"《年鉴》是个阴谋，《算账》要搞运动"（王家新语），从而导致变了味的论战；一方面，在"盘峰诗会"之后，又迫不及待地抛出化名"子岸"编撰的《九十年代诗歌纪事》，在《山花》杂志刊出，紧接着又拼凑出一部《中国诗歌·九十年代备忘录》（王家新、孙文波编），由人民文学出版社出版。这两次举动，再次震惊了纯正诗歌阵营（尽管它已变得不那么纯正了，但仅从非官方的自由写作立场而言，我仍然坚持这一命名与认同）。看来，"知识分子写作"者中的一些人，已经在"历史"的促迫下，扮演起"诗歌政治知识分子"的角色，将一己的成就及圈子化的存在推为至尊，造势为主流，再次强化"宰制权力"而无视历史的真实。

对此，作为"九十年代诗歌"——时空概念而非圈子概念的"九十年代诗歌"——的观察者之一，我想就这场论争及《备忘录》所涉及的一些问题，提出一点纯属个人的看法，并对重新上路于新世纪的现代汉诗，提供一点个人化的思考。当然，再次执笔于这样的文章，对于至今恪守同一阵营论争理念的我来说，无疑是一次新的精神磨难而不无沉重之感。

一、命名与正名：谁的"九十年代"

谁都知道，作为时空概念的中国大陆之"九十年代诗歌"，是一个多种路向并进、多元美学探求并存的集合。这种集合中，有80年代朦胧诗、第三代诗的分延与再造，也有在生命形态和美学趣味上与80年代判然有别的新的诗歌生长点的开启与拓展。

承继新诗潮的运作策略，民间诗刊、诗报仍然是这十年纯正诗歌阵营的主要阵地，在《他们》《非非》之后，又相继创生了《反对》《象罔》《倾向》《现代汉诗》《诗参考》《北回归线》《葵》《锋刃》等，成为90年代诗歌集结的重镇，其中《诗参考》一直坚持至今，成为横贯整个90年代的重要文献。大体而言，仅就90年代诗歌最有生气、最具诗学意义而形成较大影响的优秀部分来说，有以于坚、韩东、小海等为代表的"他们"诗派，以周伦佑、杨黎、何小竹等为代表的"非非"诗派，以西川、王家新、欧阳江河、张曙光、陈东东、臧棣等为代表的后来合成的"知识分子写作"群体，以翟永明、王小妮等为代表的女诗人群体，以伊沙、侯马、余怒、马永波、盛兴等为代表的年轻诗人群，以车前子、树才、莫非为代表的"另类写作"群体，还有牛汉、郑敏、昌耀、任洪渊等中老年杰出诗人代表，和一大批坚持独立写作立场而品质不凡的诗人，以及创作于80年代而成名影响于90年代的天才诗人海子——这样的一种集合（尚不包括旅居海外的大陆诗人），即或仅就观念层面而言，也各有所长，以各具特色的成就，共同构成了整个90年代的宏大诗歌景观。但很快，这种景观就被一些人改写为唯"知识分子写作"为主为尊的新版图,由原来的多元视野变成转来转去就那么几个人的圈子视点,且刻意以"九十年代诗歌"命名之,造成严重的遮蔽,也同时埋下了纷争的肇因。

其实,"圈子"也是一种合理的客观存在,而且每一个"圈子"都必然会对其他"圈子"有一定的排斥性,但这样的"排斥性"应该是限于美学趣味范畴的,只是到了"知识分子写作"者那里,却因了各种因素的促成,演变成了一种宰制性的权力话语。

有必要梳理一下这种演变的过程。

1994年10月23日,在北京大学中文系,由谢冕、杨匡汉、吴思敬主持的题为《当前诗歌:思考及对策》的座谈会上,吴思敬就80年代中期到90年代中期的诗歌成就,开列了一个代表诗人的名单并予以简括评价,指出"海子本身就是一部大诗"。西川"有明确的方向,最终以他为代表的新古典主义形成了很大的影响"。韩东"提出了一种新的观照世界的方式,尽管有偏颇的地方,但开创了一个新的诗歌时代"。于坚"是一种比较复杂的构成,有很多新颖特殊的艺术主张,创作跨越几个时期,有代表性"。王家新"也很独特,由朦胧诗人向新生代诗人过渡完成得很好,他这两年的一些代表作品,其哲学和诗学的思考都很深刻,而且坚实质朴,不玩虚词"。陈东东"方向感很强,有特别的诗质,形成影响"。"作为整体的存在,四川'非非'的贡献不无合理的成分,其革命性的诗学主张有精神方面的影响。""女诗人中,则有伊蕾、陆忆敏、翟永明、唐亚平等一批优秀者。""1990年以后,伊沙是最突出的,也是最值得重视的,伊沙的存在是特殊的、独在的,……可以说是'后现代诗'的代表,已构成一种伊沙现象。"吴思敬当时所作的这个简括勾勒,在今天看来,都是较为全面、客观和公允的,不失为对90年代中期大陆诗歌景观之最突出部分的合理描述。

在这个会上，程光炜的发言特别强调了"当前的诗歌发展可以说已到了一个临界点，大家都面临着新的挑战"。臧棣的发言则正式提出："可以用个人写作这个概念，来概括目前当代诗歌正在经历的一个诗歌阶段：当代诗歌正呈现出一种个人写作的状态。这个概念，在许多优秀的当代诗人那里，比如在欧阳江河、肖开愚、西川、陈东东、孙文波、张曙光、王家新、翟永明、钟鸣等人身上达成了共识。"很明显，臧棣开列的这个名单，已构成后来的"知识分子写作"群体的雏形，再加上西渡和臧棣自己，就成了沿袭至今的所谓"九十年代诗歌"的主力阵容。——顺便说一句，这一阵容中的诗人大名和他们的理论与批评家们的大名，在化名"子岸"编撰的所谓《九十年代诗歌纪事》年表中，几乎年年突出、月月有名，而其他所有在"九十年代诗歌"进程中同样不懈努力且成就卓著的诗人、评论家，统统成了他们的陪衬甚至化为乌有！

有意味的是，臧棣在这个发言的最后，又开列了另一份名单，并特别指出："此外，我们也应看到还存在着'另一个九十年代'的诗人群体，其中代表性的诗人有清平、西渡、余弦、朱朱、余刚、桑克、郑单衣、伊沙、王艾、刘立杆等人。对这些诗人的状况，当代诗歌批评甚至没能提供一份粗略地勾勒其状况的报告。"当然，这份"另一个九十年代"的诗人群体，还应包括臧棣本人，而无疑，同时作为批评家的臧棣，此时的胸怀和视野，还是宽容和广阔的。①

这次由《诗探索》编辑部在例行碰头会之后顺便召集的小范

---

① 此处引论详见《作家》1995年第5期《当前诗歌：思考及对策》一文。

围讨论会，不幸真的成了一个"临界点"，此后的纯正诗歌阵营，逐渐开始出现了裂变和分化。

首先是北大中文系部分学生，在神化圣化海子的同时，指斥于坚的长诗《0档案》是一堆语言垃圾。对此，在我的提议下（此提议后来被子岸指称为"奔走游说"），由谢冕主持的北大"批评家周末"举行了"对《0档案》发言"讨论会，与会的大多数连同谢冕先生在内，都对这部作品给予了充分肯定，并展开了一些有益的论争。与会的臧棣在发言中也认为："说《0档案》是一堆'语言垃圾'，我不同意。""《0档案》确实是由一个有创造力的诗人提供给我们的一首有创造性的诗，显然这种创造性并非如某些论者所说的那么杰出与罕见。"并特别指出"这种创造性也正是我所要质疑的东西"。"我质疑的是，不能以此作为评价和批评诗歌的标准。"然而作为"标准"的确立，此后很快成为"知识分子写作"者指认"九十年代诗歌"的专利，"个人化"、"叙事策略"、"知识分子立场"、"西方资源"等等，将一小部分诗人达成的"共识"，标举为整个"九十年代诗歌"的经典范式，由此引起的非"知识分子写作"者们的"质疑"，则被斥为"阴谋"，不知又算哪一路子"学理"？

随后，由谢冕、钱理群主编的《百年中国文学经典》（北京大学出版社1996年版）中的"九十年代诗歌"部分，既收入了欧阳江河、西川、王家新的作品，也收入了周伦佑、伊沙的作品。其间谢冕先生还主持编选了16卷的《中国女性诗歌文库》（1997—1998，春风文艺出版社），对横贯80年代和90年代的女性诗歌写作，作了一个颇为厚重的总结。

时值世纪末，历史虚位以待，成名诗人们忙着确认自己的位子，"学术产业"加速扩展势力范围，一切都显得过于浮躁与虚妄，但一切又似乎都在情理之中。此时，各种带有总结性的诗歌选本陆续问世，其中较为突出的有纯属诗社诗选的《打开肉体之门——非非主义：从理论到作品》与《〈他们〉十年诗歌选》，和两部标有"九十年代"的综合性诗选，即，由杨克主编的《九十年代实力诗人诗选》和列入"九十年代文学书系"，由程光炜编选的《岁月的遗照》，前者或许失于风格模糊，但因其较为客观、公允和全面的视野而获得普遍认同，后者则引发了后来的论争。

按说，一位评论家依照自己的研究框架与美学趣味，编选一部合乎其框架与趣味之理念的诗选，别人是无权横加指责的。问题在于，《岁月的遗照》并未声明是一部纯风格式诗选，或是一种流派或社团诗选，而基本上是以为"九十年代诗歌"作总结为主旨的，这从选本中收入了于坚、韩东的诗，以及几位诗坛新人的诗可以看出。但实质上，整部诗选却又完全是在为观念意义上的"九十年代诗歌"亦即圈子意识上的"知识分子写作"者诗歌张目代言。于坚、韩东的入选，则成了"门脸"的需要和陪衬。正是这种实质与主旨的严重背离，引起了纯正诗歌阵营的普遍质疑：这是谁的"九十年代诗歌"？

其实，连为"知识分子写作"者们辩护者也承认："'九十年代诗歌'是一个有些含混的说法，它引申出的相关论述，比如知识分子写作、个人写作、叙事性等，并不针对整个90年代这个历史时段，也没有穷尽当下写作的全部现实。当下诗歌现实仍是'巴尔干化'的，不同的地区、不同的诗人群落占有着不同的知识结构，秉承不同的观念和理想，甚至是在不同的时代里写作，当然其中也存在着雷同、模仿和偏执倾向掩盖下的浪费。不仅如此，'九十年代诗歌'旗下的代表性诗人，虽然分享着某些共同的写作理论，但随着'个人诗歌谱系'（唐晓渡语）的建立，其间的差异和分歧远远要超过假想的一致性。"①

既然是"含混的",缺乏"一致性"的,就很难讲是"风格"或"观念意义上的编选",反过来说,它就是为时空意义上的"九十年代诗歌"作总结,作"另一意义的命名"(程光炜语),带有"史"的意味,主旨是明确的。

这就难免涉及到这样的推理:"九十年代诗歌"就是"知识分子写作"群体的"九十年代诗歌",再加上一点点绕不开去的于坚、韩东,其他的存在都是次要的、另类的、无足轻重的——这正是这部《岁月的遗照》之所以引起广泛异议乃至"揭竿而起"的问题所在。而这个问题其实又很简单:只需将于坚、韩东去掉,改成"岁月的遗照——九十年代知识分子写作诗选"不就行了吗?不就是一部很纯粹很漂亮的流派诗选吗?有如朦胧诗《五人诗选》,有如《〈他们〉十年诗歌选》等,可为什么不呢?!

而且,在论争之后,依然刻意以《中国诗歌·九十年代备忘录》为名,再次将"知识分子写作"群体推为90年代中国大陆诗歌的圭臬,无视"巴尔干化"的"诗歌现实"。该《备忘录》还以"子岸"化名,编选出一个所谓的《九十年代诗歌纪事》,10年116个月(1999年编至8月)里,只见"知识分子写作"者们频频亮相,一诗一文每行每动都记录在案,其他"群岛上的对话"之诗歌人、事,不是陪衬,就是乌有,通篇充斥着"唯我是九十年代代表"的权贵之气。

这里仅举一例:作为这十年中,对现代汉诗诗学做出了很大贡献的陈仲义先生,连续出版诗学专著五部(全部出版于90年代),发表大量理论与批评文章,于创作论、诗人论、诗潮论、方

---

① 姜涛:《可疑的反思及反思话语的可能性》,《中国诗歌:九十年代备忘录》(王家新、孙文波编),人民文学出版社2000年版,第148、137页。

法论等诸方面都多有建树,影响卓著于海内外,却因为"身处边缘、民间,无须顺应主流,附庸他者,服膺正宗"①,而在"子岸"的《纪事》中,仅只有蜻蜓点水式的提及,可想而知,其他"非我族类"的诗歌人、事,会遭遇怎样的"历史待遇"?

其实问题同样很简单,无论是《备忘录》还是《纪事》,只需删除"非我族类"的陪衬,冠以"知识分子写作"的命名,不就是一部很有流派价值的历史文献吗?可并非"弱智",也从不"头晕"的"知识分子写作"者们,何以非拽着"九十年代诗歌"这张大旗做虎皮呢?可见,从一开始,所谓"九十年代诗歌:另一意义的命名",就不纯粹是观念意义上的,到《备忘录》的抛出,事情已相当明确清楚了。

相比较于"诗歌政治知识分子"们对中国大陆"九十年代诗歌"版图的"宰制性"歪曲与改写,有必要在这里再举证另外两种对"九十年代诗歌"的编选指认:一是由李少君主持的《天涯》杂志"九十年代诗歌精选"专栏;一是由台湾青年诗人、诗评家黄梁主编,台湾唐山出版社 1999 年初出版的"大陆先锋诗丛"(收朱文、海上、马永波、余怒、周伦佑、虹影、于坚、孟浪、柏桦九人个集和一部九人诗学论文合集),其严肃纯正的专业眼光和兼容并包的学术情怀(有情怀的学术而非产业化的学术)无异于一种鉴照,所有熟悉"九十年代诗歌"进程的人们,都不难在比较中得以明识。

二、历史与现实:批评的吊诡

纯正诗歌阵营的这场纷争,有源自诗人们心理机制病变的肇

---

① 陈仲义:《深挖一口井——我的写作与诗学道路》,《扇形的展开——中国现代学谫论》,浙江文艺出版社 2000 年版,第 401 页。

因，更有诗歌批评境遇的变异所埋下的危机。应该说，这是更深层的肇因——批评的吊诡，使我们共同被历史所捉弄，从而过早地催生了意气，当然，也同时提前开启了对批评空间的重构。

这里的首要问题是，在纯正诗歌阵营里，所谓批评的"话语权力"是否存在？尤其在当代批评已不再充任价值判断的角色，批评已成为与作品的对话乃至对批评自身的阐释，成为自在自明的另一种意义上的写作时，人们时刻顾忌的那种"裁判的权力"、"史的权利"以及人们习惯性地赋予批评的种种"权力"，是否因此而"缺席"或至少是减弱？

正是在这里，我看到，当"民间"诗人们纷纷质疑或指斥程光炜所编的《岁月的遗照》时，连同编者本人在内的批评家们所流露出的那种不无真诚的窘怒（情感上的）和不无矜持的蔑视（所谓学理上的），那无疑是在提示：都什么时候了，还如此无理取闹？实则假如有关诗歌批评的"话语权力"，以及由此而共生的有关"知识分子写作"的"宰制权力"话语真是一个"假想敌"的话，那么，至少就对《岁月的遗照》的指斥而言，确实就成了无理取闹，成了被姜涛所指污的所谓"市井叫骂战略和泼皮智慧"了。①

然而事实并非那么简单。

对诗歌批评的梳理与反思，要从两方面去看：批评自身的演变和批评期待的实在。新时期以来，这两个方面一直因了历史的成因而紧紧纠结在一起，成为互为依赖互为指涉的共同体。只是到了90年代后，随着对抗的初步消解，纯正诗歌写作地位的初步确立，一部分批评家开始疏忘批评期待的存在，或认为那已是一

---

① 姜涛：《可疑的反思及反思话语的可能性》，《中国诗歌：九十年代备忘录》（王家新、孙文波编），人民文学出版社2000年版，第148、137页。

个过时的存在,很少深入考虑到,对当代中国诗歌而言,这种期待的心理惯势,不但没有因对抗的消解而消解,也从未因地位的确立而稍有减弱。与此同时,随着批评的急剧学术化、产业化、非现场化,还有诗歌批评资源的相对匮乏,批评(作为批评家那里的)与批评期待(作为诗人那里的)之间的矛盾与冲突便日趋加剧,而危机正由此产生。

是历史的荣耀,使后来的诗人们总是难以忘却那最初的胜景:以朦胧诗为主体的新时期崛起诗群,是怎样因了"三个崛起"论者的"铁肩担道义",获得巨大的精神支撑和理论支撑,从而共同创造了一个批评与创作同舟共济、息息相通的伟大时代——这个时代的诗歌批评效应,有如晨星般地留在了在黎明中出发上路的第三代诗人心中,也不无诱惑地时时回闪在奋进于90年代的诗人心头,最终成为一个难以磨灭的情结。即或时代转型、批评转型,由这份情结生成的批评期待,却总是难以随之"转型",看似有违学理,却又在情理之中;现代诗学及诗歌批评,从来就是离生命更近、离学术稍远的一种特殊学科,离开情怀的照拂,离开对鲜活的诗歌现场和诗歌生命的呼应,所谓的学理与学术,将是何等苍白!

由此逐渐生成了一个令历史犯难、令批评家犯窘的诗歌批评境遇:一方面,批评自身要返身学科化,甩掉涉嫌"社会学批评"的包袱,以图成为"学术产业"的一个合理部分,成为科研项目或博士论文;一方面,依然在路上,在做新的、更深层次的"突围"的诗人们,却一如既往地期待着90年代的诗歌批评,能否如新诗潮出发时那样呼应和评判他们的存在。诗歌批评家们在"转型"中力图尽快寻找与确立在"学术产业"中的"权威",诗人们却硬要拽着自顾不暇的批评家们,继续充当对当下诗歌发言的

"权威"。坦白地讲,就理性认识而言,诗人们并非不知道批评"转型"成什么样子,但从感情上、从心理惯性上,总是难以接受对那份批评期待的"短缺"——进入批评家的视野,在权威诗评家那里去讨说法,已是大家都熟悉、都认同的诗歌现实——而矛盾的焦点也正在这里。

表面看起来,所谓诗歌批评的"话语权力",是满怀"过了时"的"批评期待"的诗人们强加给批评家们的,但处于"转型"中的诗歌批评家,尤其是那些身在学院而已由历史机遇塑成声名的权威批评家们,并未能由此而脱离"权力"的干系。人们知道,是他们在撰写"诗歌史",由他们编选的诗选具有史的影响和现实的号召力,因此,他们发出的声音,总是不可避免地带有"权力"的影子,以至于让诗人们总是发出猎犬般敏感的嗅疑。这是历史与现实的合谋所形成的批评境遇,加之诸如文学机制、教育机制等中国特色的因素所形成的局限,身处其中的诗歌批评家们,谁也无法"撇清"或兀自"高蹈"。

试想,由笔者和李震参与具体编选,由亲友们捐资出版的《胡宽诗集》(漓江出版社1996年7月版),假若未举荐到北京权威批评家们那里,通过"胡宽诗歌作品研讨会"得以追认,这位天才诗人的存在,岂非至今还是不为人知的亡魂而成为历史的缺憾?而这样的缺憾,亦即因批评"转型"和阐释空间的褊狭导致对诗歌现场的一再疏离,对被杨克称之为"冰山在水面下的这一大部分"的漠视所造成的缺憾,又何止胡宽一例?且到90年代已发展到何等严重的地步?乃至久抱"期待缺憾"的诗人们,看到带有总结意味且打着"九十年代诗歌"旗号的《岁月的遗照》,竟然仍只是对"冰山"上面的一小部分给予"学术观照"及史的指认时,大家的不满与愤怒不正是理所当然的吗?

这是历史的吊诡，批评家和诗人们实则都是被这"吊诡的历史"所捉弄的受害者。批评家可以指责诗人们过于看重"名分"，且这"名分"的指认也并非批评所能完全承担的，但面对诗歌的普遍被冷落，有情怀的批评家是否也应该对那一份"期待"的渴望予以充分的理解，视为批评暂时无法脱身他去的一点责任，而不是用所谓的学术立场替代情怀。同理，广大的诗人们，尤其是"冰山在水面下的"那"一大部分"诗人们，更应该及时消解因历史所形成的那种"批评期待"的幻想，自甘认领寂寞前行的宿命。——历史确已走到了一个新的"临界点"，多元共生的诗歌空间已初步形成，无须再"弱智"地依赖观念意义上的所谓权威与中心。而且，历史和现实也已一再证实，人们期待中的那种公正与全面的批评视野，早已成昨日黄花，难以为继，要怪只能怪自己过于"天真和幼稚"（诗人中岛语）。更何况，今日批评家们所急于书写与编撰的历史，因了时代的局限性，依然只会是过渡性的，一切才刚刚开始，人们的眼光应该看得更远些，不必过于计较眼下浅近的些许功利。

由此可以说，"盘峰诗会"及其后的论争，其涉及诗歌批评及诗歌编选的部分，发难者和回应者双方的观点都不无合理性，同时也自然谁也无法说服谁。循着这个思路出发，我特别看重"民间立场"试图重建诗歌批评空间的意向，包括以非主流、非中心、非权威姿态而进行的《中国新诗年鉴》的编选，都无疑是在历史的"临界点"，一举解开了长期困扰于纯正诗歌阵营中那个"批评的吊诡"的死结，开启一条无限广阔的生路。

《年鉴》编选的立场，重心在为"冰山在水面下的这一大部分"诗歌现实代言，并由此不断发现与推举来自"这一大部分"中的新的诗歌生长点，从而充分展示"更为健康的诗歌地平线"。

这一带有"田野考察"风格的民间化编选立场，无疑是对"庙堂圈点"式的学院化编选的一种历史性反拨，也同时是一种历史性的互补。反拨的意义，在于结束多年来越演越烈的唯北京中心/学院中心为是的一元化批评诉求与阐释模式，从根本上消除由此引起的各种偏颇、缺失与误解；互补的意义，在于给很难进入学院及权贵批评视野而大量散落于民间的诗歌新人及新的生长点，以新的集结与阐释的可能，从而修复90年代以降，因各种因素所致，被一再精英化、单一化而致狭隘化了的批评空间，使之回到真正多元健康的状态，回到丰富深广的大地和共同呼吸共同拥有的天空——这是一个时代的吁求，这吁求终于在世纪之交得以艰难的实现，并由此改写了所谓"观念意义"上的"九十年代诗歌"秩序，实在可算是当代诗歌的历史之幸。

同时，这一改写也表明，作为中国诗歌最活跃、最坚实、最富生气和活力的这一部分，亦即永远坚持"独立精神和自由创造的品质"（韩东语）的民间写作诗歌部分，其不可遏止的创造活力和不可估量的勃勃生机！

当然，需要再一次提示的是：在这里，"民间"不是身份，而是一种姿态。

三、虚妄与真实：面对共同的新世纪

历史的虚位以待，个人心理机制的病变，圈子意识的膨胀，"学术产业"的迫抑，诗歌批评资源的相对匮乏及其单一化的形态等等，共同构成了一个历史性的"陷阱"。在这个共同的"陷阱"中，没有谁是"猎手"，也没有谁是"猎物"，有的只应该是对虚妄的消解和对真实的恢复。正如谢有顺在为《1999年中国新诗年鉴》（杨克主编，花城出版社2000年版）撰写的题为《诗歌在前

进》的序言文章中指出的:"我从来不认为诗学争论是什么一方对另一方的打击,而是把争论理解为一种恢复,即,把每一个诗人、每一种写作恢复到他本应有的位置和空间里。……这实际上是个艰巨的清场过程,只有保证了这一过程的完成,诗歌的继续革命才有进一步的可能。"

确实,在我看来,中国诗歌在世纪末那场论争,最有价值的命题就是"恢复真实",恢复"每一个诗人、每一种写作"的本来面目和位置,以此为基石,才能谈得上进入建设性的对话与共进。

然而,这种"恢复"又是何等的艰难?!

实则从一开始,在"知识分子写作"者们看来,这个"命题"就不存在,那个"九十年代诗歌"的历史之场,本来就是"清"的,何须再"清"?是"民间立场"故意搅混水,以图改写认定了的"历史",并指认这种"改写"是"以'知识分子写作'为对象的新一轮的丑化行动"(臧棣语)而发动的。如此,"知识分子写作"者们从"学理上"认定"民间立场"人为地制造了两个"假想敌":一个是为诗歌批评的"权力话语"所宰制的"假想敌",一个是诗歌历史被"主流话语"所改写的"假想敌"。前者,笔者已在上文予以初步论述;后者,则只需引用一下《中国诗歌:九十年代备忘录》中,"知识分子写作"者们自我缠绕不清的"陈述",即可自明其白。

在《当代诗歌中的知识分子写作》一文中,臧棣开篇即指认:"'知识分子写作'从它的自我命名之日起,就面临着被丑化和庸俗化的双重危险。庸俗化的危险主要来自其内部,或者说,来自它的参与者的自我神话的潜在倾向。但是,在这里,既然被论战所吸引,我更想谈论的是它目前所身陷的被丑化的处境。"从行文中可见,"知识分子写作"之"庸俗化的危险"从一开始就存在且

"主要来自内部",这种"危险"主要是其"参与者的自我神话的潜在倾向",怎样的"自我神话",臧文虽没有作明示,但整个90年代诗歌进程中尤其是在90年代下半时段里,这种"自我神话"早已由"潜在"而公开,也正是这种"自我神化"的急剧膨胀,成了催生纯正诗歌阵营裂变与分化的重要因素,而"神话"与"史化""知识分子写作"所形成的遮蔽与伤害,在包括"民间立场"在内的所有非"知识分子写作"者那里,也早已成路人皆知的事了!

文章进一步指出:"八十年代以来,在诗歌领域,丑化作为一种文学行动,一直就没有中断过它的表演。""第三代诗人的写作包含了值得激赏的文学觉悟,但它最主要的美学动力,却是从丑化朦胧诗而来……"第三代诗人如何丑化朦胧诗,臧文同样没有展述。[①] 这笔旧账其实是有必要做些清理与反思的,但有意味的是,我在整部《备忘录》中所看到的,除了"知识分子写作"者们自相矛盾的互为指涉与鼓吹外,大量出现的,却是对伟大的80年代、对不可磨灭的第三代诗歌极为可疑的"反思"。换句话说,对"知识分子写作"的"神话",是以贬损乃至改写80年代诗歌运动及第三代诗歌价值为其"美学动力"的,有些偏见已到了令人震惊的地步。

例如:孙文波在《我理解的九十年代:个人写作、叙事及其他》一文中,便直接指认"八十年代是产生了少量的好诗人,而不是产生普遍的好作品的时代,曾经有过的、某些作品的价值不是看错了,就是其真正的意义被夸大了,一代诗人的成熟还需要时间的打磨。革命之后的发展才更为关键"。这些话表面看来冠冕

[①] 臧棣:《当代诗歌中的知识分子写作》,《中国诗歌:九十年代备忘录》(王家新、孙文波编),人民文学出版社2000年版。

堂皇，其实心机埋得很深也很明确，这就是以削弱80年代和第三代诗歌的历史地位，来为抬高唯"知识分子写作"为是的所谓"九十年代诗歌"的历史地位作铺垫。

这种削弱与抬高到了陈晓明的《语词写作：思想缩减时期的修辞策略》一文中，干脆直陈："'非非派'之类的胡闹在九十年代已经销声匿迹，取而代之的则是神圣肃穆的沉思默想。"作为第三代诗歌的重要诗派，无论是理论还是创作都产生过巨大影响的《非非》竟被斥之为"胡闹"，而"知识分子写作"则是"神圣肃穆"，如此分明，简直让人瞠目结舌！（顺便说一句，陈晓明先生一直是我心仪和敬重的批评家，不知何以在此竟武断到如此地步？）倒是这篇文章中论及"知识分子写作"的一些说法，无意中印证了所谓"民间立场"对"知识分子写作"的"丑化"，并非无理取闹或一家之言。文中指认西川"一度还试图从书本中发掘诗的文化资源，这可能是一个极端热爱书本而回避现实的诗人在特殊的历史时期不得已而为之的举动"。"在历史的断裂处，已经无路可走，对于思想和表意策略都面临改弦更张的一代诗人来说，就势必落入一片精神深渊——以个人的方式隐蔽于其中，这几乎是绝处逢生的机遇。这对于欧阳江河、西川、王家新等本来就热衷于知识的诗人来说，更有一种如归故里的惊喜"。谈到王家新"不断地借用西方或苏俄的思想资源，王家新构造了一种'后政治学'的表意策略。……他的诗里总是大量出现西方文化场景，不断地重写那些现代派经典作家和诗人，发掘他们的精神，构成王家新写作连续性的主题和灵感"。①

只要细读这些文字，不难发现，文中对"知识分子写作"代

---

① 陈晓明：《语词写作：思想缩减时期的修辞策略》，《中国诗歌：九十年代备忘录》（王家新、孙文波编），人民文学出版社2000年版，第97、100、101、102页。

表人物的指认,与"民间立场"所发出的指认——如"读者诗人"、"脱离中国人生存现场的'暗房工作者'"、"图解知识"等,除了说法上的不同,并无多少本质上的区别。写诗成了纯粹知识与语词之大脑的活动,"这里的词与物完全脱离当代社会现实"(陈晓明文中语),无血无肉无生命的痛感,也无行走于田野街市的身体与灵魂,恰如林贤治在《五十年:散文与自由的一种观察》一文中所指出的:"当今时世,人们都喜欢使用大脑,丢弃心灵,甚至憎恶真诚和朴素。"① 这种被杨远宏称之为"没有血热的'冷热'"的"知识分子写作",确实"是并非一切都无可挑剔"的。② 至于"个人写作"、"叙事"、"反讽"等所谓"更具建设性"和"深刻变化"(王家新语)的写作认知与修辞策略,连王家新自己也知道"绝不仅是限于某个小圈子里的'知识气候'",(《备忘录》代序)它甚至可以追溯到80年代第三代诗歌的写作中去,而绝非"知识分子写作"的专利。

那么,最后的问题是,"知识分子写作"者们到底站在哪里、意欲何为?

还是程光炜总结得最清楚:"朦胧诗人希图重建的是一种二元对立模式里的政治意味的诗学秩序,第三代诗人则通过'达达'的手段对付复杂的诗艺,文化的反抗被降低为文化的表演。《倾向》以及后来更名的《南方诗志》对《今天》《他们》《非非》艺术权威的取代,不是一般意义的一个诗歌思潮对另一个诗歌思潮的顶替,它们之间不是连续性的时间和历史的关系,而是福柯所言那种'非连续性的历史关系',它们是两种不同文化背景下的

---

① 全文载《书屋》2000年第1期。
② 杨远宏:《暗淡与光芒》,《中国诗歌:九十年代备忘录》(王家新、孙文波编),人民文学出版社2000年版,第89页。

'知识形构'。或者说它们不是一种'艺术趣味'能够涵括得了的。在我看来，这个同仁杂志成了'秩序与责任'的象征，正像彼得堡之于俄罗斯文化精神，雅斯贝尔斯之于二战后德国知识界普遍的沮丧、混乱一样，它无疑成了一盏照亮泥泞的中国诗歌的明灯。"①

找到一个权威，确立一种秩序，对"九十年代诗歌"作"另一意义的命名"，以其"明灯"般的光耀进入历史、改写历史——这，就是"知识分子写作"者们的全部逻辑和最终立场。

的确，已经没有必要作太多的引证了，但有必要在此把笔者的观点稍作一下归纳——

其一，《算账》不是要搞运动，而只是向为一种自我蒙骗的虚妄搞昏了头的同路人提个醒；对"运动情结"的清理，大概笔者算比较早提出的，② 不会"弱智"到自己打自己的耳光，且自认也搞不起什么运动；

其二，《年鉴》不是阴谋，只是对一再被改写的"九十年代诗歌"历史的一种公开的反拨与修补；

其三，"知识分子写作"既不等于"九十年代诗歌"，也不代表"九十年代诗歌"，它只是"九十年代诗歌"较为突出、具有相当诗学价值的一部分。同时，它也并未能"明灯"般地照亮其他诗歌部分，它照亮的只是它自身，而它所意欲建立的秩序无异于一种反秩序，或者顶多是无视民间存在的"庙堂秩序"；

其四，借用张曙光的话，"对于九十年代诗歌的整体评价由后

---

① 程光炜：《不知所终的旅行：九十年代诗歌综论》，《中国诗歌：九十年代备忘录》（王家新、孙文波编），人民文学出版社 2000 年版，第 346 页。
② 沈奇：《运动情结与科学精神》，原载《诗歌报》1992 年第 11 期。

人来进行肯定要比现在急于盖棺定论会好得多,客观得多"①,由此分延出一个提示:一切急于进入历史的人和事,必被历史所修正;

其五,心理机制的病变亦即欲望与权利的文本化、言论化、学术化,是 90 年代诗歌的通病,这种病变在纯正诗歌阵营几个路向中都有不同程度的存在,只不过表现形式不同而已。不道德的只是那些假学术与学理之名,行欲望与权利之实还故意撇清的人——且必须指出:伪造历史比所谓的"市井叫骂"和"泼皮智慧"更要不得。

而时光已由"岁月的遗照"中走出,我们面对的是共同的新世纪,同时也共同面对一个更强大更坚硬的挑战者:网络、媒体、高科技以及欲望的普遍物质化、非诗化⋯⋯

为此,我在这里再次呼吁——

结束目前不无虚妄与意气的论战,回到真正有益于团结、有益于建设性的对话与反思中去;回到我们出发的源头上去;回到我们诗性生命的初稿上去;回到谅解、回到宽容、回到共同面对的新世纪,重建我们共同拥有的爱心和共同承担的守望,用共同的创造,去开辟新的诗歌地平线。

2000 年 5 月

---

① 张曙光:《九十年代诗歌及我的诗学立场》,《中国诗歌:九十年代备忘录》(王家新、孙文波编),人民文学出版社 2000 年版,第 3 页。

从"先锋"到"常态"
——先锋诗歌 20 年之反思与前瞻

一

今年（2006 年），是以"1986·中国诗坛现代诗群体大展"为标志的先锋诗歌运动 20 年，也是以"今天派"为开启的大陆现代主义新诗潮运动 30 年，在这样的时间节点来反思过去二三十年的现代汉诗发展历程，便有了特别的意义。

从 20 世纪 70 年代中期新诗潮的"突围"，到伟大的 80 年代先锋诗歌的滥觞，以及 90 年代纯正诗歌阵营的诗学纷争所启动的跨世纪先锋诗歌的全面突进，时至今日，可以说，大陆现代汉诗的历史性崛起，已彻底改变了百年新诗史的书写理路，并逐渐形成了一些新的传统。

这些新传统总括而言，可归纳为以下几点。

1. 体制外写作

将原本就属于个人性的诗歌创造，硬性纳入由国家意志掌控和意识形态主导的体制化写作轨道，迫使秉承独立人格与自由意志的本源性诗歌精神，异化为狭隘的时代精神的传声筒，和徒有诗形而无诗性的模式化复制，成为"中国特色"下绵延近半个世纪的官方诗坛的基本机制。这一机制凭借与之相应的官方诗歌教育的支持，至今虽然还发生着不小的影响，但已基本丧失了它的权威地位和宰制作用而日趋式微。

从20世纪90年代以来，当代中国诗歌的创造机制，在先锋诗人们义无反顾的决绝进逼下，已逐步非体制化。包括于体制内生存的诗人在内的所有具有纯正诗歌精神的诗人们，无不以脱离体制化写作的禁锢而重返独立自由的个人化写作为归所，并经由经得起时间汰选的创作实绩，证明真正有效的诗歌写作，是非体制性的亦即体制外的写作。

这一历史性的转化，是新诗潮和后新诗潮前仆后继一脉相传的先锋诗歌运动所产生的最为重要的历史功用，并经由以周伦佑为代表的后期"非非"诗派的学理性讨论与确立[①]，为纯正诗歌阵营所共识，且已渐渐内化为一种基本的诗歌创作立场，从根本上保证了现代汉诗的良性发展，并呈现出空前的活跃与繁荣。

2. 民间立场

让诗歌回到民间，与当代中国人真实的生存体验、生命体验、生活体验及审美体验和谐共生，以重建现代诗歌精神，并彻底告别官方诗坛的辖制，以自由、自在、自我驱动与自我完善的民间化机制，开辟现代汉诗的新天地，是20世纪先锋诗歌运动，为我们留下的另一笔至为重要的精神遗产。

---

① 详见《非非》诗刊2003年至2004年卷"体制外写作讨论专号"，新时代出版社2004年版。

实际上，在由杨克主编，于 1999 年 2 月出版的《1998·中国新诗年鉴》封面上所特意标示出的那句口号："艺术上我们秉承：真正的永恒的民间立场"，已提前为先锋诗歌的这一精神遗产作了确切而虔敬的认领，并予以方向性的倡导（这一"口号"式的用语，在《中国新诗年鉴》持续编选与出版中一直沿用至今）。

同时必须指出，这一"遗产"是由包括被划分为"知识分子写作"和"民间写作"在内的、所有参与先锋诗歌进程的诗人与诗评家们所共同创造的财富，而非单一的哪一诗派哪一诗歌阵营的"独家经营"，其间所经历的艰难"突围"与艰卓奋争，以及各种挫折、磨难与考验，更是共同承受的历史担当。

如今，这一遗产已转化为纯正诗歌阵营的一个优良传统。我们可以看到，即或在官方诗坛迫于当代诗歌发展的现实挑战下，开始越来越多地主动接纳先锋诗人和他们的作品，将其划归主流诗歌版图，显得空前的宽容与开放时，大量的先锋诗人们，无论是"老先锋"还是"新先锋"，依然坚持以民间立场写作、在民间诗歌团体活动、在民办诗报诗刊及诗歌网站发表作品为荣，俨然已成为另一种"主流"，并大有取"天下"而代之的趋势。

因主流意识形态的困扰，长期被单一化的诗歌生存状态，终于为多元共生的合理生态所替代，从而使当代诗歌呈现出前所未有的活力与生机，不能不说是一个历史性的转换。

3. 对存在的全面开放

由"第三代诗歌"所开启的真正意义上的先锋诗歌运动，以及随后展开的第三代后民间诗歌浪潮，除延续"朦胧诗"对官方主流诗歌意识的反叛外，更进一步地消解了"潜意识形态化"的早期先锋诗歌立场，将"写什么"的问题逐步导引至对存在的全面开放。从"生命写作"到"下半身写作",从海子式的后浪漫情结到伊沙式的后现代意识,从学院化、知识化的生存体验到民间性、草根性的生存认知,从人性、诗性生命意识的复归到对日常生活经验的接纳——百年中国新诗,从来没有像今天这样,对现代中国人的生存与生命现实,有着如此真实、如此真切和如此广泛深刻的表现。

这其中,对一再被制度与潮流所遮蔽的存在之"真实"的探求,成为核心着力点。

从题材和内容上看,掩藏在主流话语背后的当代中国诸般生存真相、生活样态、生命轨迹,以及反映在物质、精神、肉体、思想、心理、语言等各个层面的世态百相,无不有所涉及。包括新世纪以降,在急剧推进的市场经济和商业文化主导下,当代人生陷入被时尚所设计、被消费所宰制而生的种种迷惘、郁闷和新的彷徨,也得到多层面的反映。

从主体精神上看,为鲁迅所指斥的那种"瞒"与"骗"及虚假的文化形态之遗脉,在先锋诗人这里,遭遇到全面的质疑与彻底的反抗,并经由诗的通道,找回了生命的真实与言说的真实。尤其在年轻诗人那里,毫无顾忌地袒露自己的心声,事无巨细地追索存在的真相,直言取道,尽弃矫饰,宁可裸呈,也不造作,视虚假、虚伪、虚张声势等为诗性生命之大敌,一扫伪理想主义、伪现实主义及精神乌托邦在诗歌中的遗风。

尽管,在这种对"真实"的急于认领中,当代诗歌暂时付出了诸如精致、典雅、静穆、高远等传统诗美品质欠缺的代价,但,就诗最终是为了护理人的生命真实,以免于成为文化动物、政治动物和经济动物之类的平均数这一本质属性来说,我们宁可少一点所谓的"诗意",也不能再失去真实。何况,或许只有在这片复归真实的新生地上,我们才有可能复生真正可信任可依赖的诗歌家园。

就此而言,这样的追求与进步,已不仅是诗的、文学的进步,更是文化学、社会学意义上的进步。

4. 语言意识的空前活跃

人是语言的存在物。改写语言,便是改写我们同世界旧有的关系。因此,诗是经由对语言的改写而完成的对世界的改写;在这种改写中,我们重新找回为"成熟"所丢失了的本真自我,以清理生命的郁积,调适灵魂的方向。

自"第三代诗歌"开始,绵延至今的先锋诗歌浪潮,在继承"朦胧诗"的精神传统,对存在全面开放的同时,更将语言的问题提升到本质性的高度,予以持久的关注和多向度的探求,从而极为有效地扩展了现代汉诗的表现域度,也极为深刻地改变了汉语新诗的表现方式和语言形态,其繁复、驳杂、多变及空前活跃,都是其他时代所不及的。

考察先锋诗歌的语言演变历程,大致可以归纳为四个向度。

1. "抒情性思维"向度;
2. "意象性思维"向度;
3. "叙事性思维"向度;
4. "口语性思维"向度。

以上四个向度各有短长,也不乏交叉互动,由此造就了不少风格独具、傲视百年的优秀诗人和经典作品。这其中,尤其是"叙事"与"口语"两个向度的引进,极大地改变了旧有的语言格局,并发展为自 20 世纪 90 年代至今,先锋诗歌进程的主要方向,影响极为广泛。

同时，以于坚为代表的一些重量级的诗人，更超前一步将四个向度有机地杂糅并举，创造出具有整合性的新的语言形态和诗歌样式（如于坚的代表作长诗《飞行》等），展现出前所未有的诗美质素和诗想深度，为现代汉诗的发展奠定了一个更为坚实广阔的基础。

虽然，这一方兴未艾的"叙事"与"口语"浪潮，已开始暴露出一些负面的问题，但何以能在今天造成如此盛大的局面，并且和作为诗歌思维之传统本质属性的"抒情"与"意象"一起，生成为新的传统，乃至使旧的传统相形见拙，无疑为现代汉诗诗学提供了一个新的课题，也推动了现代汉诗诗学的深入发展。

二

当代中国大陆20年之先锋诗歌进程所创生的新的传统的逐步形成与确立，已作为当代中国诗歌历程的深度叙事而立身入史，并渐次由"运动"而"守常"，进入水静流深的"常态"发展阶段。

然而，随着"运动情结"的消解（失去明确的方向感），"先锋机制"的耗散（失去何以"先锋"的理由与对象），由"边缘"而"主流"，由"反方"而"正方"，由"孤军作战"而"众声喧哗"，以及由"走向世界"、"与西方接轨"而回归本土、自足自立，跨越世纪的当代中国先锋诗歌正在逐步丧失它的本源动力与意义，边界模糊，目标含混，只剩下一个趋于时尚化的外壳。尽管依然有新的、年轻的"生力军"出来以"先锋"为旗号，鼓促新的"先锋运动"，但就其诗学理念和创作实际来看，与真正意义上的先锋诗歌相去甚远，大多只是因"先锋性焦虑"而生，仅持有一种姿态而已。

因此，在对20年先锋诗歌所形成的上述传统之正面作用，给以充分肯定之后，需要再度反思与清理其遗留下来的一些负面的影响。

以"今天派"为代表的早期先锋诗歌，以"地火的运行"和"造山运动"般的"崛起"态势，开辟了一个新的诗歌时代。其"运行"的内在机制，是一种以个人的独立人格、独特才华与独在的精神气质为前提，在特定时空下走到一起的松散的"联合体"。这样的"联合体"，除了诗歌理想的共同抱负，和对政治风险的共同承担外，几乎再无其他什么可"共同"的了（包括共同的美学趣味和利益关联）。这样的运行机制，其实是一个在今天看来显得特别超前而尤为可贵的传统，是之后又"先锋"了20余年而需要重新找回的理想境界，许多冷静的诗歌研究者，多年来一直遗憾，后来的先锋诗歌运动过于仓促地中断了对"朦胧诗"传统的有机继承与发扬而急于"另起锅灶"，大概不无此意。

"第三代"及其后的先锋诗歌，则一直是以不断"运动"的方式和"波浪推进"的态势来展开的，其运行的内在机制，带有明显的"群体性格"，或多或少地要受制于共同的美学趣味和利益关联的拘束，难免失于立场的褊狭与浅近功利的诱惑。从"pass北岛"到小山头林立，从诗歌派系及诗人代际的急促划分，到"小圈子"意识的逐渐泛滥，"运动"成为一种"情结"，后浪推前浪变为后浪埋前浪，以及等等。作为具有"史的功利"的先锋诗歌运动，渐渐起了变化，派生出一些原本是先锋之本义要反对的一些东西。

这其中，有两点尤为突出：一是心理机制的病变，一是创作机制的病变。

其一，心理机制的病变，造成先锋诗歌运动之历史合理性的偏离，并形成惯性驱动，致使独立、沉着、优雅的诗歌精神长期缺失，而这样的精神，才是使诗歌回到诗之本体的良性发展的根本保证。视诗坛为"角斗场"，或虚设假想敌，鼓噪时势以借势生辉，或急于"扬名立万"、进入历史，遂陷入姿态与心气的比拼，鼓促浮躁气息的蔓延。久而久之，"先锋"成了一面徒有虚名的旗帜，缺乏实质性的内容和明确的方向，大家都在争，但争的只是那个"先锋"的角色和虚妄的名分，或者说只是在争那个以"先锋"为标志的话语权。这也是造成后来纯正诗歌阵营多种纷争的主要原因之一。

其二，创作机制的病变，造成先锋诗歌品质的越来越贫化、矮化、平庸化，所谓谁都在先锋也就没了先锋，唯以量取名而已，致使经典的长期缺失，以至于连已有的经典，从"朦胧诗"到"第三代诗歌"所产生的经典，也失去应有的作用。许多后来者视写诗为便利之事，只由当下入手，"流"上取一瓢稍加"勾兑"，得标新立异之利就是；看似个性，实是无性仿生，有去路，没来路，开了些炫耀一时而不结正果的谎花，更谈不上"保质期"的长短了。究其因，无非经典意识的淡薄所致。这也是近年来大家趋于共识的"诗多好的少"的主要原因之一。

这里有必要补充讨论一下先锋性写作的发生机制所隐含的一些问题。

所谓"先锋"以及"前卫"、"探索"、"实验"等一类创作，从发生机制来看，必然是以打破已成范式的原有创作形式以求突破为出发点，所谓"变法"以"求新"。具体而言，假设一种文体（或艺术种类）已形成一些基本的、常规的审美要素和结构模式（如诗歌的分行、精练、意象思维、抒情调式等），那么要变法求新，无非两种取道：一是元素变构：取其文体要素之一二，放大变形，挖掘个体元素中新的审美潜质；二是结构变构：打破范式，重建关系，探索结构生成中新的审美质量。

可以看出，两种取道的结果都是一样的，即重在"可能性"，以获取新的生长点、开辟新的道路。这样一种机制，在文学与艺术发展的庸常期或停滞期，自是会生发摧枯拉朽而开风气之先以更新发展的强大作用，包括与其伴生的各种先锋运动，也自是不乏"史的功利"。然而，任何的探索最终都是为了普及，有如任何的实验最终都是为了落于推广。如果只是求新求变不求常，一味移步换形，居无定所，则必然导致典律的涣散与边界的模糊，使现代汉诗的诗性与诗质长期处于不确定状态，那又谈何经典与传统呢？

现实的状况是，正是这种不确定性，一方面加剧了当代诗歌语言空间的破碎、隔膜、各自为是，导致雅与俗、经典与平庸成了两个互不相关的审美谱系而无从整合，一方面又造成个人话语的时尚化、体制化（时尚也是一种体制），沦为新的类型性话语的平均数。诗人们在无边无界无标准的景况下自以为是，野草疯长，大树寥寥，只见新、见重要，难得优秀。

而经典毕竟是永远的诱惑，焦虑也随之产生。遗憾的是，大多数诗人都将新的焦虑习惯性地转向新的"先锋"而不是"保守"，孰不知可能性并不保证就可能导向经典性；可能性常常造就的只是一些重要而不尽优秀的诗人与诗歌作品，而经典的生成，则总是趋向于整合了先锋与传统的有价值的东西，而落于常态写作的创作机制。

想到于坚的一句警言："在此崇尚变化、维新的时代，诗人就是那种敢于在时间中原在的人。"①

三

综上所述，可以说，绵延 20 多年的中国大陆先锋诗歌运动，已然到了一个临界点，必须重新找到一个正常的自我定位，而跨越世纪的现代汉诗，也由此历史性地进入了一个全新的发展阶段——这个阶段的开端，将由以先锋性写作为主导的运动态势，过渡到以常态性写作为主导的自在状态，并由此逼临一个以经典写作为风范的诗歌时代的到来。

这里所谓诗歌的"常态写作"，参照以上思考，可简述为以下几点。

1. 是消解了"运动情结"和"群体性格"而真正回到个人的写作；

2. 是超越了狭隘的时代精神和摆脱了时尚话语的影响而深入时间的写作；

3. 是回归诗歌本体而仅由诗的角度出发的写作；

4. 是带有一定的经典意识和传统意识（渴望成为经典和传统的一部分）并自觉追求写作难度的写作；

5. 是葆有从容优雅的诗歌精神（主体精神的优雅而非指写优雅的诗）和自我约束风度而本质行走的写作。

---

① 于坚：《于坚的诗·后记》，《于坚的诗》，人民文学出版社 2000 年版，第 404 页。

实际上，上述看似预言似的指认，和对"常态写作"的初步归纳，早在一些有远见卓识的优秀诗人那里，得以提前认领，并及时完成了"过渡"——"我终于把'先锋'这顶欧洲礼帽从我头上甩掉了。我再次像三十年前那样，一个人，一意孤行。不同的是，那时候我是某个先锋派向日葵上的一粒瓜子。如今，我只是一个汉语诗人而已，汉语的一个叫于坚的容器。"①

在发出如此带有"终结"意味的"告白"之前，于坚还在其由东方出版中心于1997年出版的诗学随笔集《棕皮手记》"自序"文中坦言："我的梦想只是写出不朽的作品，是在我这一代中成为经典作品封面上的名字。"

我们知道，近20年来，于坚一直是先锋诗歌的重要人物和产生巨大影响的重要代表，从"史的功利"来说，他也因此"获利匪浅"，大可顺势"借道生辉"下去。但正是这样一位"老牌"先锋诗人，出于更大的"野心"即其"梦想"的召唤，以及由此而生的清醒或者说"狡黠"，率先甩掉了"先锋"的"礼帽"，认领常态写作与整合意识，开辟通向经典之路的新境地，并告诫同路人："八十年代的前卫的诗歌革命者，今天应该成为写作活动中的保守派。保守并不是复古，而是坚持那些在革命中被意识到的真正有价值的东西。"②

有意味的是，虽然在长达20年的先锋意识主导下，及先锋浪潮的惯性驱使下，整个纯正诗歌阵营并未完全摆脱其余绪的困扰，年轻的新生代更以一尝"先锋"为乐事，难以理会于坚式的提醒

---

① 于坚：《长安行》，见《作家》2002年第10期。
② 于坚：《棕皮手记·1994—1995》，《棕皮手记》，东方出版中心1997年版，第280—281页。

与示范，但大部分有远见卓识的成名诗人，已开始尝到"静水流深"的甜头，并厌倦了"运动"的驱使。大量迹象表明，一个经由反思、修整而重新出发的"过渡形态"的诗歌进程，已在新世纪的步履中悄然形成，同时也遭遇到以物质狂欢、肉体狂欢和话语狂欢为标志的文化转型之挑战。一些新的问题在生成，许多旧的问题更有待清理，我们再次回到一个共同的起点，背负历史的总结与现实的担当。

2006 年 5 月

世纪交替的诗之摆渡
——《九十年代台湾诗选》序

1

中国当代华文诗歌，就其主要板块构成而言，向有"两岸三地"之说，如今香港回归，世纪之交的目光，便更加凝重地落视于"两岸"，于是手边的这部《九十年代台湾诗选》①，似乎也就多了些额外的分量。

诚然，诗只是诗，诗人也只是这个"文化工业"时代里形单影只的独行者，诗和诗人所能够书写的，也只是诗的历史、人类精神遗迹的历史。然而作为中国诗人，似乎命定要在诗之外，更多地担负起一些什么：时代忧乐、民族兴衰、世道人心、文化乡愁……这如影随形、代代相传的"宿命"，是中国诗人可能的局限，也是他们必然的荣耀——历史常常在有意无意之间，赋予中

---

① 《九十年代台湾诗选》（沈奇编选），春风文艺出版社1998年版。

国诗歌一些额外的负载，使其成为维系某种深度承传与整合的"链条"，从而使我们的诗人，不但成为这个民族最闪亮的眼眸，也必然成为这个民族最纯真的良心，和最宽广的胸宇！

自80年代中期开启的两岸诗歌交流，便是这样一个超越诗外、跨海跨代跨世纪的文化整合工程，一个诗歌及文化史上的特殊景观。

2

经由两岸诗人十多年持续不断的热忱投入，由交流而对接，由对接而整合；在同一个刊物上切磋诗艺，在同一部选集中集结作品，你中有我，我中有你，互为学习借鉴，共同促进发展——多年隔阻，一经握拥，便再也分不开兄弟般的诗之情谊。

实际上，经由诗人之握的文化大团圆、大整合、大统一，已在当代中国汉语诗歌的版图上基本予以实现了，应该说，这同样是值得我们告慰于历史的一大盛事——从同一源头出发，用同一母语写作的当代中国诗歌，正以一个宏大的整体而面对世界，走向新的世纪。

整个80年代，中国大陆对台湾现代诗的介绍，形成空前的热潮，各类选本、赏析以及个人诗集、诗评论集持续出版，加之报刊的推介，几成大面积覆盖之势。大陆诗界和广大诗歌爱好者，由此逐渐对彼岸诗歌的存在，有了较为全面和明晰的认知，同时也多多少少地激活乃至滋养了大陆当代诗歌创作，成为在翻译诗之外，又一脉更为清新而亲近的源头活水。部分青年诗人和诗爱好者，更有找到了中国诗的"原乡"的欣喜，借鉴有加，追恋不已。两岸诗人在这一段时间里，可以说，度过了极为热烈的诗的"蜜月期"。

随着90年代诗歌的整体沉寂，大陆对台湾诗歌近况的了解也渐趋冷落。颇有意味的是，彼岸诗坛对大陆诗歌的介绍与对接，反而一时兴盛起来。各类诗歌报刊纷纷辟出版面，或有策划、有选择性地编选，或依从自然来稿的编选，大量让大陆各类诗人登场亮相，乃至在台获奖和出版专集、选集，形成"热潮回流"。可见这一历史性诗歌整合工程，已成两岸诗界的共识，成为当代中国诗人无法割舍的"世纪之握"。

正是在这种彼热此冷的背景下，编选一部《九十年代台湾诗选》，以填补这几年的空落，无论是作为大陆研究台湾诗歌者的责任，还是诗歌界切切以盼的期待，都是一项应该付之实现的工作。虽然，在商业文化的严重冲击之下，作为小众文化的诗，已处于一种十分促狭的境地，但我们知道谁还在写诗，谁还在读诗，哪部分人还在热爱着诗——正如墨西哥诗人奥·帕斯所指认的，他们是"社会的头脑和心灵，是社会与行动的核心。"——何况，作为世纪交替的"摆渡者"，两岸诗歌交流，已不仅只是诗人和诗爱好者互赏的艺术风景线，更是一份共同书写的历史的证明。

3

纵览90年代台湾诗坛，尽管也同样因大众文化的冲击，诗的"卖点"降到低谷，但无论是个在的创作势头，还是集体推动的现代诗运，都依然保持着较为活跃的姿态。各主要诗刊及报纸副刊，辟出相当版面介绍大陆诗人诗作，持续深入，沿以为习；融理论与创作为一体的《台湾诗学季刊》于1992年底创刊，很快成为两岸诗学交流的重镇；由张默、萧萧主编的《新诗三百首》，首次打破板块界线，以"跨海跨代，世纪之选"的宏大结构，整合新诗80年成就，近千页码的编著，于1995年9月出版，八个月后即告再版，在两岸诗坛传为佳话。

从创作实绩看："前行代"老诗人锋锐不减，诚如余光中评向明所言："……手中的那支笔，挥的是反时针的方向"，"后劲愈盛，大器晚成"。其中：洛夫创生"隐题诗"，为现代诗艺别开一路，余光中出示"裁梦刀"，令追慕者刮目相看惊喜不已；郑愁予的现代禅意，融会中西，周梦蝶的古典韵致，贯通古今；大荒的历史情怀与当下关切，罗门的都市扫描与"世纪病"诊视；管管老顽童式的后现代呓语，碧果忽发少年狂式的"爱的语码"；张默横空出世的组诗长卷，辛郁老而弥坚的长啸短吟；向明向晚愈明，好诗佳作迭出，纪弦真纯如初，嬉笑怒骂皆诗。

中生代中，罗青的实验诗，生冷不忌，充满先锋意识，简政珍的思之诗，语渺意远，富有哲思意味；朵思以精神医学入诗，诡异骇俗，尹玲以战火文身浴血，动魄惊魂；苏绍连对现实、乡情的拥抱，透明中见本性，杜十三对生命、生存的叩问，敏锐中见精纯；陈义芝梦态抒情、史笔叙事，时有大家气象，沈志方现代取材、古典取意，每获意外之功；白灵儒雅纯正，诗思活脱灵动，杨平热忱执着，诗路广被博及；渡也的"民艺系列"，詹澈的"西瓜寮诗辑"，为真正到位的现代乡土诗开创新境；零雨的"特技家族"，侯吉谅的"交响诗"，一用诗探戏剧，一用诗写音乐，皆有独到风采。

60年代出生的年轻诗人中，陈克华笔如解剖刀，锋奇刃险，现代意识浓烈，林耀德虽英年早逝，却留下特异不凡的绝唱；鸿鸿的冷峭，唐捐的诡谲，罗仁玲的新异，颜艾玲的率真，白家华的智慧，须文蔚的精微，皆落笔不让前辈。

更有56岁的"新诗人"隐地，中年午后之旅，以成名小说家、散文家的身份，转而为诗，一年内连出两部诗集，语言清新别致，语境透明鲜活，颇富现代审美情趣，令两岸诗坛为之惊异而赞叹不已。

由此组合而成的90年代台湾诗歌风景线，颇有乱花迷眼之感，无论哪一种主义、哪一脉路向，都有深入的探涉和新颖的创化。当然，潜心梳理之下也会发现，比起60年代及70年代狂飙突进时期，无论是创作阵容还是艺术资源以及心理素质，都相对有所减弱，不及当年那样齐整、丰沛和充满底气，处于一种再出发前的调整阶段。这些，对同样经由全面拓殖后逼临整合与再造的大陆诗坛，都是具有正负两方面启迪和借鉴意义的，也是这部诗选苦心孤诣之所在。

由此，在编选作品的同时，还收入对该作品的精短评文，除少量憾缺，由编者拙补为撰外，大都出自名家之手，这在大陆同类选本中，大概还是首次。

台湾诗界，一向注重诗学研究和文本分析，每年出版的年度诗选，所收作品，均附编者评点。台湾大多数资深诗人，都具有较高的理论修养和赏析水准，于此可谓驾轻就熟。这些评点小文，承继中国古典诗话的遗脉，融会西方诗学的特质，有机地传达了诗作的精义，且有诗艺的启悟。所选之中，尤以痖弦、余光中、向明、李瑞腾、萧萧、张默、白灵诸位下笔精准干练，读来传神会意，有的更是绝妙小品文，有双重的艺术享受。

如此，这部诗选实际上也从另一侧面，展示了90年代台湾诗歌理论与批评的成就，虽说不上与诗作并重，也别具一派气象。

4

隔岸编选，难在资料的搜求，征询意见的不便。好在台湾诗界自1982年起，年年由资深诗人组成编委会，编选年度诗选。前十年十卷，由为现代诗竭尽奉献的尔雅出版社发行人、诗人出版家隐地先生先后赐送寄来，成为这部《九十年代台湾诗选》的主要蓝本，实在感激不尽。此外，又得彼岸诗友张默先生、陈义芝先生代为约稿征询，终得促成此编，在此一并致谢！

全书编迄，计收入1990—1996年间，台湾新老诗家共84人近200首诗作，包括一部长诗和九组组诗，均按简体姓氏笔画排序，是为台湾90年代前七年诗歌的精品结集，以后作品，再择机编选续集。

需要特别说明的是，尽管编者恪尽心力，但如此大跨度的编选，以一人之见，难免有偏颇和遗珠之处，还盼方家多加指正。而在诗歌出版不景气的大环境下，此书幸得近年在诗界享有盛誉的春风文艺出版社提供荣誉性出版机会，实为两岸诗歌之大幸事。

世纪之交，薄暮苍茫，曙光依稀。在这个特殊时空下，作为一种特殊的文学现象，两岸诗歌的交流与对接，有如守望者的舟船，坚持在风云变幻中，摆渡半个世纪的期盼和新世纪的梦想——一肩风雨，尽化作卓越的诗情，两岸诗情，皆聚成凝重的祈愿：愿乡愁不再绵绵，盼诗国再现辉煌！

1997年7月

诗在西北
——《明天》诗刊第二卷"西北诗群"导言

上

大西北——作为当代中国诗歌版图的一部分,一直享有响亮的声誉。只有在这块土地上,诗才真正是文学中的文学,成为最高的理想和最虔敬的追求。

人们不会忘记,当年由朦胧诗冲开新诗潮闸门后,接续而来的,是西部诗潮的强烈回应:由张书绅主持的《飞天》"大学生诗苑"专栏,几乎吸引了所有后来成为先锋诗歌代表人物的诗人们,在这里首发亮相;由《长安》《阳关》《绿风》所连接的诗歌风景线,一时成了20世纪80年代初中国先锋诗歌的大后方,以至连徐敬亚的《崛起的诗群》一文,也是在这里破土而出。

随之而来的,是一连串闪亮的名字,辉耀于新诗潮的历史进程中:昌耀、韩东、胡宽、丁当、沈苇、古马、娜夜、人邻、叶舟、唐欣、张子选、封新城、杜爱民、伊沙、秦巴子、孙谦、李岩、李汉荣、北野、马非、林野、师涛、朱剑……还有从这里起步而成名于其他诗歌版图的马永波、夜林、方兴东、谭克修等。当然，也有无数诗之过客从这里走过，留下一些有关西部的诗篇，但那是另一回事，与这一版图的构成与发展几乎无关。

为此，一直有待清理的是，作为诗的西北，尤其是现代诗理念上的西北，多年来，总是为两个缺乏学理性指认的命名所纠缠不清，即"新边塞诗"和"西部诗歌"。

所谓"新边塞诗"，其实是"十七年"社会主义现实主义诗歌之"边疆诗"一脉，在新时期的翻版与余绪，曾经风行一时，成为官方主流诗歌的"招牌"谱系。虽然它实际上并未形成现代汉诗诗学意义上的任何影响，但因其声势甚大，并一度成为新诗理论与批评之人云亦云的热门话题，是以不断生发新的诱惑，导致不少虚假的繁荣与无效的高仿，从某种意义上来讲，甚至拖延了这一诗歌版图的现代性进程。

而所谓"西部诗歌"，则是一个先入为主的理论神话，以地缘文化和地域经验为前提，再附会许多社会学层面的观念，企图强行归纳出一个"西部精神"与"西部风格"的流派框架，并将在西部写诗和写西部的诗以及无论传统与现代，统统收编于这一框架中，来进行空对空的宏大理论叙事。

实则，作为现代汉诗的"西北"概念，早已不再是一个单一走向的结构概念，而是多元并进的空间指涉。所谓"西部精神"与"西部风格"，已根本不可能对这一空前活跃又空前驳杂的西北诗歌版图，予以有效的指认和概括。唢呐、腰鼓、黄土地，大漠、孤烟、胡杨林，以及高原、草地、雪峰、羊群、驼队、经幡等等，都只是早已被表面"风格化"了的外部形象代码，而真正意义上的西北现代诗人，也早已不甘于"风情歌手"的虚荣，返身个在的生存感受与生命体验，以超越性的姿态，融入现代主义新诗潮的滚滚洪流之中，并成就不可忽视的一方重镇。

因此，如果硬要为半个多世纪来的西北诗歌版图，梳理出一个大致脉络的话，我想可以试分为以下三种走向。

其一，以昌耀为代表的传统/经典之理路。

西北的风骨，高原的灵魂，人与自然的对话，神性生命意识的张扬，古典精神的现代重构，在这一路向中找到了真正的代言者。假若确有一个独立的"西部诗歌"或"新边塞诗"存在的话，也只能以这一路向的诗人们为旨归。

在这一理路之创作成就中，昌耀的历史地位无可争议，他已化为一座超拔的山峰，高耸于百年汉语新诗的历史版图。而在这一路向的后来者中，李汉荣的《致珠穆朗玛峰》、沈苇的《一个地区》、古马的《青海的草》、叶舟的《练习曲》系列、北野的《遥望西域》等，皆已作为现代汉诗不可多得的经典之作，为人们所记取，并将这一路向的写作，推向更具有现代意识的新境地。

其二，以伊沙为代表的现代/探索之理路。

这一理路在西部诗坛的被引入，无疑是具有历史意义的。它的开拓者即"他们"诗派的领军人物韩东。20世纪80年代初，韩东大学毕业分配至西安工作，很快与当地的诗人丁当、杨争光（后转而为小说家）、黑山（徐烨）结为早期"他们"的核心，并开始播撒先锋诗歌的火种。此时虽有胡宽独自前行的现代性寻求，沈奇主办的民间诗刊《星路》（1983年创办）的小心翼翼的现代性摸索，但整体而言，大都尚为"新边塞诗"和"黄土地诗"的风潮所左右，或沉溺于"十七年"诗歌余绪的回光返照。在韩东的强有力影响下，星星之火很快成燎原之势，由西安到兰州，沿丝路展开，西部诗坛终于有了第一批年轻的先锋诗人，并由此形成第三代诗歌的先声,改写了由朦胧诗主导的早期先锋诗歌的格局。

之后韩东回返南京,使西部先锋诗歌写作一度陷入沉寂,但仍有丁当、张子选、封新城、杜爱民和部分的沈奇与后来的岛子接续影响至今。这其间,由秦巴子主办的《西部诗报》(1988年创办)民刊异军突起,将现代意识植于"西部诗歌"的传统模式中,开辟了具有本土意味的现代西部先锋诗写作道路,日渐形成新的影响力与号召性。

而真正承接韩东的"香火"并将其发扬光大者,是90年代初发力而后一直呼啸于当下中国诗坛的先锋诗歌代表人物伊沙。尽管作为诗人,伊沙从未有过任何地域认同的理念,惯以雄视天下为己任,但从生存的体认上,他又始终以作一个"西北人"为自豪为适意,甚至还创办了以《唐》命名的诗歌网站。当然,在伊沙这里的西北,不是文化明信片式的诗歌行头,而是充满新与旧、底蕴与时尚、压抑与抗争、传统与现代激烈冲突的生存体验。一个有着"杂交"气味的文化场域,使这位"血统不纯"的先锋诗人总能找到亢奋的能源而不断"雄起"。实际上,"西部"从来就是一个混血的地域,几张风景明信片绝不代表这块土地的存在之本真,反而显得虚假和奢侈。

从韩东到伊沙,除了口语与叙事性的美学追求外,最根本的一点,在于其所建立的诗歌精神,始终旨在颠覆文化明信片式的虚伪写作,并以"说人话"的诗歌立场,指认这片混血的地域在异质混成的时空下,其真实的存在和这存在的本质意义。一度的沉寂被伊沙和他的同行者唐欣、马非、朱剑等所打破,西部诗歌重新拥有了它的骨头、它的肉身和与外部世界同步共进的脉动与呼吸。持有这一路向之诗歌精神的还有部分的秦巴子、李岩等人,只是他们采取了另一种言说方式,在传统与现代、先锋写作与常态写作之间，暗自调整着自己的步履，走得更为沉着，而不在乎姿态的高低。

其三，沿袭官方主流诗歌意识，以"新边塞诗"、"黄土地诗"及"西部诗"为旗号的一路走向。

这一走向绵延至今，拥有众多的写者与读者，乃至成了"十七年"诗歌传统和新时期官方诗歌观念最后一片"大牧场"，并因此而经久不衰。其中，若下心品味，也不乏一些对土地、亲情、理想及朴素生命意识与古典意绪的追忆与眷恋，和对急剧现代化进程所带来的生存变化的困惑与感悟，其情也真，其思也深，其追求也虔敬诚朴而感人。但若转而从诗歌美学的价值尺度去考量，则很明显，这样的创作始终只是一种仿生与复制，且始终未摆脱"风情歌手"加"文化明信片"式的套路，一味"旧瓶装新酒"，以量取胜，即生即灭。诚然，由于生存的局限性，每个诗人只能从自己的生活境遇出发，但是否有超越性的目光和对诗之本质的最终认领，则是决定其平庸与卓越的关键。

不可否认，因了一再滞后而陈旧的教科书的广大影响，和官方诗歌庙堂地位的号召性，这一路向还会在贫瘠而茫然的西部诗歌底层继续绵延，但最终将只能作为历史的胎记，留存于历史的记忆中。

三种路向，两大阵营，在新的世纪里，已愈见分明。不但各自的诗歌精神和诗歌美学追求不一样，其具体呈现的方式也不一样。尽管日渐开放的官方诗坛，已越来越重视对非体制内写作的兼容与收编，但前两种路向的诗人们，依然乐于以民间的立场和民间刊物的方式来展现自己的成就。

然而，因为各种因素所限，这一版图中的先锋诗歌阵营，还很少得以一次联席集中展示，适逢《明天》提供了这样难得的平台，作为身在这一阵营其中且作长期观察与研究者，自是责无旁贷地成了主持人。遗憾的是，受篇幅所限，只能推出几位代表人物，且要顾及西北五省，难免有以偏概全之弊，但也不失为一次有益的尝试。至少，能在同一平台，将前两个路向的几位诗人拉在一起对话与印证，也足够成为一件有意义的事了。

让我们从西安开始，沿丝路走去……

下

若将20世纪90年代的当代诗歌历程称之为"伊沙年代"，实不为过。无论是正面的肯定，还是反面的质疑，是褒还是贬，是功还是过，伊沙都出尽了风头，成为绕不开的话题，成为高分贝的声响，成为不停歇的冲击波。他将口语写作推到极致，并因盛名不衰而引发大面积的仿写，也同时将其追随者逼到了非诗的悬崖旁。伊沙心怀"鬼胎"，从不做"清理门户"的"傻事"，任由其风起云涌，自个却闭关养气，不经意间，又抛出一部杂糅并举的长诗《唐》，让江湖一时又为之瞠目——以历史悠久、文化底蕴深厚为门脸的西安，出了这么一位"后现代浪子"，且发誓要与诗之长安共存亡，实在让无数人莫名惊诧！

伊沙是个"怪胎"，却"怪"得有来路、有去路，自20世纪90年代"杀"回长安一路走来，惹得风生水起而终得名播海内外。如今回头看，无论西安还是西北，若没有伊沙承韩东香火且自辟生路折腾这么十几年，又该是怎样一种落寞的局面？尽管以伊沙之野心，从不以西安或西北为限，但大伙都知道，这家伙再怎么放眼四海，对大西北与羊肉泡馍的那份老感情，还是无限深厚的。

这次《明天》聚会，选了伊沙的四首近作，依然是老字号的伊沙风味，只是显得更醇厚，也更精心了些。

四首诗有相近的戏剧性追求，但情节与肌理感不一样。《咖啡苍蝇》表面看有些絮叨和拖沓，但读进去后，却又有不厌其烦的妙意渐渐渗透出来。素材是诗人自身日常生活的一段实录，无非是无意间将一只苍蝇当作一粒别的什么连同剩咖啡一起吃进了嘴。但写着写着，就写出了某种超现实的荒诞感，使先前的啰唆通通成为一个有机的铺垫。尤其那两句结尾"先前的记忆就此复活／慢慢打开"，如卤水点豆腐，一下将什么也不是的一段叙事，变成了一种有意味的形式，引人联想到别的很多东西。这种深藏不露的安排，近年伊沙已越玩越顺手了。《在母亲节的第二天晚上梦见母亲》，看似一出正剧，也见出伊沙一脸痞相后面的善与软，借母亲死去又回来的梦境叙事，肯定"好死不如赖活"的人世眷顾和对"天堂"的质疑，写得平静自然，不温不火。到了仍由不得露出了骨子里的硬，对"生活在别处"式的乌托邦谎言，发出质问，使正剧的后面弥散出反讽的意绪，令人唏嘘。《悬念》很单纯（美学意义上的单纯），到位的读者，会品啜出单纯背后那一股子健康心性的阳刚之气，让人肃然而又会意。

四首诗中，最可玩味的还是《动物搬家》，一则精妙的寓言，也是一出不乏深意的讽刺剧。全诗以戏谑甚至搞笑的语调写来，忍俊不禁的笑闹之下，明白诗人全是在借题发挥。"原在市内的动物园／要迁到终南山里去"，将"市"置换为"人世"、"现世"，将"终南山"视为虚无缥缈之理想国的代码，你就会更明白诗人在说些什么了。同时，也就会在读到"搬家"后，"一些动物傻呆在笼子里愣是不出来／一些动物疯跑到山中去就是不回来"、"还有一些动物一搬家就死翘翘了"这样的诗句时，爆发会意的笑——当然，这样的笑是要流泪的，那是更真实的悲悯和"终极关怀"。

在西北地界，秦巴子算是"老师傅"级的诗人了，也是最早将现代意识引进"西部诗歌"的诗人之一。近20年的写诗生涯，不管诗坛如何风云变幻，这位以冷峻著称的诗人，总是始终保持着纯正的呼吸和本色的姿态，因此而总遭"无人喝彩"的冷遇，却又一直得以圈内人的敬重与激赏。当年"盘峰论争"时，有诗友开玩笑说：秦巴子才是真正意义上的知识分子写作。可见得激赏所在。

此次选诗四首，均为近年力作。《冷场》一诗尽显中年风骨的沉凝与冷峭："在这水落石出的大地上/他的背脊像顽石一样拱起"，而若"再次亮相就是一剂完美的毒药"。看似绝情，一派萧肃，却又分明有一缕刻骨的爱心和为爱所伤的沉郁气息浸漫其中。《难兄难弟》显然是《冷场》的回声，"摔在地上的誓言像这个干燥的年份/一支烟就可以点燃身后的脚印"，将孤独和郁闷写得刻骨铭心，柔肠寸断！《焦虑症》中"椅子"的意象突兀诡异，是身份？是面具？何以又成为"欲望"的象征？道具化为角色，互为指涉中充满歧义的联想。意象的经营，在秦巴子的写作中早已炉火纯青，甚至常有溢出之嫌，浪费之憾，但也见出其深厚的语言功力。《雕像》一诗为现代知识分子造型："轻蔑挂在嘴角/超然写在脸上/眼神中的悲悯/泄露出制作者内心的秘密"，颇像诗人的自画像；"它是一些思想但从未进入图书馆/它是一种象征但不像任何人/它耸立在街心/让我们全都成为匆匆过客"，这样的诗句读来，如月光下出鞘的匕首，闪闪发光而又寒气逼人，那种狠，那种劲道，没有20年的功夫到不了这份。

为时代把脉，给乱象下针，一剂剂苦味的药，说不上治病救人，却常有清肝明目之功，读秦巴子其诗，知其用心良苦；低姿态，慢先锋，守常求变，不舍经典的追求，诗的秦巴子，颇具老师傅风范。

下一站到兰州。此次专辑只能选二人：唐欣和叶舟。一智者，一狂人；一高僧说家常话，一顽童道非常语；一虎，一马，守在西路第一关，寻常诗家，到此莫放高声。

唐欣为诗，从第三代写到新世纪，产量不多，精品不少，慢吞吞一路见山是山、见水是水、不经意间反成正果得大名，是个福人！"他悄悄地为人们演示了口语状态下的先锋精神、世俗生活以及古典式文人情性这三者间奇妙的联系，创造出一种凝练、散淡、却又对现实内藏机锋的智性诗风。"——天津诗人徐江此一知己之见，极为精到。

且看《验明正身》一诗，写体检，极平常的事，却写出了体制拘押之下人的世故与无奈状，且非愠非怒，只在那淡然一笑中的了悟。"年近不惑的人看上去／还行进在迷惘的旅程"，只两句文词，其余全是实录实写，不着"诗"相，但细品中会咂摸出一点点"禅意"；不是那种带"酸馅气"的禅，而是健康人的痒和智者的会意。《天凉好个秋》，写中年午后"看客"的心境，极尽达观之意。"扫地的人点燃落叶／那正是秋天的味道"，这样的诗句，读来颇有现代王维的境界，尤其置于"神明在天上吵嘴／妖精在夜里打架／大侠已上房／工友已下岗"之后，真个淡中出至味，家常见道心，以物观物，无中生有，却又充满浓浓的人间烟火气；不俗不馊，见性见情见禅机，且得三分谐趣以遣余兴。是真正的智者，总是葆有一份童心，童心无忌，只一派纯净洗心明世。《在青海某地停车》，透显另一种天籁："草原无垠的大床／邀请你躺下把身体摊开"，憨态可掬，且语感顺溜舒展如小风送爽。却又忽而转向"野合"、"野战"的念头，荒唐中见真趣。到了"突然发现蓝色的天空／有如深渊／这种恐惧多么无稽／好像我会顺着光线／向高处坠落／赶紧翻身坐起／我非牧人／对这种事少有经验"。俗与雅的对质，实与虚的盘诘，还"自然"以自然，在自嘲中与精神乌托邦幽一把默，天趣机心，尽显风流。

新诗百年，有二宿疾久难治愈：一者"假"，假模假式；二者"端"，装腔作势。故而令不少国中爱诗人敬而远之。到唐欣这里，尽弃矫饰，唯"实话实说"为前提，而又不失诗味、诗趣和诗之境界，也算一大功德。唐欣自诩："我梦想的诗该是脱口而出又深含味道"，品其诗，不虚此诩。

读叶舟，则完全是另一种感受。要硬说有个什么"现代西部诗歌"风格的存在，叶舟算得一个坐标。

热烈、宽广、流荡，充满异质混成的激情和天马行空式的想象，以展现"大陆腹地深处的高潮与狂欢"（叶舟语），字里行间，更带有一股子西北人的腥膻口味和苦涩情怀。叶舟的问题是时而缺乏控制，过于听任语感的自然生成和诗思的信马由缰，以致常有肌理丰富而脉络不清之憾。但这也只是旁观者的一种看法，对写者而言，说不上是对还是错。尤其对叶舟这样的诗人，他似乎无论是对诗的热爱和于诗的写作，永远都处于一种狂热的初恋阶段，不做谈婚论嫁成家立业的打算。如诗人自己所言："我宁愿拒绝成熟，趋近于一个孩子眼中的发现。让自己的诗歌地图破绽百出、泥沙俱下，让自己的书写走在永生的路上，即使含有微明的真理和隐约的失败。"

如此的诗歌理念成就了一位非凡的"怪客"，汪洋恣肆，泥沙俱下，昏明不辨而惊心动魄。这其实是个悖论。对于本来就一直处于"在路上"的现代汉诗而言，或许也只能任其伸胳膊伸腿自由发展，方能真正触及一个可能的方向以及可能的典律，何况对叶舟这样天生狂野不羁、一身真气乱窜才气横溢之辈。于是我们只能投身其中，无须妄加评论，有如投身于西部大野广漠，一任天风游气扑面而来，并拣拾那些粗粝而又闪耀着异质之光的诗之陨石："我的脚，踩在荒凉的地球上。/有一些山川，有一些沟壑/必须去致意。"而"我所唱读的段落，不为任何人"。唯"袖里含云/猝然的诗章，徒存下逶迤的边疆"。——还苛求什么？有这些奇句可赏、情怀可叹，已足以一醉！

出兰州到西宁，当代先锋诗歌的青海，仅以活跃程度和声名来说，首推马非。

就诗歌立场而言，马非与伊沙同属一路，但味道有所不同。伊沙诗歌精神中有硬有软有多面性，马非则是一根筋式的白刀子进红刀子出，喝酒不用菜，一口一个爽利明白。写起诗来，如证人提供，一句句掷地有声听个响，且"狠"。证人不能说谎，证人也不能啰唆，证人更不能言之无物满口不知所云。有论者指认马非诗中"有与众不同的少年老成和充满良知的拯救意愿"（马海轶语），是以或可称他为"证人马非"——为生存的真实和存在的意义作证，非"少年老成和充满良知"不可为，且非为作证而作证，骨子里还得怀有一腔"拯救意愿"才是。

《记北山寺的消失》为文明的错位和时代的荒诞作证："一幢摩天大厦拔地而起/它只用了短短一年的时间/就把一千五百年历史的北山寺/清除于我的视线/其容易程度/如我们随口吐出的一块痰"。有痰就得吐，可这口痰吐给谁会理会呢？现代化的错乱症，又生就多少痰让诗人代一个民族去呕吐、去反省！《挨宰》一诗则是为自己作证。在"狡黠"而"美丽"的商业行为面前，扮演一个自觉挨宰的角色，"我甚至装作/真的喝高了/我给了她/比她要的/更多的钱"。看似一段"纪录片"，但如此的剪辑与叙述方式，却分明又成了一则现代寓言。诗人在这里刻意充当一回阿Q，实则是以毒示毒，以黑证黑，沉入昏暗以指认昏暗；这是马非式的另一种"取证"方式，让我们真切地看到，伴随商业行为而无处不在的日常伤害，已如何化为我们日常生活的一部分，无奈的承受又如何转化为无奈的认同，成为某种暗自蔓延的精神溃疡。《一个忧郁的男人》则更像希区柯克的电影，"证人马非"在此既是导演又是主演。银行、运钞车、警察、枪、柳树、忧郁的男人、心脏部位、打火机，所有的道具、场景及惊险要素都齐了，最终却将一再加强的悬念悬置在"雨"中。时代与个人，货币与人性，悬疑与歧义，被短短一首诗演绎得深沉而老到，且让我们惊喜，所谓诗的叙事，原可以达到如此的艺术效果。

  作为宁夏的实力青年诗人代表，师涛自认"诗歌是一堆顽强的废话，就好像简单而残酷的人生"。"废话"而"顽强"，很有意思，仅凭这点理念，就可知这是一位有自己想法的诗人，而非一般的趋流赶潮者。

  此处所选六首小诗、短诗，大体都带有一些超现实主义的意味，诡异，玄妙，独自深入的想象力。超现实主义曾对台湾现代诗的发展，起过主导性的作用，成就了不少杰出诗人和经典作品，在大陆的新诗潮进程中，似乎一直只是一些零零落落断断续续的影响，始终未成大气象。其实仅就意象的创造而言，超现实主义不失为一道颇为有效的法门，尤其在口语与叙事已泛滥成灾的当下先锋诗歌写作中，重涉超现实以解意象之渴和想象力之困乏，实在是聪明的选择。

  师涛的意象经营适度而坚实，有质感，含理趣，不故弄玄虚，对精神现实有独到的指认和超常的表现。一句"我的舌头上住着守夜人"（《废话》），就可品味出他的语感特质与精神指向。这是一位在上意识与潜意识交替地带之昏暗处作业的诗人，充满着对病态、残破、迷乱、忧伤、错位、悖谬的敏感。质疑的目光如暗夜电闪，于乱象中探求生命的真与理想的梦何以一再被搁置或碰碎。"每一个人都像在黑梦中一样可疑"（《黑梦》），"我熟悉的生活/就是这堆噪音/人们把它混合在一起/为天生胆怯的儿童治病"（《风声》），而"我继续做梦是因为我的痛苦醒着"（《病》）。诗人既是梦者，又是醒者，在二者的挤压下，通过语言的获救之舌，赋予存在以意义。当然，在诗人这里，"意义"不是一个硬物，不是一种给定的东西，而是一种气息，一种可能的引领。正是在这一点上，师涛有时会"越位"（借用足球赛用语）而行，在不可遏止的指涉欲望促迫下，脱离意象之思的整体推进，冲向过于明确的理念或题旨，有伤整体的艺术效果，若稍加控制，当有更佳表现。

最后一站是新疆，沈苇是当之无愧的首选。

来自东南水乡的沈苇，何以选择了遥远的西部之西作为自己诗性生命的栖息地，而非过客式的造访，我不得而知。但自从偶尔读到他那首仅仅四行的《一个地区》，我便惊叹：这个"地区"终于有了它堪可告慰且为之自豪的恋人、知音与歌者——我是说，在这首经典之作以及沈苇同类作品中，西部的地域美感和精神气质，找到了与之真正匹配的诗性肌理、诗意脉络和艺术感觉与"发声"方式，并有了标志性的代表作品和风格特征。

混血的西部，原生态的西部，多少年来，吸引着无数的歌者来此寻找梦想的归宿，然而留下来的，却大多是浮光掠影式的文字，一些观光性或猎奇性的感叹，难以触及它本质的诗性。沈苇的不同，在于他赤裸地进入和融为一体的呼吸，进而成为其敏感的器官和虔敬的容器。在他那些表现到位的诗作中，西部不再仅仅是被夸饰性的目光作感性抚摸的外在景象，而是被深深理解后融入血液与脉动的生命实体。歌吟与沉思，抒写与雕刻，神性与物性，皈依与超越，以及自然与人，皆在一笔细含大千的诗写中和谐共生，光芒涌动。

正如诗人在《诗》之一首中所写的："他的身体是大地的一部分，黑夜的一部分//他的额头时常碰到天空并被擦伤/落下几颗因疼痛而鸣叫的星"。

而在收入此辑的其他几首作品中，我们时时会被某种可称之为"圣美"的诗句所"擦伤"，承领一种被吞没又被高举的诗性洗礼——《废墟》一诗以古歌般的长调祈祷"家园"的复归："人哪，当你终于懂得欣赏废墟之美/时间开始倒流/向着饱满而葱郁的往昔"；《正午的忧伤》雕刻西部的阳光。那孤独而澄明的光芒，从未被这样精确而深切地表现过："阳光流泻，缺乏节制。一切都是垂直的/光线像林木，植入山谷、旷野、村庄、畜群"，"但稍等片刻，随着太阳西移/一切都将倾斜：光线，山坡，植物，人的身影/从明朗事物中释放出阴影，奔跑着"，辽阔中的细腻，如沐如浴的纯净，瞬间与永恒，在此融合为一；《植物颂》以童话写神性，人与植物的对质中还生命以完整的认领；《雪后》一诗以精美的意象与感恩般的情愫，为尘世作洗礼："原野闪闪发光。在眩晕和战栗中/一株白桦树正用人的目光向我凝视/在它开口之前，在它交出体内的余温之前/泪水突然溢满了我的双眼"；《沙漠，一个感悟》中，那句"我突然厌倦了作地域性的二道贩子"的结尾，让我们了悟：正是这种超越性的精神立场，保证了诗人与西部那种纯粹的联系而致完美的契合，并让一个地区成为一个世界的缩影，一部人与万物的交响！

读完沈苇，读过新疆，似乎该结束这次西北诗旅了。但我感觉一切才刚刚开始。

一个时代结束了，又一个新的时代正更为宽广而自由地展开来。——诗在西北。西北的诗或许不算最好,但肯定有最长久的生命力;西北留不住人,但留得住诗,留得住天长地久的诗性与诗心。——大西北,这是另一种意义上的存在。它存在着,不证明什么,也不收获什么。它只指出一种真实的存在,使灵魂不再逃避;它只展示一种原初的诗意,使诗神不再孱弱。它不以任何赞叹而增添什么,也不以任何诅咒而减少什么。它存在着,从远古到今天,就那样存在着,并以它粗野的道路、哑默的黎明和它那毫无怜悯之心的黄昏,使你成为另一种人……

而我最终想说的是:假如没有大西北,没有大西北的诗人与诗,我们诗的国度,又该是怎样的平庸和让人失望呢?!

2004 年 6 月

回看云起
——《当代陕西先锋诗选》序

一

编选一部"当代陕西先锋诗选",是我蓄之多年的心愿,也多年在心里反反复复地酝酿,乃至成为一种挥之不去的情结。

从20世纪70年代末,到跨越新世纪的这十年,回首30年的路程,按照伊沙的说法,我们这些坚持在这个曾经辉煌的诗歌帝都从事纯正诗歌写作和诗歌活动者,都是这座诗城的"守望者"。——这一不免有些悲壮而苍凉的自诩,可以说,凝聚了几代陕西先锋诗人的心路历程,也时时激励着包括从这里走出去而成名于他处且时时回望难舍的众多诗友。如今,在我的学生、青年诗人杜迁的协助和诗友们的支持下,以1978至2008为时间段的这部《当代陕西先锋诗选》终于艰难结集,付梓在即,作为其始终的酝酿者和催生者,实在有太多的话想说,而又不免感慨万千。

当然,首先得以主编的身份,向诗界和这部诗选问世后可能的读者，作一点有关此书编选的基本理念、大体框架及入选诗人的概要说明。

先解释书名。

所谓"当代"，自然是指"文革"结束后乍暖还寒的上世纪70年代末到新世纪这30年，集中所选作品，也大体以这30年的创作为限，构成一个相对独立的子系统。

所谓"陕西"，在这部诗选中有两层指向：其一，籍贯属陕西并一直活跃于本省诗歌界的诗人；其二，虽非陕西籍，但其诗歌写作是由陕西起步并成熟于且成名于斯时斯地的诗人，尤其是以其创作成就和创作风格，曾经影响到当代陕西诗歌发展，并构成其实质性的内在理路者，包括具有重要作用并成为深度推动力而薪火相传的校园诗人——作为在中国名列前茅的高校所在地，活跃于西安诸多大学的校园诗歌，一直是这座诗城生生不息的精神源泉和希望之所在。

需要特别说明的是"先锋"的冠名。对此我曾犹豫再三，最后还是冒天下之大不韪，留下了这个似乎已然过时且不免有些暧昧的称谓。

坦白地讲，若依照纯粹诗学或美学层面的"先锋"概念而言，本诗选中大概有大半数的入选诗人和入选作品，都基本与"先锋"无关，有的甚至可能还有相悖之嫌。但是，其一，这30年在陕西诗歌版图上发生过的、真正称得上"先锋"的诗人和其作品，大体已尽收于此集中，不负其名；其二，本诗选更深一层的"先锋"意思，是可称之为"诗歌社会学"意义上的"先锋"。具体而言，是指在这30年陕西纯正诗歌写作进程中，于诗歌精神、诗歌人格、诗歌立场、诗歌风格等方面，在包括现代主义、现实主义、浪漫主义以及新古典主义等各个路向的发展之关节点上，都多少起到了或开启、或推动、或表率作用的诗人,及其诗歌创作与诗歌活动。

由此进而标举出"民间"、"先锋"、"实力"、"历史"这四个理念,作为本书编选的基本思路。

这里的"民间",是指一种诗歌立场,而非诗人实际的社会身份。

让诗歌回到民间,与当代中国人真实的生存体验、生命体验和审美体验和谐共生,以重建现代诗歌精神,并彻底告别官方诗坛一花独放的旧格局,以自由、自在、自我驱动与自我完善的民间化机制,开辟现代汉诗的新天地,是上一世纪波澜壮阔的中国先锋诗歌运动,为我们留下的一笔至为重要的精神遗产。

具体于当代陕西诗歌发展而言,本书所标举的"民间",主要是指那些从一开始就摆脱或逐渐疏离于官方主流诗歌意识的困扰,试图以独立的诗歌人格与诗歌风格,开辟新的诗歌道路,并由此拓展长期被单一化的诗歌生存状态的诗人和他们的创造性成就,从而使当代陕西诗歌呈现出前所未有的活力与生机。这对于文学观念相对比较封闭和陈旧的陕西来说,实在是一个十分艰难而来之不易的历史性转换。正是因了这些诗人和他们的作品的存在,当代陕西诗歌的发展,才算有了足以和整个 30 年间空前高涨的中国现代主义新诗潮堪可比肩而行的实力,并成为这一历史进程中不可忽视的一列方阵。

这一方阵的形成过程,大致梳理下来,可分为八个阶段,并由此构成本选集的八个小板块。严格说来,各个阶段和各个板块之间,并没有十分紧密的因陈关系,且大多呈现为一种交叉互动的松散状态,但其内在发展理路,确实有着一脉隐在的精神关联,成为这一方阵赖以形成与发展的深度推动力,也成为其共有的历史印记。

二

本诗选开篇，即以年逾 80 的老诗人沙陵和已故诗人胡宽为第一单元，有其特殊的意义。

作为陕西老一辈当代诗人中的代表人物，沙陵的存在及其对陕西近 30 年来诗歌发展的影响，一直是一个重要的话题。

毋庸讳言，作为个人诗歌创作的诗人沙陵，其作品本身虽不乏个人风格和探索精神，但始终未能实现现代性的根本转换，而真正抵达他所抱负而孜孜以求的理想境界。然而，作为贯穿当代陕西诗歌全历程的灵魂人物，这位跨越两个世纪的诗歌老人，确然如一棵历尽沧桑不变色的常青树，感动并激励着几代陕西诗人，并以其资深诗歌编辑始终如一的明锐慧眼与艺术良知，在这片远比其他诗歌板块更为板结与苦涩的区域里，扮演着探索者、实验者和提问者的中心角色之一，如苦行僧一般，义无反顾地一路奉献着他的虔敬与爱心。

可以说，至少在西北这块诗歌版图上，沙陵的诗路历程，已成为一种精神的感召：如此的真诚、执着、纯粹，使所有认识沙陵的人们，重新理解到何谓真正意义上的"生命写作"。同时，即或是在他未达至理想境地的诗歌创作中，也不难发现，无论是长诗还是短诗，是咏物，还是抒怀，都始终贯穿着一种对生活与艺术的思考与理解的传达，使诗行中充满了特有的沧桑感和思辨色彩。特别要指出的是：至少在所谓"哲理诗"这一路数方面，沙陵将沿袭甚久影响广大乃至成为积弊的"社会哲理诗"转换为"生命哲理诗"，无疑已是一个质的跨越。

由于特殊的历史境遇，岁月将沙陵分解为两种诗性角色：作为职业依附的诗歌工作者和作为生命归所的诗歌创作者。前者，真诚到永远；后者，探索到白头。二者合一，造就了一位对当代陕西诗歌有着双重贡献的诗歌老人。这位诗歌老人在体制内生活工作了一生，但其诗歌意识却从来都是个在而民间性质的，这也是他之所以为几代陕西诗人所尊重，并引为精神导师的根本所在。

　　作为真正意义上的陕西先锋诗歌写作，胡宽可谓第一人。

　　身为"七月派"代表诗人胡征的儿子，胡宽一直生活在父亲因受所谓"胡风反革命集团案"牵连而遭受各种迫害的历史阴影里，且因从小得了"哮喘病"并纠缠其一生，而早早结束了他年轻的生命。这一病症实际上成了胡宽诗性生命的一个"隐喻"，并决定了他始终是一个被命运扼住喉咙而难得自由呼吸，却又要力图扼住命运的喉咙，并用自由的灵魂来呼吸和呐喊以反抗命运的诗人，同时也决定了他所有的反抗，都只限于对自我的拯救而难得率众而行。正如批评家张柠所指认的，这是一位"把自己作为一名'英雄'从人群中分离出来"，"野心勃勃"地勤奋写作并满怀傲岸气质的诗人。① 韩东则指出，在那样一种完全封闭的写作状态下，胡宽的诗歌品质可以和食指、北岛、多多相媲美，而且会在新的世纪里得到更多人的热爱和尊重。

　　除了和身边有限的几位非主流非体制性的青年艺术家交流之外，胡宽生前既很少和诗人们来往，又不公开发表作品，但他特立独行的精神气质和领风气之先的先锋意识，依然如"地火的运行"，开启了陕西先锋诗歌的先声，并潜在性地影响到后来的先锋诗人写作，成为出自陕西本土的先锋诗歌精神的源头，同时也使得他个人的创作成就，获得和早期北京"今天"派诗人的探求不差上下的历史意义，而为历史所记取。

---

① 张柠：《我们内心的土拨鼠》，原载《作家》1999 年第 12 期。

本诗选选编胡宽三首短诗力作和两部长诗代表作《雪花飘舞》与《土拨鼠》，其中《土拨鼠》一诗因本书篇幅有限只作存目备阅，特此说明。

诗选"辑二"，选韩东、丁当、杜爱民三位诗人的作品，也是陕西先锋诗歌30年最具代表性的重要收获。

拉扯韩东作当代陕西先锋诗歌的代表，似有"拉大旗作虎皮"的嫌疑，但韩东这杆大旗，又确实是在陕西这块诗歌版图上最早树起来的，且由此而直接开启了陕西先锋诗歌之真正意义上的发生与发展，并内化为灵魂与血液性的存在。

韩东1982年秋由山东大学哲学系毕业分配至陕西财经学院工作，与西安的杨争光、徐烨、丁当、沈奇和尚在陕财就读的杜爱民等诗人认识，并很快成为其灵魂人物。此后近三年间，韩东在西安写出了他最具代表性的早期力作，如《有关大雁塔》《我们的朋友》等，同时创办民间诗刊《老家》和进行他的诗歌观念的"布道"活动，一时风生水起，为陕西诗歌的发展开辟了一条新的道路，并延为传统，一直影响到80年代末回陕的伊沙等人。仅就韩东而言，在陕西的这段诗歌历程，实际上是一次双向的开启，本诗选只是想客观还原其历史的真实而已。

丁当最初和与他同班的大学好友沈奇为伍，并一起创办民间诗刊《星路》。结识韩东后，感言算是找到了符合他自己本源性诗歌理念的"组织"，可谓一拍即合而一发不可收拾。

丁当的价值在于，他并没有成为韩东诗歌观念和其写作方式的投影与仿制，而是有机地保留了个在的生命体验与语感机制，于韩东式的口语与叙述语式中，机智而恰切地融入了他独特而具有原创性的意象元素，成为独出一门的天才创造，也成为韩东"西行播火"之最为经典的结果。在丁当身上，彻底的虚无主义和清醒的现实主义，奇妙地合成为一个极富现代意识的主体精神，从而将偶在与宿命、理想与现实的悖谬，揭示与演绎得出神入化，极富穿透力，至今难有人望其项背。后来韩东回南京工作，依然不忘知己，拉丁当一起创办《他们》，而丁当更是将《他们》视为唯一的文学殿堂，只"为《他们》而写作"（丁当语），显示出彻底的民间立场，在诗坛传为佳话。

杜爱民大学期间开始写诗，恰逢韩东在他就读的陕西财经学院教书，使其原本相近的诗歌追求，很快得以确认而免生徘徊，也算难得的机缘。

杜爱民真正的成熟，是 1983 年大学毕业分配到西北师范大学任教后，将受韩东影响所确立的诗歌理念，有机地化入对"西部精神"的独到理解，写出了一批冷峻而隽永的力作，对滥觞于上世纪 80 年代初期所谓"西部诗歌"之"泛意识形态化"和"泛文化明信片"式的空洞表现，予以纠偏取正，获得极大反响。这期间，杜爱民还经沙陵介绍和沈奇推荐，认识"七月派"老诗人牛汉，并在其主编的《中国》文学杂志（后停刊）连续发表诗作，成为当时被牛汉命名为"新生代诗人"群体的佼佼者。80 年代末复回返西安工作后，改以散文创作为重，淡出诗歌界，但手中的那支诗笔一直默然而动，时有所得，依然不逊当年。

诗选"辑三"，汇集沈奇、渭水、李汉荣、秦巴子、孙谦五位诗人为一单元。此组诗人风格迥异，各个不同，但其共有的价值属性在于：其一，都是长期坚持在陕西本土创作并影响及全国乃至海外的诗人；其二，都在各自所认定的创作路向上做出了创造性的探求，并有精品力作行世而成为其创作路向在陕西承前启后的代表人物；其三，一以贯之的个人化风格和民间立场。

集诗人与诗歌活动家为一身的渭水，在 20 世纪 80 年代的陕西诗坛，可谓独树一帜，影响甚大。

不可否认，作为诗歌文本的渭水，一直存在着缺乏明确方向感和深入时间的经典之作的缺憾，但其在由政治抒情诗向社会抒情诗的艰难转向中，依然不乏个在探求而成就不凡。其中，长诗《1986：阿兹特克世界大战场》及组诗《面世》，都是让人难忘的重要作品。这是位永远以年轻的心态拥抱生命和时代的歌者，尤其是对诗歌事业的热情投入，更是让人难以忘怀。作为诗歌活动家的渭水，早在1984年就主持编辑印行了中国最早的民间诗歌丛书《长安诗家》十人集，随后又于1985年再次编印包括杨炼、王家新、岛子等在内的《中国当代青年诗人》丛书。熟悉当代中国诗歌历史的人们都不难想到，这样的举措在当年的诗歌生态环境中，要承担怎样的风险，其热切笃诚的诗歌精神和民间立场理应为我们长久铭记。

李汉荣是我的同乡老友，多少年来，我一直为自己有着这样一位乡友诗人而自豪，同时也一直认为他的存在，无疑是我们陕西诗歌界的骄傲。

李汉荣的诗，先后入选由谢冕主编的《百年中国文学经典》（北京大学出版社）、由张默、萧萧主编的《新诗三百首》（台湾九歌出版社）、由谭五昌主编的《中国新诗三百首》（北京出版社）等海内外重要选本，其骄人的声誉早已超越他所寄身的陕西诗坛。诚然，汉荣的诗从来就与"先锋"无干，他是从另一个源头出发并坚持自己道路的诗人，是我所称之为"现代浪漫主义"和"常态写作"在陕西乃至海内外的典型个案。在告别浪漫的时代里守望浪漫，在消解深度的时代承载深度，在想象力贫乏的时代显示他超人的想象，以抒情长诗《献给珠穆朗玛峰》为代表的诸多重要而又优秀的作品，充分显示出其音色的纯正和意境的高远，并一直不乏热爱他的读者，也便一再证明他的固执与守旧，在当下时代照样占有不可或缺的一席之地。——以常态而先行，以实力而改写历史，浮躁而多变的时代，需要这样的诗人来稳住必要的阵脚。

作为陕西实力诗人的另一重要人物，秦巴子的诗歌写作一直占有举足轻重的地位，影响广泛而持久。

秦巴子的诗歌历程如一条水静流深的河流，没有故作姿态的掀波弄潮，却不乏内在的力量。其诗思与技艺，均经得起挑剔和汰选。尤其是对社会与人生的明锐观察和精微透析，构成其不同凡响的品质。同时，从早年主编《西部诗报》开始，秦巴子就确立了他的民间诗歌立场，并将这种立场带入到绵延近30年的写作历程中。而即或在体制外写作语境中，秦巴子也一向特立独行，本色行走，不入圈子不跟风，显示出纯正而真诚的艺术风范。

"隐者诗人"孙谦，是陕西诗坛的一个"异数"。

算起来，我与孙谦的诗歌交往已有十多年，其间还应邀为他在台湾出版的诗集《风骨之书》写过一篇序，但至今我们未见过面。一个你熟悉其文本的诗人，总是像一座隐在远处的雕像般存在着，不与你作正面的交流，实在是令人莫测高深。当然，就一部诗歌史来说，文本的存在是最根本的存在，一部《风骨之书》，已足以奠定孙谦的历史席位。《风骨之书》中的组诗《魏晋风骨》，曾获1992年台湾《蓝星》诗刊举办的首届"屈原诗奖"，从而使当代新古典一路的诗风，有了一个可资参照的新坐标，也填补了陕西诗歌的空白。仅就这一路向而言，孙谦既是先行者，又是集大成者。多年的边缘行走使孙谦成为"在时代暗处发光"的诗人，写作对这样的诗人而言，不再仅仅是诗意的亲近或诗艺的修为，而"只是一种保持生命本色的努力"，"一种改换生命的方式"，并由此"烛照一层特异的生存意蕴"（孙谦语）。

身为本诗选的主编而忝列入选，使我不宜在此再作自我评价。作为诗写与诗评双栖的诗人，不免屡屡遭遇这样的尴尬。我自认不是多么优秀的诗人，但也不是不知道诗何以才能优秀而能潜心寻求且不乏偶得，加上耐得住寂寞和持之长途跋涉的脚力，总还是拥有了杂糅并举的综合风格和不断成长的精神历程。

这里不妨借诗评家陈超的评语小作总结："沈奇的诗，有自己独特的情感背景。他诚朴而自明，不是寻新求异匆匆披挂，而是在透明的语境中，寄寓深永的历史叹息，将'暴戾的岁月，转化为细语的音乐，一种象征。'（博尔赫斯·《诗艺》）他的写作准则是：仁慈、明净、诚朴、适度以及形式主义的快乐。"[①]

诗选"辑四"，汇集当代陕西诗歌进程中第一波高海拔崛起的大学校园诗人之代表人物唐欣、马永波、杨于军、仝晓锋、王建民五人作品。

这五位诗人的创作，大体都成熟并活跃于20世纪80年代中期，其影响所及，从当时的西安校园到后来的全国各地，是继韩东、丁当、杜爱民之后，再次由校园崛起的先锋诗歌浪潮，也是被称之为当代中国"第三代诗人"群体中的陕西代表之主要部分。如今，五位诗人几乎都已脱离陕西本土，但那段浪潮迸涌的壮观景象，至今令陕西诗歌界难以忘怀，并构成了陕西当代诗歌发展中无可替代的一段重要历程。

客观而言，唐欣主要应归属于甘肃诗人队列。但作为西安籍的唐欣，在其文化地缘情结上却一直与陕西藕断丝连，双栖并重，至少算是半个陕西诗人。尤其在西安攻读硕士其间及其后，与陕

[①] 陈超：《清峭心曲诚朴诗》，见沈奇诗集《寻找那只奇异的鸟》附录文之一，台湾尔雅出版社2001年版。

西的伊沙、沈奇、秦巴子等诗人来往密切，并参与其各种诗歌活动，在陕影响不小。唐欣为诗，一言而蔽之：笔随心曲，本真呈现，从容而老到。尤其善于由普泛人生和世俗生活中发掘天籁之音、童心之趣，寓庄于谐，别具一格，尤其是对口语的合理运用和对叙述性语式的独到发挥，几已至炉火纯青的地步，可谓不显山不显水而独辟蹊径的"慢先锋"。身为文学博士而心依民间情怀，不端不妄，尽弃矫饰，风骨迥然。近年调转北京京城教书，接连几批新作问世，更是宝刀未老，为诗界所瞩目。

马永波1982年由黑龙江考入西安交通大学后，很快在这所不乏人文环境的名校中，成为校园诗歌的风云人物，也是该校近30年来最早驰誉于国内外的成名诗人。当时的交大诗风很盛，可谓风云际会。来自北中国的马永波，以他早熟的心智、娴熟的技艺、清冽的气息、沉郁而帅气的抒情格调，以及深厚的翻译诗歌的背景，赢得校园内外的广泛关注，是那个时期陕西先锋诗歌进程中一个特别醒目的印记。从收入本诗选的两首早期作品《秋天，我会疲倦》和《寒冷的冬夜独自去看一场苏联电影》可见其风格所在。如今永波已名重天下，著作甚丰，但我们依然怀念他早期的那一脉如白桦林般清纯而优雅的诗风。

同样来自北中国的杨于军，赶上了西安交大第一波诗歌风云的尾声阶段，并成为这一阶段的绝响。在80年代中期的陕西诗界，没有谁能像杨于军那样，以一位名不见经传的校园诗人，迅速成为一颗光耀东西南北的新星。虽然不久就长期离开了诗歌界，但近年复出后，风骨依旧不减当年。比较大多数女性诗人而言，杨于军的诗格外是本能的，表现了她天性深处的东西，保持了她自己对生命、自然和世界独特的感悟，和由此产生的独立的诗情。她的日记式的、毫无功利性的创作，给她的诗带来一种特有的宁静和淡漠。她似乎太不推敲，太任凭自己的兴致和随意，只是自然地展开而从不制作，从而产生一种异常的诗美，一种祈祷式的平衡、纯净和静穆，没有半点令人不安和浮躁的成分，而在骨子里，却有一种原始的、未被侵蚀的生命力在涌动。真水无香，宁静的狂欢——这是我读杨于军20多年诗歌历程始终如一的真切感受。

在80年代中期的陕西校园诗歌中，仝晓锋的名头很是响亮，不仅和马永波、杨于军组成了交大核心主力，且与其他校园诗人及胡宽等校园外的先锋诗人交往甚洽，影响广泛。晓锋对现代诗的感觉十分到位，加之广博的阅读背景，眼界甚高，如此有备而来，出手不凡。晓锋的诗内含朦胧诗的精神、第三代诗的语感，加上骨子里的浪漫主义气质，形成他特有的风格。收入本诗选的短诗《秋天的男人》和《石头》二诗，曾入选台湾九歌版《新诗三百首》，主编评之："非常别致而充满透亮的新鲜之感。""语言粗中带细，情绪的把握极有分寸，而寓意也极深澈。"组诗《献给我的孩子》至今读来依然是元气淋漓，荡气回肠，燃烧到骨头的深情热力和出人意料的奇绝意象，合成其生命交响，为同类题材难得再有比肩的力作。可惜晓锋后来转而追求他的电影梦想去了，给喜欢他的诗友们留下不小的遗憾。

与交大校园诗人们同时活跃一时的王建民，来自青海，就读于当年的西北政法学院。本诗选入选诗人中唯有两位我没有见过面，前述孙谦，再就是建民。对于作为诗人的王建民，我实际上早已疏忘，可一旦诗友们提及他的作品、作品中那一种特殊的语感和情境，我立即会"回放"起当年的记忆与记忆中难以磨灭的感觉。"石头不做表情/水不流泪"（《水缠绕在嘛呢石上》）、"爱人　歌唱你就得歌唱太阳/太阳有太阳的月亮/月亮有整整一年的夜晚/那么清凉/又无比漫长"(《歌唱》);"雪花一飘我就乱了/因为我身子里有个叫风的人/让风安生他就不是风了","乘风行走的雪花/也是个有道理的人吧"。(《雪花飘飞的理由》)这是至今仍不失"前卫"或曰"先锋"的、真正西部味的西部诗,现代意识加古歌情味,那一种反常合道、务虚于实的诡异劲道,如新开封的老酒,啥时喝来啥时为之一醉。

当代陕西先锋诗歌的第一个十年,在上述15位诗人的合力打造下书写了浓墨重彩而精彩纷呈的辉煌一页。这期间,还应该有小宛、高铭两位女诗人和已故诗人路漫的不凡表现,及岛子、赵琼两位重量级诗人的推波助澜。不无遗憾的是,或因远走他方联系不上或因个人委婉谢绝,无力全面展示而只能遗珠存念。

第二个十年的到来,由伊沙的北京归来而隆重揭幕。

诗选"辑五"五人,以伊沙、马非、朱剑"三剑客"为主,另选"冷箭"南嫫、"怪客"李岩,合成为横贯上世纪90年代陕西先锋诗歌的实力阵容。正是这一阵容的存在,陕西先锋诗歌方有了稳得住的重心而继续笑傲中国诗坛。

至今犹记,第一次见到伊沙,直觉中便感到这"家伙"是陕西不出外地也不产的"独门剑客":目光如电,咄咄逼人;语出不凡,底气甚足。且对陕西以及"天下诗坛"了如指掌,显然是有备而来来则就要掀风起浪的主,而声势后面又隐隐透显一脉恳切,恍惚有当年初见韩东情境的再现。此后的历史也证明了我这一直觉的不差,正如诗评家燎原所指认的:"伊沙对于二十世纪末的中国诗坛具有特殊意义。他甚至一个人代表了一段诗歌时区。"自然,作为陕西诗人的伊沙,也几乎是一个人代表了陕西先锋诗歌后20年这段时区而成为无可争议的核心与代表,并实质性地为这一时区带来了许多"原发性"的启示与推动。无须讳言,我是国内最早为伊沙写评张目者。首篇题目《斗牛士或飞翔的石头》，对其无出其右的精神气质和语感风范作了至今依然不失确切的命名性指认，之后更跟踪性地潜心研读与评介至今，无需再作赘述。

"对西安短浅的现代诗历史而言，南嫫已算是'资深诗人'了"，这是伊沙回西安与南嫫认识后所做出的判断，并欣然于"与南嫫交谈令我第一次产生了'西安回对了'的感觉。"进而指认："南嫫是陕西青年诗人中最具民间性的之一，这正是这个群落中最为匮乏的品质。"① 作为陕西为数不多的女性诗人，南嫫确实是较早自觉疏离于陕西主流诗歌之外，以其特异不凡的诗歌文本和同样特异不凡的诗歌精神，为诗界所瞩目的一支"冷箭"。"突兀"与"超然"，是这支诗歌"冷箭"之文本与人本的本质特性。这样的内在品质，既有天性使然的成分，同时也可以追溯到胡宽以来，隐在的民间诗歌精神和先锋诗歌意识的传承。如今重读南嫫，硬朗，直接，冷凝，简隽，如同"不可瓦解的晶体"，不动声色而致深度震撼——这样的"女诗人"更像一位优秀的诗人。

当代中国诗歌中，以"乡土诗"为命名的创作流向一直此伏彼起，响应者不少，在陕西也发为大宗，但始终摆脱不了陈旧诗歌观念的影响，鲜有突破。李岩的存在，算是打破其局限的先行者。他不再扮演单一维度之乡村歌手的角色，而是徘徊于乡土与城市之间的"漂泊者"，形成其融"回归"与"清洗"的交叉视野，并坚持以个体生存体验为焦点来展开他的诗思，叩问存在，辨析灵魂。同时，这也是一位别有才情的诗人，一首《黄昏的隐者》短短五行，已尽显其老到干练的技艺，被我收入《现代小诗300首》中（山东文艺出版社2006年版）。语感清卓，意象峭拔，

---

① 伊沙：《南嫫：红尘中找诗》，见南嫫诗集《一种姿态》附录文之一，陕西旅游出版社1999年版。

冷峻而深沉的调式，使李岩的诗无须挂名便知出自何人之手。本诗选除选入其三首短诗力作外，还特意选入其长诗《北方叙事》，从中可见李岩笔下的北方，有着怎样不同于普泛乡土歌者的情感"细节"与"坚硬的质地"。

马非也是来自青海而发轫于陕西的青年诗人，且自认陕西一直是他的"诗歌故乡"，他的诗歌写作之出发与不断返回的地方。90年代初期在西安读大学期间，马非便欣然与伊沙为伍，还和伊沙、夜林、逸子一起创办《倾向》民间诗刊，风头甚健。马非的诗，看似轻松自由，爽利明白，随意而直言，其实随意里有少年老成的心思，直言中有曲意救世的情怀，以自嘲、反讽、目击道存的机智，组合带有戏剧意味的世象叙事，入口即化而回味有加。细读收入本诗选的《略感疼痛》，便可知其风骨所在。

同是"游侠"，被誉为"小李飞刀"的"七零后"朱剑，在直言取道的同门路数之外，又多了一点南方浪子的尖刻与奇绝，剑走偏锋，常有精简之作令人击节。代表作《陀螺》和《磷火》被我欣然编入《现代小诗300首》，至今视为精品。朱剑早慧，童子功很扎实，来陕就读西安工程学院后毅然入伊沙"门下"，先后为"下半身"、"葵"、"唐"等民间诗社同人，是为陕西先锋诗歌在跨世纪前后十年间的狂飙突进作过贡献的"外来客"。"七零后"青年诗人中，如朱剑这样深得伊沙诗歌精神要义而又独成格局者，实不多见，值得激赏与期待。

"辑六"实际上是"辑五"的一个分延编选，同属一个时区，只是为强调四位"校园诗人"的身份而单列。这是继80年代中期第一波"校园诗歌"大潮后，于90年代再次滥觞的新一波崛起，分属三所大学的夜林、方兴东、陶醉和谭克修，是其当然的代表人物。作为陕西先锋诗歌"源头活水"的校园诗歌，在他们的出色表现中，得以再次活跃。此后的这脉源流，便因时代的急剧转换而空前物质化、实利化及娱乐化后，不再为继而令人扼腕了。

此辑首选夜林，概因其具有综合质素。夜林天赋甚高，具有较强的吸收和化合能力。细读其诗，底色中时见韩东、丁当、伊沙等的影响，但又不失其个在的视点和语感及意象，化得融洽，别有所悟。"好似有一个邀请/从明天的黄昏闯到内心/而我是昨日/黎明的孩子/在现在的路口张望天气/有一场雨还没到来"（《明天的邀请》）。对"明天"的守望是夜林诗歌的核心意绪，这意绪越来越沉郁而凸显，成就其可辨识的诗美取向。《在海边》显然是其后来的力作，结尾一节："在这潮湿的年月/更有人用晒干了绿藓的钥匙/把那礁石当作一个人拱起的脊背/慢慢开启"，已预示着诗人告别同行的热闹而甘于寂寞的另一抹情怀，所剪出的身影。

陶醉作为诗人，更多以是"校园青春"岁月中一段诗性生命的历程而非事功的取决，是以更能代表"校园诗歌"的某些属性：青涩、诚朴、恋恋一季而耿耿一生。《愿望抑或是岸》的诗题，似乎已暗示了这样的结果：爱诗、写诗，既是青春情怀必然的愿望，也是现实人生一道远去而眷顾于心的"岸"。回审陶醉的诗作，到处可见"影响的焦虑"，但依然守住了年少时独立春风怅望未来的心境和语境，让人有幽幽的感怀和秋水长天的触动："坐进这片秋天/听果子熟透的声音/从指缝间流过"。尤其是，陶醉当年在校时，为广泛推动西安校园诗歌克尽绵薄之力，功不可没。看是文本上的一时诗人，实为人本上的一世诗人。

作为当年同路大学诗友，方兴东进入状态较晚，却也写出了堪可告慰的好作品，还于毕业多年后结集出版了他的个人诗集。兴东的诗以个人成长历程的精神史为本，有感而发，朴实而清越，有到位的生活质感和情感肌理。收入本诗选的《树》与《病中的父亲》二诗，前者带有明显的青春标记和校园色彩，后者则尤显沉郁与深刻，如论者所言："在平缓的诗行中，一种生命的沉痛弥漫开来。"① 为同类题材的诗歌作品中难得的真情实感之佳作。

谭克修在此辑中，属于后来居上的实力诗人。当年钟情诗歌写作于校园时，疏于交流而影响不大。毕业多年后，忽而奇峰突起，不但创作上别开生面，还以个人之力，创办大型民间诗歌丛刊《明天》，设立"明天诗歌奖"，一时跃为焦点人物。代表作品《还乡日记》《海南六日游》《县城规划》三组诗，以其对生存现实的穿透能力和对时代症候的概括能力，以及对叙事的反思与重构，和对诗性叙述与潜抒情的复合表现，成为诗人名世的标志性作品，不断被转载、传播、评说、获奖，并入选多种诗选，成为新世纪以来并不多见而形成广泛影响的重要作品之一。以"断裂"的方式，毅然作别"青春期诗恋症"的诱惑，扎扎实实地沉入社会与生活的现实经历，捕获"准确、真实地与社会面貌及时代进程相关联，具有某种'见证'意义的诗篇"（谭克修语），克修为"校园诗人"走向社会之后的创作，提供了一个可资借鉴的典范。

诗选"辑七"是一个特殊单元。所收三人，吕刚可谓"散仙"，刘亚丽自是"大家闺秀"，之道则堪称"怪杰"。三位诗人各自独得心源，无适无莫，潜心自在，看似与"先锋"无涉，却都能另辟蹊径而风格别具，是上世纪90年代至今，作为陕西本土诗人的创作中，以实力表现日趋坚实与丰厚，而为诗界所瞩目的重要人物。

仅以个人诗歌审美取向来说，我一向偏爱吕刚的诗风：淡雅，精致，好读有味，是古典理想之现代重构一路，在陕西的典型个

---

① 王俊秀：《诗歌之树：现代性景观中的中国诗歌》，方兴东诗集《你让我顺流漂去》代序文，青海人民出版社1999年版。

案。如我所言，读吕刚的诗，有特别清爽的快感：形式简约，蕴藉幽远，风清骨奇，情真怀澄，清逸之气袭人。尤其是那份透明而又沉静的语境，在语言狂欢而不知节制的当下诗坛，已成为稀有品性。吕刚多年自甘冷寂，大概自己也知道，单是他那份冷峭的语感，那种将语言逼回到最单纯的深处，再重新发掘其可能的诗性品质的探求，恐怕也难有多少知己者。他不是那种具有拓荒性和原创力的诗人，属于善于吸取经典之光来照亮自己道路，于继承中找到契合自己心性的领域，然后埋头精耕细作而发扬光大一类的诗人。本诗选除收入其早期三首佳作外，特别推出其新近得手的四首精品，或可证明上述褒奖不假。

作为陕西女性诗歌创作之资深代表的刘亚丽，声誉卓著，收获甚丰，却又低调行走，本色自然，无愧"大家闺秀"的风范。亚丽为诗，可归于我所提倡的"常态写作"一类状态，且"常"中有"变"，"变"在"常"中，反成就先行者的优势。其作品语境开阔，心性敞亮，明净畅达而又沉稳节制。特别值得称许的是，身为女性诗人，既不刻意凸显女性角色的强行出演，也不刻意避讳女性意识的潜移默化，纯以生命与生活的独在体验和本真感悟为出发和归所，写来优游不迫，舒缓而大气。

"怪杰"之道，诗龄不短，却"潜伏"多年，修为有备，于新世纪勃然而发，个人创作成就斐然，还主编出版陕西诗歌双年展《长安大歌》，推动民间诗歌运动，令诗坛刮目相看。之道的诗歌写作，以现代意识和现代诗美追求为底背，多向度探求，驳杂而灵动，虽未臻娴熟，但诗感超人，意识前卫，厚望可期。其作品精于意象营造，每有出人意料的"怪招"，时见超现实主义的魅影，题旨深幽，意境弥散，思绪大幅度跳跃游走且多重转折叠加，显得突兀奇绝而又扑朔迷离。"我在静音键上拒绝另一道思想的弧

/没有喜剧，无关悲剧/只有13秒哑笑"（《一场戏》），细品这样的诗句，可知其不同凡响处。若以此等功力与状态，持之以恒，必有大器晚成之待。

　　进入21世纪的陕西诗歌，在新老诗人们的再度合力推进下，大有再造辉煌之势，令人倍感振奋。这其中，分别代表"七零后"、"八零后"、"九零后"三代后起之秀的李小洛、杜迁和高璨，无疑是这一时区的"亮点"。本诗选能以他（她）们的集合作为收尾，既是一种欣慰，更是一种象征——新的希望在于新的未来，而新的未来无疑正在他（她）们的手中跃跃然而升起。

　　自然生成，实力表现；由边缘而中心，守个在而自重；沉着、低调、本质行走——作为人本的李小洛，体现了新一代文学人与诗人之创作主体的精神取向：既是一种生命托付，又是一种生活方式，"一种沉静中的自省和豁达，使她超越了性别的局限"（柯平评语），并"以退出'角逐'的精神自适展开了女性写作新的角度。"（燎原评语）这种精神取向，在一向看重功利、携带生存、为改变人生际遇投身所谓"文学事业"等传统主流意识所主导的陕西文学界，确实是一个难能可贵的个案，也是我们理解她何以能成为新世纪陕西诗歌进程之"亮点"的关键。作为后起的女性诗人，李小洛的诗，从题材到语言，在我看来都很自在，也较为日常化。尽管偶尔青涩、纷乱，但这也正是她自在状态的一个显现；另外，似乎也是个心理不怯的诗人，没有所谓的影响的焦虑，能以一种女性的方式介入生存的荒谬与沉重，且挥洒自如，别有洞见。

　　杜迁是我的学生，在读大三时便有厚厚一部诗集出版，成为新世纪前后，落潮已久而再无潮涨的陕西"校园诗歌"的绝唱。杜迁的诗，是一片未经驯化的生命的荒火，在遭遇诗的语言诱惑后，所迸发的蓬勃激情与炽烈燃烧。其语感峻切而又散漫，生猛而又微妙；高密度的意象如岩浆喷发，粘滞中有微明的灵犀，率意里带初生的清新。年轻的诗人带着北方早熟的孩子的眼光与情怀，带着这片土地特有的可称之为"异质混成"的生存意识和文化底蕴，更带着没有被设计、被作弊、被同化的、原初而本色的诗性生命意识与诗性语言意识，向着日益物质化、时尚化、虚拟化的时代，向着失血的话语狂欢和华丽的精神溃疡，放肆地播撒他原始的血气、原始的激情和迸涌着现代意绪的古歌，让我们为之血脉偾张而回望、而彷徨、而惆怅、而向往……而真实地荡气回肠或无地忧伤。这位对所谓"诗坛"一无所知，而只为自己蓬勃的诗性生命意识写作的年轻诗人，无疑是一位值得期待的优秀而特殊的"种子选手"。本诗选特意让这位"种子选手"出任执行编选，也是想促其更加成熟以待未来。

另一位出生于1995年的天才小诗人高璨，更是新世纪陕西诗歌一个值得庆贺的"闪光点"。高璨天生好素质，有敏慧的语感和超常的想象力，对现代诗的理解也比较到位，方向明确，脚步坚实，热情而勤奋，得以较快形成自己的格局与风采，作品一经发表或印行，便获得广泛好评，先后有谢冕、曹文轩、梁小斌、于坚等名家为之作评作序，激赏有加，可见其实力所在。关键在于，作为由"儿童文学"起步的高璨，以其超常的阅读背景、成熟心智和天赋才情，很快摆脱了仿写和试声阶段的徘徊，融少年心性于娴熟技艺中，进入有方向性的写作而富于超越性的表现。仔细研读收入本集的《镜子与狗》和《老钟表》两首代表作，不难发现，无论从哪方面考量，都堪与成人写作中的名家名作媲美而毫不逊色。许多所谓的名诗人，终其一生都难有代表作传世，尴尬为只知其名而不知其诗的诗人。高璨出道未久便已有如此丰硕的收获，其不可预料的未来，显然早已在青春坚实的脚步里一层层铺就。

综合上述，全书编迄，计收 30 位诗人 143 首短诗，8 部长诗（一部存目），3 部组诗（选章），其中不少为新作。其时间跨度为 30 年。年龄分布分别为上一世纪 20 年代 1 人，50 年代 5 人，60 年代 18 人，70 年代 4 人，80 年代 1 人，90 年代 1 人。入选诗人中，属陕西籍并一直活跃于本省诗歌界的诗人为 20 人；虽非陕西籍，但其诗歌写作是由陕西起步并成熟且成名于斯时斯地的诗人为 10 人，并大都有大学校园写作与交流背景。

如此整体来看，虽然因各种原因，未能完全实现原计划中的人选与结构以臻完善，但基本上与理想中的大体样貌相差不远，堪可告慰。

三

众所周知，任何一种文学作品的编选，都是一种隐性的文学史书写，也不可避免地在取舍和结构中，体现或个人或群体性的某些价值取向与精神立场，因而也无须且不可能迎合传统文学史书写意义上的所谓全面、公正与客观。本诗选的编选更是如此，它只能是这 30 年陕西诗歌发展全貌的一个特别的抽样、一抹别样的剪影，甚至可以说，是主编者个人所书写的一部带有深刻的个人化印记的当代陕西先锋诗歌史。至于更宏观更系统化的梳理，尚有待其他的编选来补充与彰显。

尤其需要再次说明的是，本诗选的所谓历史书写，是以诗歌作品选而非诗人选来展开的，以求充分还原和体现这 30 年在陕西这一诗歌版图上实际发生过的先锋诗歌样态，因而有三分之一的非本省诗人作品融入其中，不足为怪。实际上，从地缘文化的角度考察，陕西早已是一个混血的板块，所谓的秦文化中心，实则已更多是一些负面的继承和延续而已。细算起来，近世在这个舞台上唱大戏演主角者，包括声名赫赫的所谓"长安画派"，也都大多是外来之客。当代陕西诗歌更是如此，出"怪杰"，更出"游侠"，并共同担负起这一板块的发展与变化。尤其是世纪交替这十多年中，本土与外来的交汇互动的特点更加凸显，呈现出驳杂繁复、多元共存的崭新局面，也急需要另外的书写，来呈现这新的历史进程。

然而，正如我一再指出过的：所有这一切，都无法改变陕西文学界及文化界对诗歌发展的漠不关心：近30年来，没有过一份能持久办下去的诗歌刊物（包括民间诗刊），没开过一次稍有分量的诗歌研讨会，没出过一部像样的陕西诗选，仅有的一部比较完整、有一定文献价值的诗选《长安诗家作品选注》，还是由日本汉学家前川幸雄先生编著，1995年在日本用日文出版的……向以"长安"——在世界文化史中，这个名称不仅代表着汉唐帝都，也代表着诗国之都——为荣的所谓"文化大省"之陕西，按说，早该有自己的诗歌节、自己的经典诗选、自己的当代诗歌史，以及当代陕西文学史、当代陕西艺术史、当代陕西文化史等，让世人不仅是从口号上而是从文本上切切实实地感受到"文化大省"之博大精深，但至今仍是痛心者可望而不可及的一点理想而已，现实的状况一直未见有什么大的改观。

如此困窘的生存条件，多年来，迫使陕西诗人尤其是青年诗人们西出阳关、东出洛阳、南下北上以及远赴海外寻求出路，或"墙内开花墙外香"，或自生自灭，都似乎与陕西无关，难得有什么本土性的反响。

当然，我们也知道，这不是一个诗的时代，普泛的公众远离诗歌，是文化转型之过渡时空的必然现象，真正的诗人也不再幻想成为时代的宠儿，只寄希望于"无限的小众"，更不会为现行文学体制的功利计较与褊狭心态，放弃自己的艺术追求，也从来没有希望，从现行文学体制中去获取一点什么。但作为体制本身，它有责任为文学的全面发展提供必要的呵护与激励。而所有这些问题，实际解决起来并不难，只是多年已习惯于有几位著名小说家撑足门面了事，从不细究这门面后面是否还存在什么缺陷和危机。

中华自古有诗国之称，世界上找不出第二个国家，诗与生活与人生的关系，像我们中国人这么密切。可以说，诗的存在，已成为辨识中华文明和中国文化价值属性与意义特征的重要"指纹"——为陕西以及为我们所有中国人常常引以为荣而津津乐道的所谓"大唐精神"、所谓"汉唐气象"，说到底，其核心所在，无非是诗性生命意识的高扬与主导——没有诗为其精神、为其风骨，没有诗性生命意识的高扬为其底蕴、为其主导，无论是昔日的"长安"还是今日的"唐都"西安，可以说，都只是一具没有灵魂的空城而已。

中华文化传统的灵魂是诗，"汉唐气象"的灵魂更是诗。尽管到了近世尤其当代，因了文化语境的巨变，这样的灵魂的存在，已不再为国人看重而呵护，但正因为如此，才是一切真正为历史亦为现实负责任的文化人与文学人，重新出发而再造国魂之处——作为坚持在这个曾经辉煌的诗歌帝都从事纯正诗歌写作和诗歌活动的"诗城守望者"，我们也只能以个人的微薄之力，为其新的出发与再造而殚精竭虑。

曾经与"先锋"失之交臂，却从未失迎历史的呼求。从上一世纪80年代初创办民间诗刊《星路》，到此时为这部填补历史空白的诗选为序，回看云起时，是香客也是过客，虽黑发换霜雪而初衷未改，依然怀抱初恋的热情而渴望迎接新的、诗性生命的朝阳！

在此，我愿以丁当在20世纪90年代初为我的一部题为《生命之旅》的诗集所写的短序，作为本序的结尾语，并与所有共同走过这段历史并为书写这段历史而付以热情响应与支持的诗友们，和这部几经艰难而问世的诗选之可能幸会的读者朋友共勉——

"时至今日，他仍在用心良苦地制造那些优美的情感玩具，尽管他不停地变换材料，尽管他愈来愈抽象，愈来愈苍凉。他是在用自己的血肉制造人类情感的玩具，幻想的玩具，来反抗这个世界的废墟。他的诗和生活都处于激情和良心笼罩之下。他一直苦苦地用一条他的准则来维持诗歌和日常生活。清醒地目睹着自己制造的玩具一个又一个地破碎，但他仍怀着极大的耐心修复它们。他的手指是多么灵巧，他的神色是多么庄严，而这个过程又是多么优美。"

2009年4月

【辑三】

传统与现代
——与郑愁予对话录

郑愁予是当代世界华文诗歌界影响广泛的重要诗人之一，他所创化的"愁予风"，已成为汉语新诗浪漫主义一脉的典范之作。作为台湾现代诗的大陆研究者，笔者曾以《美丽的错位》为题（全文收入拙著《台湾诗人散论》，台湾尔雅出版社1996年版），对郑愁予的诗歌艺术进行了较为系统的论述，并由此引起包括诗人在内的各种争议和讨论。

对郑愁予的诗，两岸诗界皆已十分熟悉，但对诗人的诗歌观念和理论认知，则少有所闻，笔者也一直期待着能有这样的机遇，与郑愁予先生就此方面作以交流。1997年3月12日，任教于美国耶鲁大学的郑愁予先生休春假做客西安，笔者有幸两次与先生聚会长谈，就许多汉语新诗诗学问题，以及有关愁予先生诗歌创作的方方面面，进行了较为深入的对话，现整理出来，以飨两岸诗界。

沈：很高兴在西安见到先生，感谢您电话约请我们的聚会，可以面对面在一起交流诗学和诗谊。先生的诗作自 80 年代介绍到大陆后，引发相当广泛而持久的影响，以至于在许多青年诗人和诗爱者那里，形成一种迷醉，从而想从其他方面了解到您的情况。最近我又获悉，台湾《文讯》杂志刚做过一个"最受欢迎的作家"的问卷调查，先生荣登"诗人"排行榜第一名，可见两岸诗爱者对您都存有持久的热忱，不知先生对此有何感想？

郑：很不好意思提这种排名的事情，因为最受喜爱的诗人也不见得就是最好的诗人，我也不知道为什么得票最高。好在这次调查不是商业化的，不是看销路的。我相信调查本身显示了一个文化的素质在里面，问卷所及，从学者、教授到街头上一般行业的从业者，调查的方面很广，是个很有趣味和说明性的事情，但不必当回事。

沈：我觉得这种调查还是很有意义的。尤其在工商社会中，诗与其他纯文学已被大众文化及其新媒体挤压到一个很孤寂的角落时，先生的诗还能获得如此大范围的、各个层面的欢迎和热爱，其中还是有许多内在的话题可谈的。

郑：从文化的角度来看，优秀的诗歌作品，必然是能够对中国的文化发展有一定深度的反映的；这个文化包括传统和现代，包括过去单一的儒家思想，到后来加入的道家、佛家思想，到现在的多元化社会。

由此我想到台湾《中国时报》和花旗银行，以前也组织搞过一个评选台湾现代化过程 30 年中，最具影响力的 30 本书的调查，竟然也选了我的诗集，这倒是我比较高兴的事。我觉得一部诗集能多多少少影响到整个社会的现代进程，而不视它为只是一个消闲的或感伤怀旧的文学形式，这表明诗在整个的文明与文化的进程之中，还是扮演着一个重要的角色。我们同时还可以看到，现代诗在整个现代文学艺术进程中，不但领导或至少是影响到小说、散文、电影、戏剧等等的发展，还深入到广告艺术中去。诗在现代社会中有这样的重要作用，表示我们诗人在现代社会中仍然是尖端性的存在，文化的尖端。

沈：您对诗如此看重，如此持乐观态度，让人十分感佩！您所提出的诗必须对文化有深度的反映的观点，也极具见地。

由此想到，诗是诗人写的，人们在熟悉了诗人的作品之后，难免有时还想知道一点诗人本身的情况，譬如"创作经验"之类的话题，尤其是对健在的、生活在同一个时代、同一时空下的诗人。无论是在大陆还是在台湾，一般的读者还是专业性的研究者，对郑先生颇感兴趣的一点是：您那么早就成名，就一下子写出了那么多非常成熟乃至经典的作品，借用杨牧先生的话说，成为真正"中国的中国诗人"。大家对此不免都有些神秘感，有些想象。但这方面的资料，就我研究过程所接触的有限范围，还少有涉及，先生是否可就此做点介绍？

郑：人们的年龄很难说明与成就的关系。

我写诗极早，至今已 40 多年了。从知识背景说，在我刚发蒙时，就有机会接触许多文学作品。那时是抗战时候，我四五岁时，有一个堂兄在河南乡下，他有许多手抄的本子，里面有诗、有散文，让我看，使我从很年幼的时候，便对文学产生了兴趣。

另外我觉得，一个人喜欢文学、喜欢诗，常常是一种天性使然，其生命中，基本上有一种大的浪漫主义的情怀存在。譬如当时我在乡下道路旁，看到去前线的大部队行进的场面，我就非常感动，两眼发直，一直看到部队走完；看到火车经过时，也是这样，非常神往。像这些情景，都是引动我作为一个诗人早期情怀的因素，而不是风花雪月。当然美的风景也自然会影响到我，像夏日的农田、高粱地等种种景象，都逐渐引发我想用文字来抓住那些神往的感触。这大概是我很早就写诗的内在动因。

后来长大一些以后，开始广泛读到二三十年代的新文学作品，又读了一些四书五经等古文，开始有所比较地认识文学，其中就有对一些新诗、白话诗的反思，常常觉得那些作品的工夫不够，不到位。所以，在开始我的诗歌写作的时候，我就有一种反抗意识，想使白话诗写得能够在艺术成就上和古典诗相媲美，而不是简单地用文字把感情抒发出来就算了。这样，也许很多人就会觉得怎么我年纪轻轻就写得比较成熟，实际上，主要是没有模仿当时比较流行的、一般诗人都比较散漫的那些写法。

沈：这个说法很关键。如何在个我的创作中避开流行与复制，来创造性地不断推动诗歌艺术的发展，是大多数诗人都想要解决的问题。

我们的汉语新诗，自一开始创生到现在，都始终受到"翻译诗"的投影和自身语言不成熟的双重困扰，也就是我们常说到的过于散文化和诗质稀薄的问题。如何使与生俱来的西方诗质在新诗生成过程中的影响逐步本土化、中国化，同时承传并重铸汉语古典诗质，而又不减弱对现代意识的接纳和现代精神空间的拓展，确实是个需要不断重涉的命题。真正有作为的诗人都在这方面付出了努力，只是有人做到了有人没有做到，这也是判定一位诗人是否重要、作品是否优秀的主要指标。

先生在这方面的成就，应该说是个典范，具有相当的原创性，因而影响到几代人、几方面的诗歌板块。由此我想到，在经过两岸十多年的诗歌交流后，大陆诗界仍有相当多的人认为台湾现代诗境界小，所谓"小而美"、"就那么回事"的说法，作为彼岸的代表诗人，您对此有何想法和说法？

郑：看诗的高低优劣首先要看它的本质，这个本质常常反映了一种精神，这个精神的力量不是从大或小，或者是从场合看得出来的。譬如说我们最早的《诗经》，就很难说它是宏大的作品还是细小的作品。再比方说在香港，一般人人云亦云，总说它是一个"文化沙漠"，其实它很注重文化的东西、传统的东西。

当然一般而论，台湾的诗，可以说是有点海岛风的，大陆诗有所谓大陆风，两者之间是有些差别，特别在语言方面。台湾现代诗的语言一般比较明洁，有肌理，有张力，大陆诗的语言一般比较松散些。至于内容，各自关怀的事情不一样。大陆过去的诗，常常是由大及小，从大的方面谈到小的方面去，台湾则多由小及大，从诗人的本身感触出发，然后再扩大，甚至扩大到生命观、宇宙观这样一些层面。

因此我想，比较两岸的诗，首先要从诗的本质上去把握，然后从不同的角度去看待问题，笼统地说什么大什么小，没有意义，也不科学。同时就我个人而言，也从不注意这些理论的纷争。写诗是个我的创造，由自己作为出发点，将可能的技巧和自身的性情发挥好就是。对理论不能当营养去用，何况真正好的理论认识总是诗人写的。

沈：由两岸诗学的比较，自然会想到中西诗学的比较。西方诗质对中国新诗的影响，是自有新诗以来便如影随形的东西，而双方的文化背景及语言属性又显然是大不相同的。

郑先生早期的作品，一向被理论界称之为最具东方意味、古典色彩和本土特性的。成名后去了美国耶鲁大学教书，可以说是由一位纯诗诗人转而为学者诗人，由中国式的文化语境转而进入西方式的文化语境。由此变迁，对汉语现代诗在世界诗歌格局中所处的位置，以及中西方诗歌的本质区别，肯定有一些特殊的感受和独到的认知，请先生就此谈谈。

郑：到目前为止，我觉得中国诗歌对西方真正有影响的，还基本停留在古典作品方面。汉语现代诗，包括整个现代文学，由于一些原因，比如翻译的问题、学术方面的问题，受到的重视远落于传统经典的后面，至少从教学方面是这样的。

而西方诗歌对中国新诗的影响，确实由来已久，愈演愈烈。这里主要的问题是，许多搞现代汉诗的人，常常不自觉地把自己变成一种"车厢"，将西方现代诗及其现代文学当作"车头"，总是挂在别人的"车头"后面，别人怎样跑自己就怎样跑。别人停下来，或改变方向，自己也就跟着停下来或改变方向。这种"车厢意识"，我曾多次谈到，是妨碍中国现代诗发展的主要方面。

这里不仅是形式的问题、技巧的问题。主要的是我们所遭遇的现代性和西方是相当不一样的。比方宗教问题，西方许多流派的转变常常受宗教意识的变化影响，成为一个文学发展的重要因素。这个因素在中国就比较淡了，这是很大的不同。当然同时要看到，有些方面还是一样的。我常说诗就它的内容而言，从《诗经》开始至今，就没有多大转变，因为它表现的是人类共有的基本状况，如对爱情的敏感、对生与死的敏感、对自然的亲近或抗拒等等。尽管，现在人类已由农业社会转而为工业社会，但诗所表现的这些基本内容没有改变。作为一个诗人，他应该理解到宇宙之间生命本体该有个意义，这个意义不是有神论或无神论，而在人如何体验到作为一个人存在的价值，以及和自然与宇宙的关系，这在中西方是一样的。

我想这样来发挥诗的内涵，会使我们的现代诗有更深入的发展和影响。

沈：就我个人的理解，刚才郑先生所谈的这些，似乎大多是就中西方诗的精神层面而言的。但诗毕竟还是语言的艺术，现代汉诗是用现代汉语写的，而现代汉语不足百年，是一种尚有许多问题、处于生成转换中的语言。尤其是汉语新诗，受翻译体语言的影响极大，而正如您所讲的，中国人所面临的现代性和西方又大不一样，用这样夹生的语言来表现错位的精神，其思、其言、其道三者之间的许多矛盾纠缠，显然是一直困扰汉语新诗人的大问题。

对此，近两三年来海内外不少诗人和学者提出了许多反思，不知郑先生持何观点？

郑：语言是一首诗的最重要因素，不管诗人的气质如何好，表现的内容如何好，如果语言不到位，等于浪费了自己的长处。所以我常常说一个人要有诗情还要有诗才，诗才就是指怎样才能使语言运用得好。

有许多人不太知道白话的基本结构，因为每天都说着这种话，我个人以前也没有专门研究过，但一开始写诗时，就觉察到运用白话文写诗的不成熟，内心中有一些反抗和追求，这一点我在前面已经谈到。

怎样能够使新诗的语言成熟到像唐诗宋词那样一种境地呢？我看主要还得看诗人自己，因为诗人是有语言特权的人。其实现代汉语本身还是很有弹性的，容纳更广，问题在于诗人如何把它运用得更好，有新鲜感，有歧义性，进行自由的创造。包括对古文、外来语言的使用，都可以重新来组织。

除此之外，特别是汉语字、词，本身有一种音乐感，有四声，写新诗是不是应该把它忽略掉呢？我看不能忽略。唐诗宋词的语言形式，直到今天我们还喜欢它欣赏它，因为它把汉语字、词的音乐感组成了一种至美的形式，没有办法再将其置换。那种音乐感和我们的情感本身有些很微妙的关系，是值得我们现代诗人借鉴的，同时也是对现代诗人很大的挑战，所以我常说做个现代诗人是相当不容易的。

沈：确实是这样，一般诗爱者总以为现代诗好写，不像古诗要有那么多语言限制，是以许多文学青年投身文学写作时多喜好从诗入手，好像容易获得成功。其实，要真正成为一位现代诗人，何其困难！因为没有现成的语言形式供你使用，你得自己去创造形式、创造语言。

也许正是这样的困难，造成现代诗太多摹写式的、复制性的或投影性的作品，以及夹生的作品、游戏性的作品，真正到位的、具有原创性的好诗不是很多，尤其是那种深具整合力和开启性的大师级诗人更为难得。

这就使我想到诺贝尔文学奖的事，因为在我的教学中，常有同学提出：为什么我们中国作家和诗人不能获奖？大概这种"诺贝尔情结"两岸都有，对此不必作对与否的价值判断，只想借此轻松的话题，来请先生作一个轻松的回答。

郑：这应该是一个很轻松的话题。具体去看，首先是中西文化的隔膜，造成西方对中国文学的了解很不容易，尤其是诗，特别困难，各种语言的、技巧的、苦心经营的汉诗诗美品质，到了英文翻译中，几乎荡然无存，这就难免造成了标准的混乱。

像我自己的诗译成英文，就有这样的差异。1968年我应邀到爱荷华大学作驻校诗人时，他们要出我一部诗集，指定这部诗集的名字叫《燕云》，写北京的，我写了十首，用很传统的写法，语言很绵密，其中还用了许多地名，造成趣味，翻译过去后反映很好，而我自己认为我以前写的那些比较有现代感的诗，他们却觉得好是好，但没有这十首重要。

所以汉语诗若有好的翻译，且内中有很好的表现中国文化的东西，还是有很多有水准的西方读者可以欣赏的，倒不一定非要追求西方式的现代化。像沈从文先生的作品，就有一种非常东方式的情操，表现在他的小说中非常有趣味，同时也有一种跨越时空的伟大性，西方人也完全可以接受。记得香港文学会曾经要推荐我去拿那个诺贝尔奖，那时沈从文先生还在世，我当时就说：大家一起好好把沈从文先生的作品译成英文，推举出去才对呀！现在大家都急起来了，好像两千年的文化没人承认似的，我想大可不必这样子，这奖早晚会有中国人得，当然不得也没关系。

沈：是这样，作为中国的诗人和诗爱者，完全可以不管诺贝尔不诺贝尔的，关键是要有自己的好作品，出自己的大诗人。

我们谈得已很久了，这里再想问一个轻松的话题：早就听说先生善饮，是当代诗人中的"酒仙"，今天看来果然老当益壮，想请先生谈谈酒与诗的关系。

郑：诗与酒，酒与诗，我就此曾写过一篇好玩的文章，在香港《明报月刊》发表。我说："一个喝酒的人，活一生过两辈子。"这两句被好多人传开去。喝酒到微醺之后，是另外一种境界，常能唤起我们的潜意识，而写诗的时候，潜意识的作用非常之大。这个潜意识包含你过去的所有经验，放在一起以后又重现出来，好像一个梦。喝酒以后，这个梦境就带出来了，所以我的第一部诗集就叫《梦土上》。这个"梦土"不是说有一个什么美好的世界，而是说，我写诗的时候，我这个梦是从潜意识里面升华出来的，我是在这一片梦土上面写诗的。所以我写诗的时候，常常是过去的一些经验的再现，有人以为是现实的抒写，其实不然，许多都是过去的综合，这可能跟饮酒有关系。

沈：最后想请先生谈一下来西安的观感。

郑：陕西是我们中国文化的摇篮，这大家都知道的。一个人进入陕西的时候，别的都不重要，最重要的是浓浓的友情和历史感，好像一进了西安，到处都可以获得这种感觉。西安虽然是大都市，但似乎没有一般大都市的那种浮华，呈现出一种相当淳朴的美。西安的古典不仅在建筑物，而在每一个人说话和表情里面，这是我非常欣赏的，我会争取再来做客。

1997 年 4 月

诗心·诗学·诗话
——与简政珍对话录

简政珍是享誉台湾诗界的中生代诗人和诗学家,台湾中兴大学外文系教授。系《创世纪》诗社同仁,曾任主编等职。1992年秋,来大陆讲学路过西安与我相识,一见如故,分手后多年尺牍来往,交流颇深。1999年9月,我应邀赴台湾南华大学作短期参访讲学,适逢"九·二一"(9月21日)大地震,稍稍安定后,即往台中雾峰政珍兄家慰问聚叙,并作了一次十分难得的诗学对话。返回大陆,根据录音整理成文字稿,寄政珍兄校勘修订,遂成此具有特殊意义的诗学对话录。

沈: 我在大陆研究台湾现代诗将近十年。个人认为,在台湾,真正能进入现代诗诗学本体研究而有建树者,尊兄算是不多的几位之一。由此我想先了解一下,你近年在诗学研究方面,有些什么新的成果和想法,以就此展开话题。

简：我个人多年的诗创作和诗学研究，可能跟台湾某些方面的走向有些不一样。很多台湾的诗评家和诗学研究者，着重点可能只是对某一些诗人发生兴趣，谈一谈感受。我则一直想抛开一些个人的面貌，来深入到一个诗的本体的角度，看诗人是不是真的有一个自己的样态。换句话说，诗本身的文学的面貌，它的重要性要超过我对某位诗人面孔的记忆，由此有更多的可能深入到诗的本质方面的探讨，这是我的一个立足点。

近年来，我又将思考的重点放在"放逐诗学"的命题上。这个题目实际上是我当年写博士论文时的命题，现在重新拿出来做，有许多新的感受。

当年写博士论文时，虽然探讨的诗人对象大都是大陆来台的前行代诗人，但当时就发现我虽是地道的台湾人，且是年轻一辈的中生代诗人，但在"放逐"这个命题上，有相当大的认同感，觉得它不单纯是一个空间的转移，而且，即使空间本身没有转移，心态上转移了，都可以造成一种放逐。就当时而言，我就觉着与整个社会有一种错位的失落感，当然这是比较原始的。

这十年台湾的变化就更大了，面临着很复杂的社会结构，包括本土化意识的加强，都对像我这样基本上是从中华文化的传承中成长起来的学者、诗人，产生很大的冲击。要在这样一种众声喧哗中保持一种理想，就难免有孤立之感。而有一段时间就去了国外，可这种感受就更强烈了，成为二度"放逐"。我有很多有关"放逐"的诗，都是前年在国外讲学时写的，在毕竟不属于自己的文化空间中，加深了原来就存在的感受。这就像海德格尔讲的，邻居跟邻近是不一样的，虽然是邻居，可能彼此是完全陌生的人。在国外也好，在台湾也好，都有这种孤立的感觉，正是这样一种感觉，造成了精神上的"放逐"，文化空间是模糊的，只是觉着非常邻近，但找不到归属感。

沈：看来你对当代台湾诗学中"放逐"这样一个重要的关键词，灌注了更新更深广的内涵，和过去那种带有社会学性质的说法有些不一样了。

所谓"深"，就是注入了一种生命意识，也就是说，"放逐"已成为现代人，无论年龄上的哪一代人，一种宿命性的东西了，找不到一个可以定位的精神家园和精神归属，无以安顿，只有漂泊；所谓"广"，即这种"放逐"感，已成为一个超社区、超族群、超生存空间的普遍现象、普遍问题，尤其在20世纪下半叶，在人文知识分子那里。你将这样的命题作为近年诗创作和诗学研究的重心，肯定会有特殊的收获的。

这便使我想到另一个问题：一个诗学家是如何同时保持诗创作的鲜活与个性的？

你是在当代两岸诗坛，比较好地将诗与诗学集于一身的人物，二者并重，成就斐然。但一般而言，好像诗人一旦从事理论研究后，就容易在创作上走向钙化、观念化，变得生硬起来，出现负面的影响，失去原创性的质素。同时也存在另外一种现象，像北岛这样的名诗人，好像又在诗的理论方面很少建树。不知你是如何看待又如何处理这个问题的？

简：这可能和一个人的思维方式有点关系。我在我的第二部诗集的序言中讲了这么一句话："报纸上所登载的事，都是你的事，只是用了别人的名字。"我的意思是说，我阅读的最大文本来自人生、来自社会；也就是说，一个只写个人的事的诗人，成就总是有限的。诗人必须去好好读解更广大的人生，有更广大的体验，同时要注意细小的心灵的颤动，宁静中的颤动，因为很多动人的景象都在这细微之中。所以诗人首先要非常有感觉，对人生有敏锐的感觉，时时处处与外部世界有一种互动的精神交流。

因此我想，第一，面对人生的时候，我首先是个诗人，不是诗评家，我得直接面对人生而不是诗歌理论。假若写诗的时候，没有面对人生后产生的跃动感，而只是借助空洞的文字，或者什么诗学观念，就会出现你刚才讲的那种"钙化"、"抽象化"、"概念化"的情况。同时，任何诗人写完他的诗以后，再拿出来看时，他就成了这首诗的读者了，那时我就会回到我的批评家的身份，来审视这一作品。所以，我在创作时和任何诗人一样，只是面对人生体验，不想什么理论。这两者处理好了，应该是相辅相成的，我从不觉得有何障碍和矛盾。

另外，一个诗人在面对人生的时候，要逐渐有一些哲学眼光的支撑：诗要传达的那些深层的东西，可能比哲学还要深刻，这就要有一点理论的基础，但不是概念化的东西，而是要化为意象思维。

我在大学教书搞研究，看很多美国当代诗和诗学，原文的，觉得其中有很多深层的东西，有很大的震撼力。而台湾的诗人好像都很容易满足自己，没有更深的追求，还时不时给自己贴上一个国际性的标志。诗人到一定的时候一定要念点书，有理论的修养，不是说掉书袋，而是提高自己的想法。当然，真正投入写诗的时候，这些想法不能直接跑出来，要将所有的想法和感受予以意象化。

沈：按说，你也算学院派一类的诗人了，可我从你的作品中并未发现多么浓厚的学院派气味。我这里说的学院派，主要是指一种生命形态，不仅指一种语言和风格的划分。可是在大陆，我个人的观察，好像学院派的诗人很容易滑向一种知识化的写作，不管他搞不搞理论。写出来的诗，给人的感受不是以生命去和语言碰撞，而是通过阅读来产生写作的激情。读这样的作品，很难感受到生命原生态的激情，诗人既不在生存的第一现场，也不在第一时间，总是隔了那么一层，只有文字和技术层面的感受，变成知识化人生的呓语。

在这一点上，坦白地讲，我是"野路子"出身，学养单薄，比较简单，所以，我一向对那种过于繁复、不着边际、拿文化符号的堆积蒙人的诗歌有强烈的排斥感。我认为诗首先要有一种生命的疼痛感在里面，既要悦目，还要动心，哪怕语言打磨得不是很到位，只要内含的生命激情不掺假或"钙化"。

但我读你的诗，包括你的诗学文章，感觉还是挺鲜活的，没有学院气，是生命意识很强的那种诗，是生命诗学，而不是知识化写作。你的诗表面看起来比较冷静，不是那么激情洋溢，很有控制感，但骨子里是有生命激情的，一种深层的冲动与激荡，且充满诗性的哲思。你的诗学研究也是这样，不摆端起架子做学问的谱，而是从研究问题入手，从诗歌现实出发。你那部《诗的瞬间狂喜》，几乎都是用随笔性的文体来写的，见解独到、深入，文字却又十分灵动、好读。

我想，这肯定不是一个知识结构的问题，而是生命形态所决定的。对此，是否可以谈一下这方面的个在经验。

简：首先说一下我对"学院派"这个提法的认知。美国有很多大学教授是很出色的诗人，但他们自己大概不会愿意被称为什么"学院派"。实际上，一切好的诗人在写诗的时候，首先是以诗人的状态来面对人生，而不是学识或身份。所谓诗人，是对人生有所感动而用诗行诠释人生的人。这种诠释是直接的感受，不是抽象的理念。一个人写东西有两种倾向容易滑入，一是情绪化地来喊他的痛苦或宣泄他的喜好，再就是抽象地用理念来表达，这两种倾向都是写诗的大弊病，造成泛滥或"钙化"。

我是生活在学院里的诗人，但我个人观察外在世界，长期形成一个习惯，就是时时处处用意象性的思维来看这个世界。意象性本身有个很大的好处，即它是显现性的，而不是直接告诉，用英文来说就是 show，而不是 tell。显现是尊重读者可能的体会，tell 则暗示读者没有能力，我才告诉你，也就是言明，这一言明，诗中许多内在的、沉思的、活跃的空间，就被摧毁掉了。

从这方面来讲，诗又确实是抵制商业文明的很重要的武器，假如你坠入那种僵死的、平庸的、概念化的东西时，就跟其他的东西一样了，不是诗的了。诗人最大的本领，就是他在展现诗的文字中，赋予文字相当大的可能性和活跃空间，而不是僵化的各种概念，这是我写诗时一个主要支撑点，有了这个支撑点，我想是不是学院的，就不重要了。

沈：我还想深入追问一下这个问题。因为我觉得这里面有个生命的知识化、虚妄化和知识的生命化、人格化的命题值得我们追索。

至少，就我个人所接触到的两岸诗人状况来说，好像有"学院派"倾向的诗人，很容易造成一种书斋化的生命形态，对外部的观察常陷入一种知识化的观察，或者可称之为一种阅读性的观察。当然，我们也得承认表现书斋化、知识化的生命形态自有其存在的合理性，但这种表现很容易出现诸如内容的狭窄、语言的贵族化倾向等。我们没有权利指责在总体的现代诗的格局中，有一部分人去表现这种东西，一个人就是一个世界嘛，你不能说这个世界不对。只是这种生命形态下的诗性言说，对大多数人来说太疏离了，语言打磨得那么光滑精致，内在的东西又那么优雅高蹈，让人敬而远之，缺乏亲和性。

可读你的作品，诗也好，诗学文章也好，感觉没有这种毛病。说起来，你算是学贯中西的了，外文系的教授，可以用英文写作，可你的文本中没有欧化的痕迹，汉语意识很强烈。作为人本方面，则有些家事、国事、天下事事事关心的状态，主体精神既是学者，又是平民；哲学的眼光，平民的情怀，二者整合得很好。我想，这里面还是有经验可谈的了。

简：这个问题要讲清楚并不容易，我只能还是从具体的写作上来说。

比如你写一首诗时，是真的为一种强烈的生命感受所驱使，非写不可，还是要借这一首诗打磨一种理念，把一种概念化的东西借诗这种语言形式表达一下。这就是你说的那种问题，那种知识化的味道，只看到知识，没看到人生。实际上，真的到了生命知识化后，连生命的感受都不存在了，还写什么诗呢？那只是把既有的东西排成诗的形式而已，变成一种机械性的演练，已经离诗很远了。

我个人主张是要有包括哲学在内的深厚知识作内在支撑的，但这种支撑是生命化了的支撑，已经成为我生命体验的一部分。这里关键的是要有真诚感，没有这个真诚感的话，许多东西都变虚伪了。

沈：我想，这中间是否还和诗人或诗学家个人天性中的某些东西有关。或许有些诗人并不在学院，也不是什么高级知识分子，反而更趋于生命的知识化、"钙化"的倾向。而在学院里的诗人，真正通达无碍的，也会一生不为观念所缚，为立场所限，而不失性情和情怀。

我是想说，真正的精神贵族，应该是通天通地又通人的，既是一个精神的超越者，又是一个生存的在场者，可我们的时代造就了许多假贵族。

再譬如像语言问题，新诗 80 余年的历程，语言问题一直争来争去，没个定论。翻译语感化的，口语化的，新古典的，各个时代的诗人们取舍都不同。台湾的现代诗也是这样。是否请你就自己的创作谈一下这方面的体会？

简：我的诗表面看去很冷的，内在情感当然是纤细的，不过埋得深一些而已。情感其实常常会造成语言的障碍，需要我们冷静地控制好这个情感。

语言在诗的写作中是一个活的生命，不是工具拿过来就随便用的。诗人跟语言是一种商量与对话的关系，将生命的感受融于这种与语言的互动之中。这个关系处理不好，就会一方面出现滥情、纯情绪化的东西，一方面或许就陷入你所讲的那种学院化的、僵硬空洞的东西。

我一向认为，过于翻译语感化的语言对诗人而言是一种失败的语言，基本上是将外来的东西硬邦邦地拿过来，没有生命的，只是搬过来的一个工具。口语则要适当使用，和意象交叉运用，有机结合，诗的语境会有很大变化，譬如戏剧性的出现等。但过于口语化，白到某种地步，又缺乏戏剧性的支撑，就会陷入诗与散文模糊不清的泥潭。坦白讲，我个人在写作中对口语不太信赖，偶尔为之。

沈：大陆第三代先锋诗人对口语的侧重，可能与台湾所谓"口白体"的实验还不是一回事。大陆的口语化写作，主要是针对一部分朦胧诗过于密植意象，趋于高蹈和贵族化倾向而提出的，想让诗回到更硬朗、更平实而又富有文本外张力的语境上来，所谓高僧说家常话。

简：是有这样的问题，有些诗看起来写得很浓很艳，翻译成外文，一点味也没有了，因为它的意象的骨质不扎实，靠花架子撑着，看着好像挺有诗味的，实际平淡无味。而有的诗看起来淡淡的，但译成外文还是那么棒，这就是诗的骨质好，淡要淡中见奇，浓要浓在实处，不在乎意象的多寡或用不用口语。

沈：还有"叙事"，在大陆诗坛，近年成为一种主导性的修辞策略。你的诗中也不乏这种策略，不管是情感事件还是别的什么事件，都有一种小说企图和戏剧性的东西在里面，成为一种支撑。心动的是那些惊艳的意象，整体的构架则带有叙事的经纬，运用得很适当。

但这个"叙事"弄不好就搞得一点诗味都没有。许多叙事完全变成了非诗性的，散文化，成了日常生活的简单提货单，这是大陆这几年诗歌的一个大弊病，泛滥成灾，许多人还依然趋之若鹜，因为写起来很容易。

简：诗和小说的叙事，包括散文的叙事当然应该是不同的。

诗的事件是隐隐约约的，因为事件对诗不重要，是事件引发的感觉才重要。过去的叙事诗，是先有事件再有诗，而今天假若要用诗来表现事件，是先有诗才有事件，这个本末要搞清楚。

打个比喻，一棵树的横截面，只有年轮，但我们可以感受到在这个年轮的空间里，似乎有什么意念在发生、在延展，我们没必要顾及横截面以外的树干与枝叶，假如全都顾及到且都描述出来，就成了小说或散文了。诗只表现这个朦胧的年轮的空间，只是隐隐约约有什么事件存在或发生，而不言明或说清楚是什么事件发生，这才是诗性的空间。

沈：好了，我们从这种具体的诗学问题上跳脱出来，关注一下外部的、大的方面的走向。

世纪末，两岸诗歌的处境都不太景气，越来越小众，于是大家都在关心这种处境的更进一步发展将会如何，《创世纪》为此还开辟了一个专栏进行讨论，不知你对此有何想法？

简：诗变成一个小众文学，应该说是一个必然的事。包括艾略特的《荒原》，第一版也只印了 1000 册。美国人口三亿，那里一本好的诗集，一般也就印 500 至 1000 册。比较起来，台湾还算不错的，我一本诗集还印 2000 册，可台湾人口只有 2000 万呀！

以前我讲过一句比较泄气的话：当你的诗变成畅销书时，你就该反省了。

总之，诗要想再度走向大众化阅读，我想根本不可能。老实讲，文明的演进，往往由少数人在推动。爱因斯坦一个人的思考，造成人类几十亿人的变化。所以说，诗必然只是能享受沉默之美的少数人才能感受到它的好处，不可能是多数，没什么悲观或乐观的。

沈：看来在这个问题上，你始终是个顽固的保守派。在你这里，关于诗的命运的思考始终是个伪命题，甚至连推广都是一种可能的伤害。为了维护诗这种特殊文体的纯粹性，你从不考虑它遭遇外来的各种挑战后所产生的变化，而只考虑：其一，它是不是诗？其二，它是不是好诗？其三，诗本身的发展如何？舍此之外的，都不太理睬或分心。

对这种态度，我是理解的，得有一批诗人、学者来潜心做这样的事。但这不等于关于诗的命运的思考是多余的。今天的诗，确实越来越远离大众，几乎正变成一种诗人们之间的"私人邮件"，诗评家就成了这种特殊邮件的邮差。这种状态，当然会在艺术上起一种"保真"作用，然后期待在可能的未来，领取一份高贵而有品位的文学遗产的荣誉，而不至于为了迁就大众，成为没有诗学价值可言的糟粕，这是应该坚持的。

但同时，是否还需要一部分人来做另一种工作，就是在保证诗的本质、诗的艺术特性不受贬损的前提下，增加它的传播面。比如说在语言策略上有所变化，不再那么生涩和古板，吸纳一些新人类的语感，让阅读变得不那么滞重，有亲和性。总之，既要注重培养读者，也多少要注意一下如何亲近读者，这样的命题是否也应该成立？

像台湾洛夫的诗，包括他的诗歌立场，也是相当高蹈的吧？但当他读到陈义芝在《创世纪》撰文提出现代诗要"拒绝傲慢，回归素朴"的观点时，也欣然致信这个提法他很赞赏。

我自己多年来对口语入诗和语境清明有兴趣，到处鼓吹，也是想通过这种语言策略的改进，可以在保证诗质不薄的前提下，去抵达新人类的文化餐桌，不至于让我们的现代诗，越来越变成沙龙式的一堆傲慢的文化呓语，渐渐没了人气。包括这几年张默、向明、白灵他们推动的小诗运动等，都是一种认领之后的操心，既认领诗的宿命性的当代际遇，又不甘于这种际遇，力图做一些改变，做一些调适，我想，这还是很必要的吧？

简：改变什么？一个不喜欢诗的人，你怎么变着写，写得再明白，他还是不看的。现代人已被驯养成一种只会在动中生活的人，而诗是一种静的东西，这两者你怎么可能调适？在他没法接受静的语言、沉默的语言的时候，你不是去加强你的静和沉默，而是用各种"动"去吸引他，那么，你要"动"到什么层次呢？这样"动"下去的结果是否会适得其反呢？如果仅为了推广和调适，连诗的真诚感都要被调适掉，那就变成一种伤害了。

比如说"口语"，是否就能改变诗的传播状况，成为抵达新人类或大众阅读的直通车，我是持怀疑态度的。

所以我反而觉得应该守住这个"静"，这个"沉默"，在流行的动中留下一点空隙，让人们觉得惊异："哦，还有这种空间的存在?!"这样可能反而使人们重视这个空隙。打个比方，在演讲中，人们可能为不停顿的演讲声而昏昏欲睡。这时如果演讲人突然停下来了，一片安静，昏睡的人反而会醒过来。诗是沉默之美，假若"沉默"守不住，许多艺术，不只是诗，都很难再存在。今天，不管你把诗写得多么浅白或者多么高蹈，不看的人照样不看。诗人们对诗的认识，有那么一点点小小的悲剧感是正常的。不过事实上似乎并没有那么悲观，只是我们总要拿诗去和大众化的媒体去比，那当然就会觉得我们是很孤单的一群了，但千万不能这样比，没有可比性。真正爱诗的人还是不少的，且永远不会太少，我是有自信的。

沈：我们不妨再换个话题，谈一下诗歌批评的问题。

不管是大陆还是台湾，现在可以厘清两种基本的诗歌批评路向了：一种可称之为"学院化"批评，基本上是以西方的理论学养作底背，成体系，很规范，有一套大体相近的批评策略和文本样式，在两岸占主流批评地位；一种可称之为"民间化"批评，多是诗人出身的感性化批评，重在体验与感受，强调本土意识，没那么多条条框框，随感而发，也成不了什么体系，但却常有真知灼见。这两条路向的区别已很明显了，现在我在思考：有没有将两者整合起来的可能。

说来我可以算是一个专业读诗、评诗的人了，一年到头看诗，一看看了20多年，越来越发现，完全用西方的批评模式和批评策略来对待现代汉诗的写作，是否有些错位？同时又觉得，纯粹用一种学科化的模式去拆解和诠释一首诗，将它拆成一些理念的碎片，好像总不是那么回事。有时还不如完全放弃批评理念，纯以一个普通读者的心态来遭遇一首诗，完全感性地接触，反而觉着得到的东西更多、更细致。

当然，不能将这两者混为一谈，还是要划清专业性阅读和非专业性阅读的界线。我的意思是说，在专业性阅读的诠释与批评中，也能否加入一些鲜活的、率意的、印象式的、直觉性的东西进去，不要把批评搞得那么呆板、那么生硬。我们的古代汉语诗话，不就很活泼感性吗？有的简直就是很妙的散文随笔，也并没有什么体系化、学科化，却伴随了那么辉煌的古典诗歌时代。所以我就想将两者怎样融会贯通，才更对路，更符合汉语现代诗发展的脉息。

简：在西方，海德格尔不就是把诗性的和学理性的结合起来的吗？其实我在西方诗学里面看到的像我们古代诗话那样灵动的东西到处都是，并不像我们在转借过程中那样，往往把好的东西去掉，只剩下干巴巴的东西，只剩下灰色黯淡的框架，套过来硬用，许多闪光的、智慧的火花都被熄灭了，失去了精华，这是批评的最大悲剧。

所以我在我的"当代文学理论"课上，开篇即告诉我的学生："所谓文学理论，就是对语言的哲学性思维。"一个好的学者、诗学家首先是思想家，不是什么理论的贩卖或套用者，你可以把全世界的理论都学个遍，集于一身，但到你思考与写作时，应该是毫无痕迹的了。所以，我个人一直不觉得你所说的那两种路向有什么冲突，大概只有在三四流的批评家那里才成为一个问题。

沈：不过在批评界，确实还存在这样的问题。许多批评家写的东西，已经和诗的现实不搭界了，还是我那句话：既不在第一时间，又不在第一现场，对诗本身的触摸与感受完全没有了，只剩下术语满天飞，剩下一个吓人的架子，读完以后什么感觉也没有。这种批评，这种诗学，只在那个所谓的学术圈子里面转，没有什么现实意义。

再者说，"诗无达诂"，老祖宗早就看得很明白。古代诗话很少用术语，不是拆解性的，而是感受式的，甚至用意象化的语言去诠释诗中的意象，所谓可意会而不可言传。我们一直在叫喊要确立我们自己的诗学建设和诗体建设，却一直是按照别人的图纸在搭房子，这是世纪之交大家都在关心和思考的主要问题。当然，这也是我们多年弱势文化境遇所造成的心理病，一遇上问题就要去找洋人师傅讨法子，这种态势是到了该结束的时候了。

简：实际上，仅从台湾目前已出版的各种用西方话语诠释汉语新诗的著作看，错位是很多的，没有消化好，自己感受又差，只有把西方的东西拿来生搬硬套，当工具用，当流行服装来处理。结构、解构，升旗、降旗、再升旗，变来变去，停留在时尚层面，这是很悲哀的。

但西方的诗学还是大有可用的，我认为主要在于其对生命、对人生的感受上是相通的，在这一点上，黄皮肤、白皮肤都是一样的，因为人的心灵是不分肤色的。就像有人问我：你在美国读美国文学，怎么能比得上美国人？我回答：既然文学是触及普遍人性的东西，搞不好我这个外来者的感受比你美国人还强！

因此，在挪用西方理论时，实际上是检验它与我们的人生体验和生存感受有没有相关的东西，有没有产生一种互动性，关键在这里。

沈：从批评回到创作。新诗80多年了，至今还有人对它的语言形式提出非议，分行排列都是诗，找不到可通约的东西，文本失范，基本元素不定位，这是最尖锐的问题。

对此，有人从语言上去追索，现代汉语本身就处于生成发展之中，没有定形；有人从文化背景去思考，不断革命、求新求变，缺少控制与整合。其实说来说去，有一个事实是大家公认的，就是现代汉诗是一种"在路上"的写作，百年激荡，都还只是处于摸索之中，一时不宜度身定做什么的。我们知道，"在家中"和"在路上"，其生命状态应该说是大不一样的，那么，由这种生命状态发出的声音以及这种声音寻求表现的形式也是不一样的。

不过，我们毕竟在路上走了80余年了，摸索了这么长时间，是否也应该考虑由拓荒期转入精耕细作期，在现代诗的形式上有所整合，至少就其不可或缺的基本元素做些确认与通约？比如洛夫在做"隐题诗"的实验时,大概也是想在形式上再做一些探求,找到更合乎汉语特性的诗体模式。

那么,就现代汉诗的文体特性而言,哪些是可以通约、整合和发扬光大的,哪些尚需要继续试验与探索;或者,新诗这种变动不居的"怎么写都行"本身就是一种常态,一种"在路上"的合理存在形态,所谓的"整合"、"规范"及有关诗体模式的命题只是伪命题,不必要过多考虑的,随着时间的推移,它自会形成自己的合理的路向。

请你就此做最后一个对答好吗?

简:新诗又叫自由诗,它最可贵的精神或叫本质就在于,它可能不再如古诗一样,用一套大体固定的形式来限制现代人可能要表达的复杂的情感。因此,任何形式的固定或许都是在宣告现代诗的死亡。

这样说,好像无整合可言了,其实不然,一些小的地方还是有整合的必要的。比如诗行在安排过程中,就有一些基本默契的技巧,只能这样断和连更好些而不能那样断和连,似乎大家还是有不约而同的认知和遵从。但大的方面,现在提所谓诗体的建设,似乎早了些。

其实在我看来,新诗的生命力才刚刚开始,这种生命力之所在,就在于赋予我们相当大的自由度,通过这样一种没有限制的文体,来展现代国人更复杂的生命体验。如果过早给它一个限定或规范,可能就破坏了这种包容性,也扼杀了各种可能性。

1999年10月于台湾嘉义
2000年10月修订于西安

从"大中国诗观"到"天涯美学"
——与洛夫对话录

2004年夏,应洛夫先生邀请,赴温哥华参加首届"漂木艺术节",欣赏题为"因为风的缘故"的洛夫诗歌朗诵音乐会。会后,做客洛夫家,得与洛夫先生作了一次轻松而深入的诗学对话。回国后,整理出文字稿,寄先生校勘修订,遂成这篇既有纪念意义又较有价值的诗学对话录,以求证于世界华文诗歌界。

沈:终于有幸来温哥华,在先生的寓所与先生谈诗,感觉很特别。

首先感兴趣的是,您将这幢漂亮的房子起名为"雪楼",不知是因为加拿大多雪、您也爱雪而随意想到的,还是尚有别的什么深意?

洛：欢迎你来雪楼做客！

近年来造访雪楼的名家不少，有叶维廉、痖弦、白先勇、铁凝、苏童、池莉、刘登翰、马森、龙彼德、徐小斌等。你这次远从西安来访，算是老友重逢，倍感亲切！

我一直有这么个感觉，由台北移居加拿大温哥华，只不过是换了一间书房，每天照样读书写作，间或挥毫书写擘窠大字，可说乐在其中，活得潇洒。我曾说过：愈到晚年，社会的关系网愈缩愈小，书房的天地愈来愈大。这种现实世界的萎缩，心灵空间的扩大，或可视为一种修养，但多少有些无奈，却绝非逃避。

书房毕竟是文人作家上焉者读书养性、制造梦幻，下焉者鬻文卖稿、为稻粱谋的场所。如此重要的空间，总得为它取一个既风雅而又符合自己身份的斋名，于是我也为我新居的书房，取了一个不太酸也不够风雅却相当冷的名字：雪楼。取这个名字，固然由于冬天可在二楼的书房窗口负手看雪，但也像鲁迅的名句一样，"躲进小楼成一统，管它春夏与秋冬"。多少暗示我这纯净冷傲的个性，和目前这与世无争的隐逸生活。

沈：临来之前，在北京参加了由《新诗界》主办的"首届新诗界国际诗歌奖"开奖新闻发布会，得知先生荣获此奖中的终生成就奖"北斗星奖"，代表海外华文诗歌写作的最高成就，殊荣难得，在此先表示祝贺！

作为此奖评委之一，我觉得这个被称为"旨在打造在中国举办的属于世界诗歌领域的'东方诺贝尔'品牌的权威奖项"，确有一些特别的意义。首先它是纯民间性质的，因而保证了纯净诗学的价值；其次评委构成也较纯正，学术性强，非一般奖项可比。再就是评选目标定在世界诗歌领域，也算是空前的高规格了。而先生好像也是第一次在祖国大陆获如此大奖,不知有何感想?

另外,据悉此奖海外诗人候选人中,您与余光中先生竞争很激烈,且余光中此前在大陆的名声也确实远远大于先生的影响,而最终还是由先生获得殊荣,对此又有何看法?

洛:很高兴我有幸获得在"中国"名下所创设的首届具有国际性的诗歌大奖。而且还是一个含有引导方向、确立标杆之意的"北斗星奖",这就更感荣幸了。

我在台湾也得过不少大奖,有官方的,也有民间的,但坦白说,我更加珍重北京的这个奖,因为正如你所说,它是纯民间性质的,因而具有纯净的诗学价值。象征地说,台湾那些奖虽也有"纯净的诗学价值",但毕竟只能代表几千万人,而北京这个奖却暗示了一个不平凡的意义,它的背后不但有十几亿人民,还有一个庞大而深厚的文化传统在撑腰。

这个"新诗界国际诗歌奖",我是以海外诗人的身份获得的。其实我这一辈子,政治(国家)身份有点复杂,湖南出生成长,然后流放台湾,我的文学生涯的发展与成就不能不归功于这个小岛,但我一直受到中华文化的哺育,未曾中断过汉语诗歌美学的熏陶与传承,我的文学心灵始终不曾自限于那方狭隘的时空。我是台湾诗人,但我更是中国诗人,我的文化身份,我的中华诗魂永远不变。因此能第一次获得祖国的大奖,实在感到莫大的荣幸!

我特别珍视这个奖的另一原因,是它经过一个极为客观、公正而严格的评审过程,评委们又都是国内极负盛名、一向为我所敬重的权威学者与诗评家,获得此奖不会有"浪得虚名"或"当之有愧"的感觉。记得十几年前某一国际组织要颁我一个"荣誉博士",我就因为这个头衔并未经过严谨的推荐与评审过程而毅然婉辞了。一个诗人应重视真的荣誉,轻假的桂冠,因此,我这次能得到国内评委的肯定,比获得任何一个世界性的大奖更具意义。尤其使我感动的,是他们在欣赏我的意象世界和诗歌的独创性的同时,也能容忍我那冷涩孤绝的语言风格。

在诗歌的领域内,各人有各人的路子、风格和成就,在台湾和大陆的影响下,也各人有各人的一片天空,我用不着跟任何人去争。余光中的成就,尤其是散文,大家都有目共睹,他有他的读者群,文笔淳雅,充满机智幽默,题材多元,历史感和社会意识都很强,是"明星"型的作家。痖弦幽默甜美,有一枝富有戏剧性的笔,虽洗手诗坛甚久,但喜欢他的读者并未忘情于他。在台湾诗坛,余光中、痖弦和区区在下,一向是被两岸诗评家追索探究的对象。余光中近年来走红大陆,有两岸二余之称(另一余为余秋雨),他们都在官方和书商的操纵下,炒得极热。不过大陆一般读者在传媒的误导下,以为余光中只有一首《乡愁》什么的。其实这类乡愁诗,既不是他最好的作品,也不算是诗坛上最好的作品,他另有一些更具有深度的作品反而没而不彰,这对余光中也颇不公平。

沈:这次奖项的设立、评选及先生获奖,使我想到一个有意思的话题:先生早在上世纪 80 年代中期就提出了"大中国诗歌观"的命题。显然,这是经过深思熟虑的一个提法,它牵涉到百年汉语新诗之历史书写、版图梳理和对台湾及海外华文诗歌重新定位等大问题。

依我个人揣度,先生及不少台湾前行代诗人,恐怕从来就不乐于被"历史老人"认领为"台湾诗人"或"两岸三地"什么的,这样的措辞很别扭,本来台湾诗人就是中国诗人,一脉相承的大版图中的一个特殊的板块而已。可长期以来，却一直各自为阵，且各自以我为主为重，蒙上挥之不去的意识形态阴影。本来大陆应该更主动些，却一直在各种的历史书写框架中，屡屡将台湾和海外诗歌单列，将一个序时性的顺理成章的架构，硬拆为不同的板块。或单列一章，续于尾后；或另行成书，难以整合。这已成为一个历史症结，困扰至今。

当然，台湾诗人也很尴尬。一方面，抛开政治分割，从文化的归属和诗学本体去看，本就是一个历史整体，理所当然该纳入一个框架内去看待的；另一方面，又确实是台湾这块土地，这段"双重放逐"的特殊经历，造就了你们这批诗人，造就了这段相当悲壮也相当可观的诗歌历程，有其与那块土地和那个时代血肉相连的体验与记忆，以及为此而骄傲和自豪，因而也难免常有独书历史又何尝不可的情结存在。先生高屋建瓴，在两岸诗歌交流展开不久，就慨然提出"大中国诗观"，看来还是想还历史以本来脉络，且不甘于或被"打入另册"，或自行"另立门户"。

但遗憾的是，好像此一具有重写诗歌史、文学史的命题，至今依然是曲高和寡，未得以两岸实质性的认同而展开。尽管此间我也曾提出过以"三大板块"整合百年中国新诗论，以及此次"新诗界国际诗歌奖"也在无形中呼应着这种整合的理念，但总体而言，似乎还是未有大的改观。近年大陆新出版的一些颇有突破性的各种现代、当代文学史，诗歌史，在这个命题上依旧沿袭旧套路。而台湾文学理论与批评界，受"本土化"、"去中国化"的恶劣影响，似乎也大有以"自立门户"为归所的趋势了。

这是个十分沉重而令人痛心的话题，如今先生"自我放逐"于异国他乡，超然"两岸"，回头客观再审视这个问题，可有新的思考？

洛：你提到的这个问题，是一个"大哉问"的问题，点点滴滴在心头，大有寒夜饮冰水之感。这也是我在第二个问题中尚未答完的话题，现在我愿借此机会再表示点意见。

我重视北京的这个国际诗歌奖还有一个原因：这就是我在漫长而孤寂的诗歌旷野中和历史的坐标上，今天总算是找到了一个恰当的位置。正如你所指出，我在上世纪的80年代中期，曾率先提出"大中国诗观"的宏观视角。我这一主张乃企图整合中国新诗的历史版图。现在看来，我的"大中国诗观"其实也就是"一个中国诗观"，目的在消除你曾指出的"因历史原因所形成的两岸三地和海外各自为阵、各以自我为中心而造成的尴尬和困扰"，遗憾的是，我这一呼吁并未获得两岸诗坛的积极回应，反而经常遭遇到这种尴尬和困扰。所以这次获奖是一个极为重要的关键，不但象征对我历史定位的一次校正，同时也表示，这才是我精神和心灵的回归。

其实所谓"中心"与"边缘"，只是两岸三地中国人的各自表述，这种争论不休是毫无意义的。我从来没有听到任何一位大陆诗人提到谁是中心，谁是边缘的问题，也从来没有见到任何一位台湾诗人因自己所处的位置区域化而感到自卑。当然我也发现两岸三地的诗人和诗评家，在探讨历史发展过程，或诗人为自己寻求历史定位时，无形中也会产生一种现象，即一种霸气凛凛然凌驾于另一种霸气之上。

这又使我想起你提问中的一句话：你说，"另一方面，又确实是台湾这块土地，这段双重放逐的特殊经历造就了你们这批诗人，造就了这段相当悲壮也相当可观的诗歌历程，有其与那块土地和那个时代血肉相连的体验与记忆，以及为此而骄傲与自豪，因而也难免常有独书历史又何尝不可的情结存在"。事实上，你指出的这种情结的确存在。他们早就有一个共识，认为大陆的小说远非台湾的可比，但就诗而论，大陆则不如台湾。不管这是"骄傲自豪"或"夜郎自大"，的确有一部分台湾诗人并无强烈意愿并入中国诗歌的历史版图，甚至有人不愿去大陆访问或开会。近年来在强烈的"本土化"、"去中国化"的政治意识形态熏染下，更是变本加厉。这种"以狂对狂"的心理只能证明其多么小气。

诗人是民族的精神象征，是世界人类的良心，它超越一切界限而独立于宇宙万物之中，中心与边缘之争实属无谓。我个人认为：地大物博，人口众多，可能成为政治或经济中心，而文学中心是耸立在一个个伟大作家和诗人的心灵中，中心应是多元的，地域上的区隔等于是画地自牢，没有任何意义。有人说："大师在哪里，中心便在哪里。"这一说法也不无道理。

沈：由此使我联想到先生的另一个提法，即在长诗巨作《漂木》问世的同时，郑重提出您的"天涯美学"的概念。

这个概念，在我看来，表面上是代表个人或者一个漂泊族群的诗歌美学之追求的重新定位：即，我不再纠缠于所谓文化版图意义上的归宗认祖，而就是遗世而立的一个特殊历史族群，以天涯漂泊之独在的文化身份为终极归所，我诗故我在，我的行走就是我的家、我的历史，不再做"回归"或"还乡"的梦，一种无奈中的超拔。

当然，从大的历史观、文化观来看，今日全球一体化笼罩下的地球村人，哪一个族群又何尝不是从此步入"不归路"的漂泊与放逐境地呢？不过，我还是想追问的是：在潜意识中，先生"天涯美学"的提出，是否还与那个"大中国诗观"的无从落实而失望，于是重归孤绝之思有关呢？您觉得这样一次观念的转换，是一次跃升，还是一次无奈的退隐？

洛：我认为当年揭橥的"大中国诗观"与晚近倡导的"天涯美学"，实为两个不同的概念，但二者并不相互冲突和抵触。换句话说，"天涯美学"并不是"大中国诗观"的转换，无所谓"跃升"，也无所谓"无奈的隐退"，这是两码事。"大中国诗观"主要在检讨两岸近50年来各自发展的诗史，引介一些现代诗歌美学，以促进当时大陆诗歌的独立性和现代化，并希望借理论与创作的交流，以消除狭隘的地域性、族群性的意识形态阴影，使两岸的诗歌既能保留其精神上和风格上的独特性，也能整合为一块完整的大中国诗歌版图。

其实这些思虑，我早在1983年10月出版的《创世纪》社论中提到："深盼从事现代诗创作的朋友们千万别把诗的题材局限于某城某乡某一地区，诗文学是没有时空束缚的，大至宇宙，小至沙砾，无一不可入诗。我们何不于热爱台湾现实的小乡土之余，同时也热烈拥抱整个中华民族的大乡土？"不过我得立刻声明，我心中的"大中国"包括两岸三地及华人活跃的海外，亦即一个意义更为广袤的文化中国。

而"天涯美学"，基本上诚如你所指出："代表个人或者一个漂泊族群的诗歌美学的追求。"这个理念也是我开始写《漂木》长诗时的核心美学思想，但后来始料不及地扩展成为一个庞大的美学结构，而它的发展是与《漂木》的写作时序同时并进的。最后完稿时，我才发现，《漂木》的思维结构可归纳为三个层次，也是三个相交的圆：第一个，也是中心的圆，乃写我个人二度流放的漂泊经验与孤独体验；第二个圆范围较大，宏观地写出对生存的困惑和对生命的观照，并包括对当下大中国（两岸）政治与文化的严肃批判;第三个圆周就更为广阔,它概括了宗教的终极关怀和超越时空的宇宙胸襟。

当然,这种抽象理念的陈述是很难说得更具体、更清楚的,除非你能从头到尾把《漂木》读透一遍。

沈:回到"天涯美学"的命题上来。

我认为这一命题,是新世纪以降,以汉语写作的诗歌领域乃至文化领域,特别重大的一个命题。传统的强行断裂,全球一体化的无孔不入,不知其他人感受如何,至少在大陆文化界,在那些尚存有汉语根性和传统文化记忆的诗人及知识分子那里,放眼今日处境,确有望断家园无归处的困窘。我们虽然没有肉体放逐的亲历,却不乏精神放逐的痛苦体验,找不到自己的家,成了有家而不可归的另一种漂泊者,所谓"同是天涯沦落人"。

因此,我特别认同先生所解释的,你的"天涯",并不指"海外",也不指"世界",而主要是指精神上和心灵上的放逐或自我放逐,这样的一种生存感受。记得十年前,读到北京大学一位女生在一首诗中写过这么两句:"在这片土地上/我找不到自己的家/祖国啊,我要为你生一个父亲。"至今想来都很震动。它代表了新一代的迷惘,这迷惘在今天是更加沉重了。"漂泊"一词,实际上正在成为整个地球村人共有的姓氏。由此重新认领先生的"天涯美学",颇具共鸣。

只是,您在具体的阐释中,将其限定于两个基本要素,一是悲剧意识,一是宇宙境界;一指向与社会现实的关系,一指向与自然时空的关系。这是否显得过于高蹈?至少在大陆诗界,现在年轻诗人更多注重的是对当下生存与生命体验的记录与书写,不太关注诸如终极关怀一类的命题了。

洛：这个问题我在动笔写《漂木》时就已考虑到了。一开始我就把它它定性为一种高蹈的、冷门的，富于超现实精神和形而上思维的精神史诗。诗中的"漂泊者"也好，"天涯沦落人"也罢，我要写的是他们那种寻找心灵的原乡而不可得的悲剧经验，所以我也称它为"心灵的奥德赛"。

有一点比较特殊，上面已提到过，现在再强调一下：就是《漂木》也涉及到某种程度地对现实层面的触及，譬如第一章第三、四、五节，我运用了一些反射现实的意象和特殊表现手法，对大陆与台湾两地的政治、文化、社会现象，作了深刻的批判。不过《漂木》中仍有大量篇幅探索了一些形而上的命题，只是这种抽象思维都是通过具体鲜活的意象来表现的。

"天涯美学"虽以诗性为主要内容，但它必须具备哲学基础，这就是悲剧意识和宇宙境界。它的确会给人以"高蹈"的印象，但我的考虑是，两岸诗人都在狭隘的民族主义和本土主义两种强烈的意识形态阴影下画地自牢，动弹不得，我们如能把创作心态提升到浩瀚无垠、超越时空的宇宙境界，我们的心灵便可得到更大的解放。广义地说，每个诗人本质上都是一个精神的浪子、心灵的漂泊者。"飘飘何所似，天地一沙鸥"。杜甫以漂泊天涯的沙鸥自况，他应是一个最能体味这种心境的诗人，在人生中他有过大失落，体验过大寂寞、大痛苦，但他在写那些具有宇宙境界的诗时，他便获得了解脱。

前两年，在另一篇访谈录中，提问者要我对当前年轻的诗人说几句话，当时我感到这个问题很难回答，不过我提到一点，我说，我们已经有很多优美的抒情诗和代表民间性的叙事诗，但较少在捕捉形而上意象这方面去努力，以至于他们的作品缺少哲学内涵和知性深度。这其中，是否与沉溺于当下境遇，尚来不及去观照更大范围及世界性的问题有关？或许，这也是我们今天尚未出现大诗人的缘故吧？

沈：如果认同精神放逐已是个全球化的问题，那么，又该如何界定先生"天涯美学"中的汉语性呢？我是想问：汉语性的"天涯美学"与全球性的"天涯美学"有何共性与区别？

同时，更想进一步了解，先生在持续半个世纪的现代诗写作中，从"魔"到"禅"，从超现实主义的《石室之死亡》，到"天涯美学"的《漂木》，有没有关于"汉语性"的生发或盘诘？另外，在您的写作中，包括诗和其他文体的写作，对不足百年尚处于生成发展中的现代汉语之诗性书写，有过多少的信任以及多少的怀疑？并以此来调整自己的语言创造，以求有所创新与突破？抑或在先生这里，从来就没有过这样的问题存在？

洛：所谓"汉语性"，这个名词对于台湾诗人多少有些暧昧，很难准确地把握它的含义。据我个人的理解，其潜台词似乎是指汉语诗歌的根性和民族性。如果我没有说错，则汉语性的"天涯美学"与全球性的"天涯美学"是一体的两面，汉语性是它的根，全球性则是它的翅翼、它的飞翔、它的梦幻、它的理想。

所谓文学的特性，本来就是个人风格的特殊性与世界观的共通性二者的有机结合，而个人风格又无不是建立在他所操持的民族语言的特色上，这两点可说是所有伟大作品的基础。"天涯美学"的汉语根性是与生俱来的，不假外求、无须强调。我还以为，所谓汉语性的含义不仅仅指语言文学，更应扩展到具有民族特性的哲学，譬如表现东方智慧的老庄道学和禅学，以及亘古传承不息的历史和文化。我可以毫不讳言地说，不论是 40 多年前写的

《石室之死亡》，或最近写的《漂木》，不论是超现实主义（修正过的）或天涯美学，骨子里都浸漫着民族的哲学思想和传统文化。

事实上，老庄哲学对我的影响早在我的第一个诗集《灵河》中即已出现，我在这个集子的自序中已作另外分析与举证，当时我只有 20 来岁。但大陆 20 来岁的第二代与第三代诗人却不是这样，他们在一直未曾消退的"文革"语言的无形影响之下，对我那种汉语性甚强的诗公然表示难以接受，我也曾亲耳听到他们对古典文学与唐诗的厌弃。好在现在时移势转，近十年来大陆许多诗人、学者和诗评家，都自觉在探索研讨如何重建"现代汉语诗歌"之美的问题，于是我便有了"吾道不孤"的温馨感。1996 年我移居加拿大，临老出国，远走天涯，人在漂泊中虽割断了两岸地缘和政治的过去，却割断不了养我育我，塑造我的人格，淬炼我的精神和智慧，培养我的尊严的中国历史与文化。其实，漂泊海外的华裔作家和诗人，他们作品中的汉语性，有时远远超过国内的作家和诗人。

在现代诗的创作过程中，现代汉语的运用正在日渐调整完善中，我对自己在这方面的探索与实验颇具心得和自信，因为我曾长时期地投入对西方现代诗歌美学，尤其是对象征、意象、超现实等等的深入探讨，后来又专程翻箱倒柜地对中国古典诗的再认识与价值重估，然后长时期在实验中将中与西、现代与传统的诗歌美学加以有机性的融合，便奠定了台湾称之为"中国现代诗"、大陆称之为"现代汉诗"的基础，这可能就是中国新诗的传统。

沈： 语言与形式问题，是新诗百年如影随形的困扰。近两年国内诗界有两个重要的讨论：一是《诗刊·下半月刊》组织的关于"新诗标准问题"的讨论；一是郑敏先生与吴思敬先生就"新诗是否已形成自己的传统"的论辩。

前一个讨论,以诗评家陈超的理论为旨归,认为"现代诗写作的标准,像一条不断后移的地平线",并坚持他一贯的看法,将新诗的本质定位于追求"活力、有效性、可能性"这三点。我自己则认为还是要逐步寻求一个典律的生成,不能一味变动不拘。主要观点已在刊于《新诗界》第四卷的《重涉:典律的生成》一文中表述,先生想已看过。

后一个讨论,郑敏先生认为新诗并未形成明晰的传统,并对此一直担忧,对任运不拘、唯求新求变是问的积弊提出批评。吴思敬先生则认为新诗已形成了自己的传统,这传统就是一种"永远在路上"的状态,以对自由精神的向往和不断的形式探索更新着新诗的面貌。

看来,两个讨论的焦点,最终可说是落在了"可能性"与"典律性"这两个关键词上,对此,先生可否依您半个多世纪的创作与观察,谈一点自己的看法?

洛:近年来不论是在文章里、讲演中或座谈中,我都一直不遗余力地在为失落很久的汉语诗歌之美招魂,把它的纯粹、精致、气势、意境、韵律(非指格律)、象征、隐喻、妙悟、无理而妙、反常合道、言外之意、想象空间、暧昧性、朦胧美等找回来,予以重建。这正是对你"重树典律,再造传统"之说的呼应。

你在北京《新诗界》第四卷的《重涉:典律的生成》一文中所提出的意见,深中肯棨,颇获我心,尤其你指出的那些时弊与问题,我读了几乎要拍案而起。譬如你说:"格律淡出后,随即是韵律的放逐;抒情淡出后,随即是意象的放逐。散文化的负面尚未及清理,铺天盖地的叙事又主导了新的潮流,口语化刚化出一点鲜活爽利的气息,又被一大堆口沫的倾泻所淹没。由上个世纪90年代兴起,继而推为时尚的叙事性与口语化诗歌写作,可以说是自新诗以降,对诗歌艺术本质最大的一次偏离,至此再无边界可守、规律可言,影响之大,前所未有。"这一段一针见血的肺腑之言,正是许多人想说而不便说的。

我对大陆诗界所谓"叙事性"的崛起与泛滥,感受极深,这绝对是当代诗歌的一大误区。吸鸦片上瘾,最初都是以治病为借口的。我发现许多诗人对"叙事诗"本质上的误解甚大。叙事性绝不是诗的本质,只是一种诗歌策略,一种诗歌表现手法,西洋史诗都采用叙事体,我国唐诗中也偶见叙事诗。如李白的《长干行》,杜甫的《兵车行》,韩愈的《石鼓歌》,崔颢的"君家住何处/妾住在横塘/停船暂借问/或恐是同乡",都是叙事手法写的诗。不知你同意否,我的那首小诗《窗下》,也应算是一首叙事诗:

  当暮色装饰着雨后的窗子
  我便从这里探测到远山的深度

  在窗玻璃上呵一口气
  再用手指画一条长长的小路
  以及小路尽头的
  一个背影

  有人从雨中而去

可时下所读到的叙事诗,只见叙事不见诗,即使叙事也多是婆婆妈妈、琐琐碎碎、满纸口水。我以为,要写好叙事诗,得考虑戏剧手法的穿插,即使胡适主张作诗如作文,追求口语化散文化,他也认为好的诗中都有情节,不过这种情节如未经高明的戏剧手法的处理,也就谈不上什么诗味了。

关于新诗是否已形成自己的传统问题,我较靠向吴思敬这一边,他的"还在路上行走"的解释比较接近事实。传统是时间和智慧的累积。实际上传统也就是历史,只不过一种可大可久的传统,并不是由走过来的每一个脚印所堆积而成,而是必须经过历史的梳理和论证的辨析后所形成的共识。

最近我为《创世纪》50周年特辑写的一篇纪念文章,题目就叫《创世纪的传统》。我认为《创世纪》50年来所形成的传统可归纳为两项:一是追求诗歌的独创性,重塑诗歌语言的秩序;二是对现代汉诗理论和批评的探索与建构。

最后我谈到,《创世纪》50年来先跋涉过西方现代主义的高原,继而拨开传统的迷雾,重见古典的光辉,并试着以象征、意象和超现实诸多手法,来表现中国古典诗歌中那种独特美学,经过多年的实验,我们最终创设了一个汉语诗歌的新纪元——中国现代诗。这不仅是《创世纪》在多元而开放的宏观设计中,确立了一个现代汉语诗歌的大传统,而且也是整个台湾现代诗运动中一项不可置疑的傲世的业绩。

这里我所说的传统,其实也正是一种新典律的建立。新典律最明显的性格是创造性。求新是它的指标之一,但新典律不能只一味地求新而忽略了求好。当下许多年轻诗人一脑门子的求新求变,写出的诗光怪陆离,在后现代的旗帜下兴风作浪。但"新"并不等于"好","新"一夜之间可成,而"好"则非经过长时间的淘洗与锤炼不可。今日诗坛的时弊即只顾求新求变,而忽略甚至有意鄙弃了成就一首诗的诸多条件,如抒情性、象征性、意象结构、想象空间等。当年胡适为了使新诗明白易懂，他改革了语言，不幸也革掉了诗，今日民间派追求诗的大众化，拒绝了隐喻，也拒绝了诗。

沈：为新诗塑形，是一个乌托邦，还是一个可探求的事，实在有些两难。

新诗是一次伟大的创生，如春潮勃发，一发而不可收拾。这个春潮，若无法度拘束，任其横溢漫流，难免会散乱成百湖千沼，难以汇流成海。但若拘束过早或太甚，也会导致一汪死水，生腐而败。

但"法度"或"标准"的问题总是存在着的，百年进程中，不断被重新涉及，重新讨论，就说明这问题总是悬而未决、悬而待决，不决就生困扰。道成肉身，安身则立命。"身"不安，"道"就总是如幽灵般漂游不定，也难成正果。国人至今还有不少的旧诗爱好者，恐怕不是一词"传统"或一句"怀旧思古"所能解释的。古典汉诗的那种形式感，那种汉语韵味、汉语诗性的肉身，依然在现代审美中具有吸引力和欣赏性，可能是更重要的因素。有如传统的书法艺术在今天仍能生发新的审美效应一样。

可新诗的形式美感在何处呢？只剩下分行和一些现代意象的经营，再具体讲，就讲不了多少了。这是新诗的一个"软肋"，迟早都得操着这份心。包括先生前些年作"隐题诗"的实验，恐怕也非一时心血来潮玩一把而已，深层心理机制中，还是在寻求形式的可能性。我当时就很敏感，为之大呼小叫了一阵，可惜先生的一番苦心孤诣，又未得以深入理解，不了了之。看来，一心"在路上"奔走的新诗，暂时是不做"回家"的打算了……

洛：我从来没有意愿要去研究、创发一种诗的形式，或诗的格律，前人在这方面的努力，今天看来仍是一种徒劳。

严格说来，我的隐题诗不算是格律，格律二字太沉重，隐题诗充其量可称之为一种严肃的游戏。在《隐题诗》这个集子的卷首，我虽说过"诗，永远是一种语言的破坏与重建，一种新形式的发现"这样的话，但这种形式并不意味着一种格律。

我一向钟情于自由诗，我以为一个作品的偶然性是决定其艺术性的重大因素之一，而自由诗的偶然性远远大过格律诗。格律当然也有它的优点，否则不可能流传数千年，但不可否认的是每种诗体用久了势必趋于僵化，不但内在情感变得陈腐，对事物感受的方式也日渐机械化。抒情语言更是带有浓烈的樟脑味。一般人仍留恋旧诗，是出于一种心理的"固定反应"，读起来和写起来都很方便，就像买鞋子，因有固定的型号，穿上合脚就行了。其实韵文时代已一去不返，用散文体写格律诗，读起来怪别扭的。语体诗还要押韵，感觉十分做作，很不自然。

不可否认，任何一首诗都有它的形式，它被创作出来的那个样子就是它的形式，每首诗本身就是一种形式，也并不排斥"汉语韵味"，同样可以具有汉语诗歌的优良品质。格律本身是一个机械性的载体，而一首诗的存在是形式与内容不可分割的有机体。我赞成诗应有形式感，但那不是格律。我也承认典律的重要性，但并不以为典律必须依附于某种固定的形式。

沈：典律的缺席，形式范式机制的缺失，造成百年汉语新诗的发展，越来越倚重于诗人个人才具的影响力和号召性，而非诗歌传统的导引。由此，那些足以代表这百年新诗进程之"重心"、"坐标"与"方向"的诗人，重要而优秀的诗人的写作，以及他们的代表作品，方成了唯一可资参照的典范和标准。

这是个很有意思的问题，探讨这个问题恐怕需要另一次专门的对话。这里我只想借此引出个轻松一些的话题：假若让先生开列一个以百年及全球汉语新诗写作为框架，而足以代表这一"重心"、"坐标"与"方向"的大诗人、典范式的诗人名单，不知在先生的视阈中，该有哪几位？当然，先生应该名列其中的。所以这样的发问可能有些不合适，但我还是想满足一下好奇心，请先生不妨作玩笑话答一答。

洛：依我的看法，"典律"并非指一种诗型的生成，而在强调一种内在的机制，它应是一种诗的气势，一种诗的精神样貌，一种知性的深度，尤其是一种前所未有的特殊的语言风格。以此而论，我认为上面讲的那种典律并未完成。

我实在难以列出谁处于百年以来汉语诗歌中具有"重心"、"坐标"与"方向"的位置而当之无愧。何况我个人说了也不算，这种事不能处以"戏说"的态度，而须得到多数诗歌读者与诗学专家的共识与公断，尤须经过长时期的淘洗与考验。李杜光芒耀千古，而百年来的新诗史上虽也江山代有才人出，可他们领风骚也就那么几年。其次，我对前面涉及传统的意见想作一点翻案文章：如果说"大师就是传统的创造者"，或干脆说"大师就是传统"，这一说法能够成立的话，我又不得不赞同郑敏教授的"新诗并未形成明晰的传统"的看法。

当然。我所谓的大师也就是你说的具有"重心"、"坐标"、"方向"等标准的诗人。

2004年6月于温哥华

典律、可能性与优雅的诗歌精神
——与李森对话录

李森,当代诗人、学者,云南大学文学院院长、教授、博士生导师,《学问》杂志主编。我与李森诗友多年,2004年6月,借昆明一个诗会之便,约叙半日,相谈甚洽,遂有了下面这个对话录。

沈:今天的对话,我想集中到我们共同关心的三个话题,就是有关新诗典律、可能性和提倡一种优雅的诗歌精神的命题。我认为,这是三个很有意思也具有现实意义的话题,值得深入思考。

李:你就先解释一下"典律"这个概念吧。

沈:首先说一下提出典律这个问题的背景。
我经常遇到一些小说批评家和散文批评家们,他们就要问,说你们成天作新诗批评，你们依据的这个基本的诗歌美学的标准是什么？包括《诗刊·下半月刊》，也于去年在林莽的策划下，展开了对新诗标准的这么一个讨论，我觉得都是很有意义的。

于是想到这个典律的概念。

新诗说短吧，也近百年了，说长吧，把它纳入一个大的历史时段里，好像也很短促。但短也好、长也好，关于诗歌标准的问题实际上是一直困扰着我们的基本问题，包括当年新诗草创时期有关格律的讨论。我所说的这个典律，是在想，新诗百年这样一种历程，能不能从中抽绎出一种新诗之为新诗的美学元素，列出一个元素表来。这个元素表不等于一个固定的形式，而是指大体有一些可以通约的、基本的诗性的特征，或者叫诗性的因子。这些因子组合在一块儿，它就具有这种基本的诗性，而不是像现在，怎么样写来，只要分行都成，这是个问题。

当年就有学人指出，新诗新诗，只有新没有诗。这个问题是不是今天还存在？尤其是，当我们随着先锋诗歌走了这二三十年，冷静下来后，是否有可能来涉及到这么一个命题。

李：新诗作为中国文学史上一种新的文学样式，已经有近百年的历史。但是就这近百年的历史当中，新诗有没有像我们的古代文学史上那样，形成某种典律一样的东西，某种可通约的原则，就像唐诗宋词一样，既是一种美学的诗歌原则，同时也是一个时代的诗歌原则。这种东西，能不能找到，我认为到目前为止，还是比较困难的。

但是新诗，一个时代的文学，它的确有一个时代的文学的特征。这个特征与形式有关，更与诗性的内涵有很大的关系才对。其实，理论是另外一码事情。即使是与文学无关的、没有意义的东西，理论家也可以搞出一些套路来。当然，有意义无意义，要视情况而定。

沈：我这里补充一下这个前提，我谈的这个典律，不单单指的是形式的，它包含了诗歌精神在内。

李：我知道这一点。就是说如果一个文学，它是一个好的文学的话，首先应该是一个时代的文学，是能够进入一个历史的审美视野的文学。它除了它这个时代的形式特征以外，肯定还包含一种普遍的诗性特征，具有审美的普遍意义。这是一个基础。

但问题是，我们如何来理解新诗的这个典律的问题。我们现在来谈这个问题，是到时候了，还是为时尚早？

沈：当我在思考关于新诗典律这个命题的时候，我也很犹豫。就是说，新诗看起来快一百年了，但是呢，要给它找典律，找一个文体的基本体系，可通约的一个标准时，那就说明这个文体已经是个基本完成了的，或者说是基本成熟了的艺术形式。打个比喻，就是说，它已是一个基本发育成熟的成年人，我们才可能去给他量身定做。如果他还是一个小孩，还处于一个发育成长阶段，我们就不可能去给他量身定做。

李：那么这就要来判断，新诗现在是否已经到了一个阶段性的成熟？

沈：当然所谓成熟其实是个逻辑神话，你没有永远的成熟，所谓这个永远的成熟就是终结啊，那就死掉了。就像一个果实一样，它已经长到最后。黄灿然曾经在《读书》杂志发表一篇文章，谈到古典诗歌的这种成熟的时候，他就打了个比喻说，相当于一个果子成熟了，成熟以后就要离开它的母体，掉在地上，然后它那个果核会重新再去生长另外一个过程。基因是一样的，但是，它是另外一个形态和另外一个过程。

这个比喻我觉得非常恰切。汉语新诗的这个百年，相对于古典诗歌来讲，还是很短促的。可是我们要知道，今天，不管是文学也好，还是文化也好，整个文明的进程也好，它的发展速度和成熟的这个速度，是不可以和古典中国及整个古代人类社会相比较的。所以我们这个话题展开的基本前提，是要先判断现在有没有一个阶段性的成熟。

李：我的看法是这样：一种文学样式，一个时代的一种文学，它是不是走向一种成熟，我认为是有几个标准的。

第一，它必须集中体现出某种外在的语言形式。

你比如说，古代的诗人写作，不管是诗经时代，还是律诗时代，都各自形成了一整套的语言表达形式，这种形式本身非常自主、圆满和流畅，体现出时代特征。从语言形式上来说，可以视之为成熟。就是说，这个时代的诗人，面对这个时代的文学，创造了一种属于这个时代的，人们都共同认可的一种形式，也就是说，创造了一个文学的主流。如果没有这个大家共同认可的主流，那么我们就无法再来谈论这个典律的问题。从这一点来说，就新诗来谈一个像典律这样一个非常艰难的问题，我依然认为它是成立的。

另外一点，在创作方式上，要体现出某种内在的语言风格，某种独特的创作方法。这种语言风格与传统相比，要有创造性，比如象征主义、意象主义，它们之不同就体现在内在的语言风格，也就是创作方法上。

还有第三点，一种文学，一种诗歌，是否成熟，关键还在于，它的审美是不是一种"当代性"的审美，它审美的原则是不是建立在当代的审美原则的基础上。

现在有很多人还在写旧体诗，很多画家也在画传统形式的绘画，比如说，画一朵梅花，画一棵竹子，还有松树。那么这个呢，你不能说他自己没有倾注一个诗人和画家的诗性在里面，他自己没有一种审美的原则，你不能这么说。但他的这种审美的样式，他的审美的原则，已经不是当代人的一个审美原则，他在当代的审美原则当中，是失去意义的，亦即是失效的。传统的一枝梅花，你画得再好，也是缺乏一种创造性的。可能对他个人来说是有创造性的，对他的审美，他的人生，甚至对他作为一个人的心智或心灵的养成，这一点上都是起着作用的。但是从艺术史上来讲，是一种过时的审美，失效的审美。

总之，一个时代的文学是不是成熟，可以从语言形式上看是不是创造了一种新的表意形式。不管这种新的形式是与传统有关，还是直接与当下有关。而这种语言形式本身又兴起了一个潮流，形成了大家都公认的一种审美的原则并固定下来。这是衡量一个时代的文学与诗歌是否成熟的基本标志。

沈：对。一个命题的提出，有时是纯理论的探求，不去具体解决一个现实的问题。有时候它又迫于一个现实的需求，反过来找一个理论的依据。

提出典律这个命题，更多是迫于一个现实的观察。我们当下诗歌的发展，所有的眼光都在盯着什么呢？盯着一个实验性的写作，或者叫探索性的写作，或者叫先锋写作，主要的目光都盯在那里。对此，我曾提出一个"常态写作"的概念。就是说先锋写作、实验写作、探索性的写作，这些写作的重心，都是集中在不断地寻找一种新的可能性这个焦点上。那么这就有个问题，这种新，不断地新，不断地追新，不断地探索实验，不断地以先锋的姿态追求未来，既具有开拓性，又难免其遮蔽性，把实际上已经出现的一些可能会形成通约性的东西不断丢失掉，或弃之不顾。

那么我说的常态写作呢，就是想通过对先锋写作所开启出来、所探索出来的新的可能性，进行整合，整合出一个可通约的、典律性的东西。所谓的先锋，所谓的探索，不走极端是谈不上先锋的，不走极端是谈不上探索的，也谈不上实验。它很可能是在一个诗性的美学原则、美学体系里，或者说一个美学元素表里边，发挥一点，不及其余，这才谈得上探索，谈得上实验。常态写作就是要从这种姿态中向后退，退到对各种可能性的整合上来，去企及一种经典的集结和积淀。

这里我可以举两个典型的例子。

像"非非"主义的周伦佑，他早期的诗歌写作是绝对实验性的，那他只是指出了一种可能性，而并没有把这种可能性变成一种经典性的东西。后来他往后退一步，综合其他诗美元素，化实验为常态，写出了《刀锋二十首》。《刀锋二十首》就周伦佑个人写作状态或惯有的诗人姿态来讲，给人感觉是一种后退，但就整个当代中国诗歌来讲，它却是一个经典性的作品；无论是在欣赏性阅读层面，还是在研究性的阅读层面，都不失为经典。

另一个例子，于坚的《〇档案》与《尚义街六号》。《尚义街六号》是口语诗的一个极端的实验，一时影响很大，因为以前没人这么写过；《〇档案》是对那种戏剧性效应的可能性的一个极端的实验，也颇为震撼人，当然也还有许多不同的看法。我将它们都看作是极端实验性的写作，因为只有极端才有实验。到了后来呢，于坚退回到常态，包括那种整合意识，以及对古典诗歌的那种互文性的借用，以及整个语言风格的五彩斑斓，照样写出一些很有分量的、既重要又优秀的作品，比如像长诗《飞行》这样的作品，欣赏性的阅读和专业性的阅读都能接受的、带有经典意义的作品。

针对这两个例子，我就在想，在这种不断的先锋性、实验性过程中，在追求多种的可能性的过程中，追求实效和活力的过程中，至少对我们的理论与批评家而言，是否应注意挖掘、归纳、整理出一些典律性的东西来，作为一种弥补才对。

典律和可能性，是非常有意思的两个对立面。没有典律做归纳与整合，这个可能性也是没有意义的；没有可能性做探求与拓展，所谓典律也是不存在的。

我在上个世纪80年代中期的时候，就发现一个问题：当代中国先锋诗歌，好像总是在忙于抢占山头、开辟根据地，而又总是不去打扫战场，所谓"在先锋的路上一路狂奔"。由此带来一个问题，就是不断地追风逐浪、趋流赶潮，难以沉着。其实真正成熟的一种文学创作，不在先锋，而在常态；不在实验，而在整合。在常态和整合性写作当中，才能产出经典的作品。而所谓的先锋，所谓的实验性写作，它常常可能只会产生一些重要但并不一定优秀的作品。

李：可能性与典律，先锋写作与常态写作，无论是从诗歌研究还是从诗歌创作方面来说，两者都是非常重要的。当然，作为一个批评家呢，更应该注重对于典律的寻找。现在国内的很多批评家，包括一些诗人，都在寻找这样一种审美原则，有这种意识，也有这样的痛苦。

沈：不然的话，我们就都成诗歌运动员了，不断跟着先锋往前跑，不管是个体诗歌创作过程，还是整体的诗歌发展过程，都总是为一种运动情结所役使，难得回到独立精神与自由思想上来。这 20 多年先锋诗歌创作的许多矛盾、许多问题、许多冲突、许多论战的内在原因，其实都来自这里，来自这个运动情结，而产生的一个心理机制的病变。

李：对，尤其是理论与批评家，确实要有一种抱负和责任。要努力寻求建立一个时代文学的一种典律性、一种审美原则。

沈：不然就成为创作的一个依附，老跟着创作跑，这是唯先锋是问所衍生的另一个问题！

李：实际上现在很多当代的批评家，已完全成为一个创作的依附，跟着创作跑。然后呢，把自己认为写得好的，某些诗人的作品，提得非常高。同时，不管他有没有相关的文字的评价，事实上是在忽略甚至贬低其他诗人的创造性的劳动。这一点也说明，中国诗歌的批评界是非常不成熟的。

寻找一个时代诗歌的一种审美原则，或者是一种典律，我觉得可以把它当作一个批评家的价值追求，或者说是一个目标的追求。至于能不能达到这样一个目标，能不能建立一整套的话语方式，来把这个时代的一种审美原则确定下来，实际上是个未知数，但是，有这样一种可能。同时，杰出的理论与批评家要有自己的独立人格，包括诗学人格和思想人格。要有发现新人、新的美学原则和诗歌方向的能力，整天炒那几盘冷饭，有多大意思？

沈：这就是我刚才讲的两种目的性：一种目的性是面对诗歌现实，针对问题来解决问题；另一种目的性是跳出诗歌现实，进入纯理论的探求及基础理论建设，这一块也得有人来做。

李：关于文学研究的基础和出发点问题，我想展开来谈一谈。

首先，我不太认为文学有什么本质，理论也没有本质。但是，我们现在姑且认为它有一个本质。因为在讨论语言的时候，有些词语是你无法撇开的。

就从本质上来说，创作和理论它本身还是两条道路，这两条道路，最好的状态是，两条轨道，各走各的。都是走向同一个方向的，但是中间永远保持着一定的距离。除非你这个人既是一个写作者，同时也是理论家。即便如此，在同一个人的身上，创作和理论中间还是有很大的空隙的，这个空隙是永远无法填满的，也不可能填满。如果填满以后，那文学就不成为文学了，它就降低到一种知识和技术的层面上去了。

诗歌创作，或这样一种诗性生命的表达形式，之所以被创造出来，很大程度上，就连诗人本身也并不一定很明白。就是说，他成为形式化的那部分东西，只是诗人诗性追求得以体现出来的很小的一个部分。诗人对于诗性的一种追求，对于诗性的一种看法，他创作出来的最形式化的那部分，最个人化的那部分，永远小于他对诗性的那种混沌状态的关注，或者那种感悟。诗歌本身和它那个诗性的本体，和一个人的心智心灵里面对诗性的这种渴求，对审美原则的一种创造性的渴望，这之间有很大的距离。

同时，在表达方式上，理论的创造性劳动和诗歌的创造性劳动也有很大的区别。最好的理论也是一种创作，也是一种创造性的劳动。这一点，目前中国的批评界是缺乏的。一种把理论研究本身，把批评本身当作一种创造性的劳动，这种精神还是比较缺乏的。当然，可能在个别的评论家身上有这种体现，但是整体上，它还没有形成一种共识。

就是说，理论也好，创作也好，当它们达到圆满或自足状态的时候，都应该是一种创造性的，都应该有它自身的一种追求。应该说，真正好的理论和真正好的创作有可能是各说各的。就是说，一个诗人，他写出一首好诗来，但可能这个诗人对这首好诗好在什么地方说不清楚。但一个理论家说这首诗非常不得了，把这首诗用各种各样的理论、各种各样的说法，用一套完满的系统将这首诗的审美特征、审美原则非常清楚地表达出来。这时，它就可能使这首诗成为一个经典，具有典律的效应。这两者在很大程度上是相辅相成的。

当然，一首好诗，好在什么地方，不好在什么地方，有时候是非常难以判断的，很多东西只是一种内心的交流，同一个审美层次的人之间会心一笑的一种交流。可能一首好诗再换一个人，他就不喜欢这首诗。他认为另外一首还要更好。他又同样可以用一套理论，把那首诗的审美原则总结出来。

在这一点上，诗歌创作和诗歌研究之间，关系很微妙。所以说，所谓一个时代文学的典律所在，某种程度上来看，也是有很多的变数，很多的可能性，很多不稳定性。

沈：我觉得这两个词——典律和可能性，它们是互为激活又同时可能是互为遮蔽的两种东西。只关注可能性，肯定会遮蔽了典律的存在。但是典律反过来又有一个问题，因为所谓典律就是范式啊，从语言学上来讲，它又可能转化为一种体制性的语言，而体制性话语是诗歌的天敌。诗就是要通过改写语言来改写世界。人被迫进入了体制性话语以后，同时被体制性话语变成一个可通约的平均数，成为一种符号化的存在，而诗及一切艺术，目的就是让人从这种符号化的存在，从这种类的平均数里面，从这种体制性话语里面跳脱出来，重返本初自我。这是一个基本的美学原则。

但是，这两者之间有没有一个通合的切点呢？这当然又得回到刚才那个前提，就是这个典律是否存在的前提，亦即我们近百年的新诗，是否已经有了一个阶段性的成熟的问题？

再回过头来，重复一个分延的话题。举例说，落实到写作，问题很明显，只要是先锋，只要在诗歌发展的关节点上，写了几首重要的诗，就成了文学史的优秀的诗人，万人瞩目的诗人，并带来一定的影响力和号召性。这种影响力和号召性并不是落实于一种更经典的写作，而是一种更先锋的写作。你牛，你抢占了山头，好了，我要抢占下一个山头。这种不断地抢占山头，不断地所谓超越，它有没有美学上的合理性？

实际上现在我们发现，先锋已经成为一个遮蔽性的东西。它遮蔽了什么呢？它遮蔽了常态性的写作。难道我们的常态写作，那个作为金字塔三分之二的部分，作为一座冰山十分之七的部分，就没有优秀的、经典的存在可能性吗？实际上，今天的诗歌理论与批评，由于过于把精力、视野着力于这个先锋，本身也遮蔽了这样一种常态写作。所以，呼吁典律的另外一个现实目的，就是想挖掘常态写作中的这样一种典律的可能性。

李：你讲这个问题非常重要。先锋这种写作已变成一种时尚，一种虚假的光荣。特别是在我们这个时代，因为先锋是最容易获得批评家的青睐，同时也最有话说。就是说，本来大家都在暗处，现在搭了一个台子，一个戏台，在灯光未亮起来之前，大家都在暗处。这时批评的灯光一亮，照亮的只是很小的一个部分，也就是向台上冲得快的那几个诗人。反应慢一点的一些诗人，或者说不愿意挤到前边去的诗人，可能是非常好的，但就因为那个灯光照亮的地方吸引了人们的视角，其他部分，暗处的部分，便被忽视了。

沈：这又扯到另外一个话题了。我曾经在一篇文章中谈到过，就是诗歌批评资源的相对匮乏，和这个庞大的诗歌创作队伍对批评的过于强烈的期待，所形成的这样一种对立性，这样一种差异。

李：我是说，批评家不要只看见灯光照耀的那部分，阳光照耀大地，万物生长啊，要看得更全面一点。

沈：问题是阳光在哪里？只能有更多的批评家、更多的理论家，加入进来，才能形成更大范围的一个聚光灯，一个扫描器……

李：按照你这个话题说下去。就是说，先锋这个东西，肯定是会造成一种遮蔽的，当然传统也可以造成一种遮蔽，两方面都可以同时造成遮蔽，两者可以各打50大板。

有些诗人为了追名逐利，为了先锋，抢到前边去，是不顾一切的，甚至不顾最基本的原则，包括做人的基本原则和文学的基本原则。当然一个时代若没有这种先锋的精神,确实是不行的,但如果搞得太过头,超越了文学的一种基本的限度,也是非常可怕的。

这个时候,一个时代的批评家,有一定话语权的批评家,就负有更大的责任了。因为很多时候,暗处的那些鉴赏者,普通的读者,沉默的大多数,是在失语状态下遭遇所谓先锋作品的。他们原本也可能有自己的审美惯性在里边,但是被各种聚光灯把他们的目光误导了,被为先锋摇旗呐喊的批评家所左右了,尤其是掌握那些聚光灯的批评家们。

从人类知识发展的历史上来看,也是这样的。任何一种先锋的东西出来,可能是一种少数,就因为一批知识精英和一批批评者不加批评地引导,误导了大众的倾向,把大众的审美倾向带上了一种误区。当然,有时也会带进阳光地带。

当代诗歌就存在这样一个问题。无论是"知识分子写作"也好,还是"民间写作"也好,都有一些好的诗人,写出了一些好的诗歌,但两边的批评家都在各炒作各的,鼓吹各自的革命方向,把一种开放性的诗性创造,误导向一种非诗化的非文学化的误区。

我这里所说的非诗,不是对哪一方的指认,两方都有非诗。就拿"民间写作"这一方来看。你打开网络,那些口水化的诗歌,铺天盖地而来。然后就有一帮评论家,甚至自己作为自己的评论家,将其推向一个经典诗歌的层面。就是说,在他们的话语体系里边肯定是要求经典的,但他们对经典化的要求是时尚化的。如果仅仅只是一种时尚,那还好说。因为宋词也曾是一种时尚,当时是一种时尚。当时那些人,像柳永,他和那些艺妓一起创作,弹琴,写词。但他并没有想到经典,要为文学史写作。而当代一些诗人,有的才写了几年,就想把一种劣质的诗歌变成一种经典!

沈：这种状况的背后，还是运动情结在作怪。当然，它实际上也是提供了一种可能性，只是在这个可能性的追求过程中，无论它的创作者和理论批评者，常常把它过于极端化了而已。即便是那些口水诗，包括下半身写作，其实就整个大的格局来讲，它至少还是提供了一种新的可能性，还是扩大了新诗的表现域，至于这种新的可能具备不具备经典性，或者具备不具备一种诗的基本的审美原则，另当别论。

而且，这种表现，就现实的这个结果来看，为什么拥有了那么多读者、响应者。或者说，换一个说法，拥有那么大的影响力和那么多的号召性，那还是说明，在我们现实的这样一种生命形态和文化形态中，它需要这样一种形式的吁求，需要这种形式的表现，那这种存在就是合理的。这种合理是不是经典的，那是另外一个概念了。

李：我同意你刚才的看法。就是说，这种口水诗，它也是提供了一种创作的可能性。它在很大程度上降低了写作的难度，以一种解构主义的立场，对堆积在诗歌上的一些垃圾的清除，或者对一种传统的老掉牙的审美理念、审美习惯的反其道而行之。这是从学理上讲的。

不过口水终究是口水。必须指出，理论不过是种翻来覆去的说法。一首坏诗，你也可以把它说得天花乱坠，但坏诗还是坏诗。

沈：或者以西方的学理性说法来说，是一种试错和证伪。用这个试错和证伪，它可能会导引出一种对口语的重新认识。

李：在这点上是没有必要怀疑的。我刚才想说并想强调的是，他们实际上更多的是从一种急功近利出发，急于出名，急于占山头，急于点燃革命的火种，把先锋变为冲锋！

比如说，一个人，他可能是一个非常先锋的青年，他可以留长发，他可以讲各种各样莫名其妙让你听不懂的话。但是呢，它要有个限度。如果你把一种革命、一种先锋，变成了一种踩在别人身上的东西，或者对其他可能性创作的一种排他性的蔑视，甚至使用一些恶劣的手段，就是另外一种问题了。

沈：这种问题我觉得大概不是普遍现象。因为按道理讲，"下半身"和"口语"这种极端性的审美体验，它首先要操心的是别人对它的绞杀，它怎么去绞杀别人啊？这是个悖论！应该说，它的生长是更艰难的。而且所有的先锋，所有的这种诗歌实验，如果没有"排他性"作为前提的话，四平八稳，中庸式的，那就谈不上先锋，谈不上这个实验了，它首先面临着的是别人对它的指责，别人对它的绞杀！

李：是的。革命一开始总是有很大的危险性，总是面临着别人对它的绞杀，但是革命根据地一旦建立以后，它就开始绞杀别人了。

沈：你已经进入了一种纯逻辑推理了，我觉得没有这么严重。

所谓先锋，我有一个比喻，常常是一种悬崖边的实验，它是站在悬崖边的，它并不具备广大的根据地。那么我倒是理解你说的那个问题，我想应该换一种说法，就是心理机制的病变，这是近几年我一直追索的比较重大的命题。我们的理论批评界，对一百年来不断革命不断追新这么一种运动情结所主导下的历史，大都只注重对文本的文学史的写作，再加上对社会学层面的一些流派的关注。我想假若有专家学者，从语言的变迁角度和从心理机制的病变角度，来重新观照和书写当代文学史和诗歌史，那就更有意义、更加全面了。

我是想说：为什么在诗歌这么小的一个名利场上，会发生这么严重的一种心理病变？简直像是针尖上的角斗啊。放在一个大的利益场域看——假设我们现在面临着一个很大的利益场域，这个因写诗而获得的名利，简直就是一个小小的针尖嘛！可我们会发现，现实中的诗坛，它居然是一个炮火连天、弹痕遍地、杀声遍野的角斗场。而且荒诞的是，在这么一个场域里边发生这么大的一个病变，这么普遍性的病变。

我说普遍性的病变，负责任地讲，不仅是在"口语诗"，也不仅是在"民间写作"、在"知识分子写作"，我认为是在整个诗歌界都普遍存在的一种病变。

李：这个问题我觉得是太重要了！比如说我们可以用西方的诗坛和中国的这样一种诗坛来作比较，可能这个问题比较容易说得清楚。

西方的诗坛，诗歌是比较边缘化的，浪漫主义时代除外。西方人当中，一直有人写诗，可西方的诗人比起当代中国的诗人来说，平静得多啊。人家追求真善美的这种心理机制非常健康和大气。但是为什么中国这种诗坛如此的病态？本身就没有什么利益，本身就是一根骨头，一丝肉都没有，这个骨头上仅仅只是有点腥味。为什么这么多的人，奔向这个骨头，挤开其他奔向者，要来啃这个骨头呢？

这个，它有一个民族心智的问题。中国当今社会通过20多年来的经济建设,早已经把诗歌边缘化了,把整个文坛都边缘化了。但是,很多诗人,你别看他很先锋,其实,还是一种非常传统的心理在作怪。他们诗歌创作的出发点,还是修身齐家治国平天下这样一种老套路。他在心理机制上,有这样一种要求,要成为社会的主角,必须挤进社会这个主流上去,成为一个人物。他要通过这种诗歌创作,在社会上获得高人一等的角色。这是一个很传统的心理机制。

沈:我理解你说的意思,这实际上是我们传统文化某些负面基因,在当代社会、当代诗坛的重新爆发和病变。这是我们的老传统了——过去我们通过文学,包括诗歌在内的写作,来改变人生机遇,来农转非,来调动工作,做文化干部,等等。到了当代,改革开放以后,这种追求因为下海、经商这些其他的因素,分流出一部分去,应该是淡化了。又变成通过写作来改变自己的社会角色,来改变自己的社会身份这么一种心理机制。

同时我想再深一步追问,这个心理机制的病变,除了刚才谈的文化背景和民族心智的问题以外,还有没有和当代诗坛的青春性有关?就是说,除了今天的文化环境造成这种过于急功近利、过于浮躁,以及这种欲望物质化和欲望焦虑化之外,是不是还有这个青春性在里边起一定的作用。

李:这个作用应该是有的。因为一个青年人开始写诗的时候,天生就带有颠覆性,这个肯定是有的。但同时,也是他地位所决定的。你不能不承认,一个青年人,如果他什么都没有,房子没有,甚至工作都没有,在这种情况下,他的社会地位本身是处在一个比较下风的位置,甚至很多人连吃饭都很成问题。在这种情况下来说，他也急于想通过其它渠道，比如诗歌以及其它文学艺术，来补偿性地获取他的社会身份感，公共认同感。

沈：这就导致他的行为前提，不是首先来认同一个典律或范式，而是首先要砍掉、要打倒这个典律和范式，亦即首先是排除障碍，而不是认同一个标准。对此，我想现在应该提出一个关于优雅的概念了——我说的这个优雅，不是把诗写得多优雅，不是诗歌美学层面的优雅，而是诗歌精神层面的优雅，亦即提倡一种优雅的诗歌精神。

李：一个成熟的诗人，一个好的诗人，他对诗歌精神的追求应该是优雅的，作为一个文人存在状态下的优雅！我觉得这点是很重要的。

沈：实际上不用说西方了，我们古代的诗人们，虽然我们没有跟他们生活在一起，但我们从他们的文本来看，他们的创作心态都是很优雅的。

李：是的，即使他是一个大的政治家，即使他是在体制里边的人，他若还是个文人，也应该是很优雅的。

今天我们提出这个问题，诗歌精神的优雅性问题，可能是一个有意思的命题。首先得说明，这种优雅性，与人性里边的一种渴望、一种需求，渴望获得名声，获得大家的尊敬，是没有冲突的，这是正常的。一个人，一个诗人，一个作家，他想在文学史上留下一笔，或者通过他的创作获得社会的承认，这是非常正常的，也是人的一种天然本性。

但是这个东西要有一个底线，关键是不能破坏生态。你不能说，我这个树为了长得高一点，要把其他的树砍掉。（沈：其实那时候他这个树也就没有意义了。）对，它的高度也就没有什么意义了，是不是？或者说，你这个孔雀开屏开得再厉害，没有其他孔雀的观察、观看，你有什么意义呢？这个东西一定要控制在一定的人文底线，我不说是道德底线。

沈：你是不是要表示，诗歌精神的优雅可能比诗歌写作的成功更重要？

李：是这样。就说我自己吧，我是希望出名的，但这个出名，是希望通过我的作品来出名，通过我的创造性的劳动来出名。在这样一种尺度上我是想出名的。如果说，在这样一个尺度上，你真正变成了文学史里边的一个人物，甚至在你活着的年代，就能享受到这种荣耀，我觉得那也是人生的一种非常美的境界。

当然，从我来说，现在我的生活各方面，没有文学写作，我也能保证我的一个社会地位，这个社会地位是通过我的工作和劳动获得的，足以保证我的心理健康。我不会通过文学的一种极端的方式，文学政治学的方式，一种体制化或江湖化的方式，去占领一个山头，获得我的位置，我不会的。

沈：从当下来看，的确有这种情况存在。就是说，整个诗坛也好，其它文学艺术界也好，很多人是把文学和艺术变成一种做生意、搞政治的东西。这确实严重伤害了纯正诗歌精神的承传与发扬。

回到我们的话题上，我们提出这个优雅，它会不会成为一个陈腐的词？相对于我们唯先锋是问和与时俱进的这么一个时代，它有没有可能妨碍到先锋诗歌的发展。

李：我认为不会，因为任何一个词，不论它已成为一个传统的词，甚至成了一个积淀了很厚的文化垃圾的这样一个词，我觉得从一个词的发展历史来看，它都没有罪过。我们不可能重新创造一整套的语词，来建立一种先锋的观念。当年的"非非"诗歌有这样一种想法，但后来他们也分裂了，也没有坚持下去。一个作家，一个诗人，你使用的语词，它主要还是以日常语言为基础的，以这个文学语言、书本语言为基础的。这两只脚是一只都不能瘸的。

沈：对，我们说的优雅不是传统意义上的优雅，而是当下我们这种语境下的一种优雅。那么我们这样倡导的同时，是否还应考虑到：第一，具有优雅的诗歌精神这样一种诗人，他有没有可能同样也是一个先锋诗人？第二，这种诗歌精神的优雅之提出，和我们当下所处的这样一种浮躁的时代语境，是不是显得不是很协调。

李：我认为，优雅这个词的内涵本身，没有传统和现代之分，只要我们给它注入新的语义、新的内涵，它就能活起来。文学创造性的劳动，就是要给约定俗成的词注入一部分新的内涵，同时这部分新的内涵的注入，并不是说要把传统的内涵全部抽空。

我们给"优雅"注入新的内涵，说到底，是要推崇一种诗歌价值、诗歌追求、诗歌人格，使诗人和诗歌回归到自身的独立性位格上来。这是非常重要的一点。然后，在这种优雅的诗歌精神的背景下，再来谈论诗歌创造的可能性。这里也包括先锋诗歌创造的可能性；可能性这个东西未必是向前冲才是先锋，撤退为什么就不是先锋呢？

沈：对，这一点，于坚已经在他的一篇理论文章里谈得很明确了。这些年，于坚一直是主张向后退的，他说我已经把我的这个先锋的帽子扔到太平洋去了。

李：海德格尔的哲学就是后退的哲学，但谁能说海德格尔不先锋！

那么在这种优雅的诗歌精神上，我们再来谈论文学的可能性，就与你提出的那个"常态写作"接上轨了。常态写作，我觉得是一种非常重要的写作方式。在世界文学史上，很多大诗人，并不是出现于先锋的那几个人和最先攻占山头的那几个人当中。李白、杜甫，他们的诗歌体系最先也不是他们创造出来的。

沈：李白、杜甫是我所说的那个"常态写作"中的集大成者，他们不是先锋诗人，也不是实验诗人。

李：当然先锋诗人当中也可能会出大师的。但在优雅的、常态写作的精神背景下，文学创造性的可能性和空间会更大，就可能出现各种风格的大师和经典的作品。诗性的发生，创造的可能性，在此达到一种极致。诗歌的历史就回到了它真正的诗歌的历史，也回到了正常的历史。

这其中当然有一个时代风潮的问题，但更重要的是诗人个人的历史。因为一种诗歌辉煌的历史，总是要有大师级的人物，把这种可能性创造到极致。在这种极致的基础上，我们再来谈可能性以及典律，我觉得就很清楚了。当然，这种极致并不是一夜之间搞一套说法来攻占一座山头可成就的，它是一个诗人终其一生铸就的一种审美原则。

沈：换一个角度来说，优雅精神的提出还有个更大的作用。你刚才谈的是创作，我从创作的心理机制来补充一点，只有优雅才能消解紧张。它消解了一种什么紧张呢？一种先锋的紧张，一种成名的紧张，一种没有成名的紧张。而紧张啊，所谓的焦虑啊，实在是一个很大心理机制的问题。

李：对，因为焦虑而失去了方向！

像我们这样的诗人呢，不管怎么说，已经建立起一整套我们对文学的看法，不会跟在哪一个诗人背后，去攻占一个山头，为小队长当炮灰。但是，很多年轻的诗人，他这种焦虑，这种可怕性，我们必须充分认识到。因为这种焦虑的可怕性就在于他要拼命地去追逐，要冲到前面去。那么在这个过程当中，他自己的创造性、可能性就失去了。他个人的诗歌创作的一个本源，来自于他个人的心灵和心智，来自于他个人的沉默的那部分、混沌的那部分诗性的发生，就被忽略掉了。他忽略了这个东西，也就把自己的创造的可能性给灭掉了，只存在那个"山头"的可能性了，那种时代风潮的可能性了。

革命最可怕的地方，就是个人的消解，消解个人创造的可能性。现在要呼吁的一点就是，一方面，肯定先锋写作对传统审美原则积极突破的一面，同时要警惕它对个人的创造性及常态写作的遮蔽。

沈：到此我们可不可以稍稍总结一下。就是说，先锋精神开辟了可能性，而优雅的诗歌精神将导致一个经典性的可能。

李：我再补充一点：先锋是对某种创作的可能性的开辟，但它未必就与诗性有关。有可能是对某种诗性创造的可能性的开辟。不是说所有先锋的，所有冲到前面的人都是好的。同时，不是先锋的那些常态写作的诗人当中，未必就没有先锋的东西。

沈：我们再把它归纳一下，就是说：先锋可能开辟一个可能性的诗歌时代，而诗歌精神的优雅可能会开辟一个经典性的诗歌时代。

最后我想回到我们最初的话题。

谈可能性也好，谈典律也好，都取决于我们是否正在逼临一个时代的成熟、一个阶段性的成熟，包括文化形态，包括生命形态，包括诗歌美学。我说的这个逼临，不是我们去逼临，而是时代本身是否已经接近一个阶段性的成熟。只有在这个判断的前提下，我们才能回到最初的那个典律的提出的合理性。

而我个人觉得，这个成熟已经是出现了，已经形成了一个相对稳定且具有相对共性的这么一个生命形态、文化形态和审美形态。

李：我还看不出来。单从新诗的历史来看，是已经逐渐成熟，逐渐形成一种成熟的艺术形态。但是刚才你说的这几种形态加起来，我倒是还没看出来。比如说审美形态、文化形态，是否已经形成或已经接近一种典律的，一种普遍性的、带有时代特征的原则，我个人还看不出这一点。

沈：先说新诗。我们对新诗的命名已经有了白话诗、新诗、新格律诗、自由诗，然后又有了现代汉诗的说头。从语言形态上，我们有了意象的、口语的、新古典、叙事性、戏剧性、小说企图等等；从题材范围看，我们已经从充满幻想的眼睛一直写到下半身了；从流派、主义来看，我们已经从浪漫主义、现实主义、现代主义、新古典主义等，一直又写到了所谓的后现代了。难道到此还不能形成一个相对的阶段性的成熟，或者一个可通约的基础吗？如果没有这个基础，又从何来谈典律呢？

李：仅仅从一种诗歌的审美原则，从新诗的历史来看，我觉得中国当代的汉语新诗，作为一种表达方式，作为一种对可能性的探索，大体已经成熟。我说的这样一种成熟，可能跟你说的成熟有一些差距。你说的，更重要的是在于作品本身的一种成熟。我说的这样一种成熟，不仅是一些作品已经成熟，还在于其文体表达方式上，已经有创造好的乃至经典文本的可能性。

沈：从整体来讲，我们是否可以这样来断言，中国的现代汉语诗歌已经走出拓荒期，同时已经摆脱西方诗歌的投影，开始确立自己的独立性、自主性和自信心，已经到这个时候了。

李：从这点上来看，我觉得已经接近了。从文学发展的历史来看，它已经从一个文体的形成，到一个时代的诗人都以这样的"新诗"形式进行诗歌可能性的探求了。而且已经形成各种流派的纷争与差异，正是有这种差异，我才认为它是趋于成熟的。如果没有这种差异，当代诗歌照样只是一种先锋状态，照样只是处于一个先锋诗歌阶段，没有抵达开阔地的话，就谈不上成熟。

这个是从创作上来讲，还有一个方面也必须提到，就是中国已经形成了一个新诗的阅读群体，包括这种审美习惯、这种接受的历史。

沈：今天的对话，让我感到非常欣慰。看来，我们这次对话所提出的关于典律和可能性的命题，都是有存在的前提的。希望我们的诗人们，以及对这一话题的关心者，能更多参与到这个话题的讨论中来。

2004 年 6 月于昆明

新世纪大陆诗歌面面观
——答诗友 20 问

1. 进入 21 世纪以来,市场经济下的商业文化影响日渐强大深远,很多诗人表现出与此不相容的精神姿态。这种姿态是正常的吗?物质的丰富是不是真的会挤压精神空间?

能自觉地表现出与商业文化不兼容的精神姿态,才是真正纯粹的诗人、正常的诗人。

商业文化和消费文化,对纯粹的诗歌精神肯定是一种挤压,但不一定就不能兼容;姿态是一回事,现实是另一回事。现实是,在所有的文学艺术种类中,诗大概是最不易被商业文化与消费文化所同化、所彻底"吃掉"的一种品类;诗既不能被改编,又不好利用,能借用一点的,反而可能正是纯粹的诗所想要抛弃的。

所以应该说,"挤压"其实是好事,是能让诗更是诗,也更可体现诗的价值与作用的好事。作为物质时代的精神植被，诗的存在，只会随之这种挤压而更加纯粹，更加沉着而优雅，对此我们该充满信心。

2. 计算机和网络的兴起，是否提升了人们（包括诗人）利用个人时间的能力？文化语境的广泛娱乐化和时尚化，是否已导致了个人习惯、态度、价值准则更趋一致，包括人们自以为不一致这一点？

关键要看提升了怎样的"能力"？是"量"的提升还是"质"的提升？就后者而言，我们甚至还不如用毛笔写字的遥远的古人。在以"快"与"新"为关键词的当下文化语境下，诗人应持一份"慢"的优雅心态才是。

"快"生事，"慢"生诗，汉语古人深得此中奥义。

当代中国的整个文化体系，确实都在加速度地下行，加速度地时尚化和娱乐化，结果必然是趋于一致化、平面化、平庸化。而诗，原本是一种尖锐而突兀的存在，当下这种空前的传播速度与时尚化的交流方式，很容易将所有的创造个性抹平，将这种"尖锐"与"突兀"抹成"一马平川"，诗人对此应保持最高的警惕心。

诗的存在，就是要使个人从类的平均数中跳脱出来，重返本初自我的鲜活个性。因此，原创，原在，原生态，是诗人在这个时代时刻不能忘记的法则。也只有遵从这个法则，诗与诗人才会免于被时代所辖制，才能真正成为开放在时间深处的、生命的大花。

3. 你认为当下个人化的诗歌创作和媒体以及大众审美习惯之间的关系需要调整吗？如果需要，应该如何调整？

媒体以及大众审美习惯，应该都属于"体制性话语"系统，而诗的发声方式，天生是个人化的，是反体制的———一切的体制！

需要反复强调的是：诗的存在，一个最基本的功能，就是让人免于成为"体制性话语"的类的平均数，重返未被"体制性话语"所改写而丢弃的生命的初稿。

仅就此而言，诗歌创作和媒体以及大众审美习惯之间的关系，不存在相适相应的调整关系，反而应该时时警惕其负面的影响。

4. 诗歌是否可以作为一个民族的精神符号？这个精神符号是否总是表现为一种滞后的状态，也就是说更多地驻足于所谓的"前文化"领域，而来不及解答现时代的困惑？

法国诗人圣—琼·佩斯在获诺贝尔文学奖的受奖演说中有一个说法：无论人类将自己的精神疆域扩展到什么地步，诗歌永远是游走于那疆域之外的一只猎犬。（大意如此）我认同这样的说法。

相对于时代的发展而言，诗歌既是超前的，又是滞后的，且总是难以同步的；同步就成了传声筒，失去诗的存在意义。

诗的本质意义只在于提供一种非现实的精神参数。从古到今，诗都无意也无力解决任何具体问题，只是在人们需要的时候，给人们提个醒，想一想诸如"我们从哪里来？我们向哪里去？我们是谁？"这样的问题。

或者，让人们偶尔感受到：有些秘密的漏洞，存在于时间之外，是诗人的语言之灯，让它在一瞬间显形；有些神奇的感觉，存在于事物之外，是诗人的灵视之光，让它在一瞬间永存。

相对于正常社会而言，诗甚至是一种"疾病"，一种可增加免疫力的"疾病"——免于使人成为人类的平均数，免于使人成为世界的平均数，免于使人成为公共话语的平均数，免于使人成为正常人的平均数——如此而已。

我们过去所犯的最大的错误，就是常常过于看重或者夸大了诗及一切艺术的现实功用，渐渐成为一种情结，时不时要发作一下，其实这"情结"早就该消解了。

也正是因了这种相对于"与时俱进"式的所谓"滞后"，使当代诗歌反而产生了真正有意义的现实作用。可以说，百年汉语新诗，从来没有像今天这样，对现代中国人的生存现实与生命现实，有着如此真实、如此真切、如此广泛深刻的表现。而这，正是当代诗歌卸掉了许多原本不该背负的包袱，较为彻底地回到了诗本身所带来的。

5. 现在，常有很多诗人从偏远地区涌入城市，但城市并没有为诗人的才能和抱负提供什么出路，他们好像只有在极其边缘的地方和狭小的空间从事诗歌活动，才能在一定程度上保持其个性及独立性。那么，诗歌和社会之间到底应该保持何种关系？

诗是社会不变的那一部分，诗也是人心不变的那一部分。

社会可能会为诗的写作提供一些新的话题、新的素材、新的思考、新的情愫，但不会改变诗人原初的诗心。

在成熟的、优秀的诗人及艺术家那里，个性与独立性是天生的，是天性使然，走到哪里、在哪个时代都不会丧失的。

说到底，这是一个艺术根性的问题。根性较浅或基本无根性的诗人，本来就没有个性及独立性，又谈何保持？

时代走到这一步，恐怕难以再埋没真正的天才、真正的人才和他们的创造性了。一些诗人奔大都会去，奔话语中心去，大概主要不是为了诗的创造，而是为了获取对他的创造的及时认定，岂不知这可能反而会影响真正的创造，有个性和独立性的创造。

6. 上一世纪 80 年代，你也参与过那次有名的"中国诗坛·1986·现代诗群体大展"。你觉得 1980 年代的气氛在精神方面是否比现在更好？为什么？

20 世纪 80 年代，确实是百年来中国人、尤其是中国知识分子之精神历程中，最为特殊的一个年代。

不能说这个年代比哪个年代好，只能说它太特殊了。

特殊在于，仅就"理想"与"激情"这两个词而言，可说是在 20 世纪最后的一次集中释放与展现。单纯，质朴，真诚，且立足于对存在的真实、历史的真实、人的真实的探求，很少有以前的种种虚妄和不着边际。

由此划开了两个时代——此后的中国人，包括知识分子在内，似乎永远告别了这样的"理想"与"激情"，变得史无前例的现实、功利和自以为是。也许，从社会学的角度而言，这可能是一种进步，从文化学的角度来看，又不免是一种遗憾——告别 1980 年代，无论是哪一代中国人，似乎都在活得更健康、更自在的同时，遭遇到"平庸"与"郁闷"这两个词的缠绕，从而复生对"理想"与"激情"的一缕"乡愁"。

7. 这么说，你是认为 80 年代的诗歌状态比现在辉煌吗？为什么？你经历过那个年代，当时发表过多少作品，怎么发的？现在呢？

假如把激情、理想及单纯，视为诗的主要特质的话，80 年代的诗歌形态无疑是百年来最为辉煌的，甚至超过"五四"时期。

但跨越世纪的当下中国诗歌，也有它不同于 80 年代的盛大局面：转换话语，落于日常，多元共生，空前活跃。这样的局面也是前所未有的，并可以想见，它必然会为新诗的下一个飞跃，尤其是质的飞跃，奠定不可估量的基础。

两个诗歌时代之间的差别在于：前者是仪式化的，后者是日常性的。需要提醒的是，在后者的"日常性"中，夹杂了一些游戏化、平面化、平庸化的负面因子，须时时警惕才是。

作为已然过时的诗人，我自认是永远的"八十年代人"。几乎所有为自己所看重的我的前期作品，都是在那个年代写下和发表的——自印诗集，自办诗刊，也在公开刊物上发表，只要能传播，怎么都行。现在更无所谓了。只是偶尔也羡慕现在的诗人，有那样广泛而自由的发表管道，而不堪回首我们当年那种"地下工作者"式的艰难遭遇。

8. 在 1980 年代，一代人曾普遍地把兴趣集中在诗歌、文学、心理学、哲学、社会学上，尽管为时不长。那是形成今日中国诗人以及一般男女公民的世界观、期望和理想的具有关键意义的年代吗？

是的，对那一代人来说，那是一种难得的幸运，却又不免成为他们今天的人生中挥之不去的尴尬。

今天的现实，要求得是几乎完全不同于 80 年代的世界观和人生观，期望和理想，只有极少数人能守住那出发时的瞩望，而且必须要忍受得了边缘化的存在与寂寞的恪守。

我相信对于可称之为"1980 年代精神"的重新认领，是不久的将来，在中国必然要出现的事情。那不仅是一代人的精神内核和生命初稿，也应该是现代中国人尤其是人文知识分子所不可或缺的精神质地。

9. 一种开放的精神态度，在文化大革命结束后开始缓慢地发芽，其精神营养，来自各种各样的几乎是完全不同的价值观和抱负，但在 80 年代却能彼此兼容，要很多年后才出现思想交锋。为什么那时候的诗人能够彼此欣赏其差异性呢？

关键是"单纯"，不携带生存的考虑、名利的考虑，像一群刚入学的孩子、刚上路的伙伴，各自奔各自的理想之追求而去，除了诗，没有其它。

那时的诗歌界，不但能够彼此欣赏其诗歌与艺术追求的价值与抱负的差异性，连彼此诗之外的一切都能宽容乃至激赏。天下诗人皆友人。尤其在民间诗界，有多少佳话在今天看来都像是在痴人说梦。

今天的诗人以及所谓知识"精英"们，大概已经很少再做梦，或只能做"低梦"，而很少做"高梦"，基本是为空心喧哗式的话语狂欢、狗撵兔子似的物质狂欢、无所适从的肉体狂欢所主宰了。可是如果连诗人都只能做低梦甚至不再做梦，这世界就真的是很乏味了。

10. 我们换个话题。你如何看待中国传统诗歌？你认为新诗 90 年的历史足以形成一个新的传统吗？

这个话题太大。

现代汉语造就了现代中国人，我们暂时只能用这样的语言言说我们的存在。现代汉语与古典汉语已是两个不同的语言谱系。从人是语言的存在物而言，可以说，今天行走在现代化路上的中国人，与古典文化语境下的中国人，已经是完全不同的两种人，尤其是 20 世纪下半叶之后。

但不管怎样，只要我们还用伟大而神秘的汉字在写作，在组织思维，我们就与我们的传统诗歌以及传统文化脱不了干系，并最终会重新认领我们的血统和"初乳"。

新诗是一个伟大的发明。新诗的出现及其后的发展，使现代中国人、尤其是年轻生命及知识分子，得以经由这样的语言艺术形式，在被迫承受的文化错位和意识形态混乱的双重羁押下，发出较为真实、自由而明锐的心声，来灵动便捷地表达我们自己的现代感。一部现代汉诗的历史书写，便是一部现代中国人心灵史的历史书写，这已成不争的事实。

新诗的灵魂，包括其诗心、诗性，已渐趋成熟，新诗的肉身，包括其诗形、诗体，还处于生长发育阶段，远未成熟。因此，就前者而言，可以说新诗已形成了自己的、足以和古典诗歌并肩而立的传统——自由、灵活、宽广、求真求新、在勇敢的探索中不断发展的诗歌精神的传统；就后者而言，新诗还无法证明自己有何可作为其标准与典律的传统，而这，正是当下和未来的诗人们必须面对的历史使命。

11. 有诗人认为他找不到可以依赖的传统信念，诗人和他的环境以及周围的人没有密切关系。这种孤立是社会现象吗？有社会学原因吗？

传统是一条继往开来奔流不息的大河，成熟的诗人本来就在这河流中得其所然，怎么可能无所依赖呢？

能自由自在地徜徉于传统大河中的诗人，和现实的关系稍稍疏离一点倒也无妨。

诗，是生命孤独的言说；诗，是天地沉默的言说。所谓说不可说之说。

诗与世界的对话主要聚焦于三个向度：一是与他人、与社会的对话；二是与自然的对话；三是与"神"的对话。至少从后两种对话的角度来说，诗人与他人保持一定的距离、与社会保持一定的距离可能是必要的，乃至是宿命性的选择或叫作际遇。

12. 当代诗人是否缺少一个有关诗歌所处的历史地位以及诗人应有的责任的明确定义？是否因为这种缺失，才导致了诗人之间很难达成一致意见？

真正优秀的诗人，以及一切真正优秀的文学艺术家，可以说，都是不合群的狮子、老虎或野狼，有各自的艺术立场和艺术志向，不可能就具体的什么达成一致明确的意见。

诗人的责任只是写好诗。今天的诗人甚至照样可以去写旧体诗，只要你写得好，写出了前人古人没写到的妙处、高处，也是尽了一份诗人的责任。

所谓的历史地位，总是一种线性的安顿、时间性的安顿，可诗人并不在历史的流水线上工作。诗人与诗的存在，无论其责任、其意义，还是其价值以及地位等等，主要还是空间性的，如星空的存在，散乱而耀眼。

13. 你如何看待诗和当代艺术之间的关系？除诗歌外，你还比较关注哪种艺术形式？

这是个很有意思的话题。

当代诗歌，无论是从其发生学和美学接受两方面来看，都应该紧密联系当代艺术的发展才是，只有好处没有坏处。至言皆通，这是为文、为艺术的大道。只"一根筋"式地埋头于诗，终成不了大气象。

看看于坚就知道了，他何以成为真正的大家——于坚的图片摄影艺术多棒！他对许多艺术门类的见解多棒！而这方面的学养，无疑滋养了他的诗歌写作以及诗学探求的发展。

再想想古代的苏东坡，那是多么令人神往的诗性人生啊！

我原本就是先喜欢美术后，再爱上诗歌的，现在还兼着陕西美术博物馆的学术委员，平时多以是和艺术界的朋友在一起。特别关注现当代中国水墨艺术、书法艺术与陶瓷艺术，从中获益匪浅。

14. 作为同是诗人与诗评家的你，怎样看待当代诗歌批评？你认为诗歌批评对诗歌创作的影响如何？

我做了20多年的诗歌批评，同时断断续续写了30多年的诗，现在居然到处讲一个来自我自己经验之谈的理念：有效的欣赏，无效的批评。

一方面，当代诗歌批评，也包括所有的文学艺术批评，已成为自在自足的另一种写作，与价值判断及历史仲裁无关。另一方面，老祖宗早就说过"诗无达诂"，所谓的诗歌批评又何以去影响诗歌创作呢？倒不如回到欣赏的角度来言说，或许更好些。

中国古代诗歌的理论与批评，大体而言，都是欣赏性的文字，且是自足的美文，好看有味开心窍，真好！正是这样一些看似不着学理不成"样子"——按现在的所谓"论文"样子看——的文章，相伴了伟大而辉煌的古典诗歌，并没丢面子，还一同流传于世，不值得我们今天那些操着"洋八股"腔调和惯于"尸体解剖"式的批评者们，回头好好想想吗？

文章，感觉，学理，学养，艺术直觉，问题意识，情怀与立场，能将这七个元素融会贯通来做诗歌批评的，当今真是少见。这其中，最关键的是"文章"——若真的认同批评是另一种写作的话。

"文章千古事，道理一时明"，这是我与贾平凹和美术批评家张渝一次聚叙时，说给二位的一句感言，他们深以为是。既不成文章，又说不出点新东西，搞那些批评做甚？

所以我多年喊叫：所谓"诗学"，是离生命更近、离学术较远的一种学问。

与现行的学术产业保持一点距离，先学会读诗，然后学会写文章，再有一点自己的情怀加上一点问题意识，或许才是当代诗歌批评者该遵从的"学理"，也才谈得上对诗歌创作产生一点影响。这也是为什么当代中国诗歌发展过程中，真正有影响的对诗的言说，常常反而来自诗人们自己的原因所在。

同时，仅就当代中国而言，诗歌创作版图的辽阔广大和诗歌批评资源的过于匮乏,也是诗歌批评难以胜任,而时时处处捉襟见肘的尴尬原因之一。有时甚至是根本性的原因。对此诗人们既不必存太大希望,也不必抱怨不休,有兴趣有本事自己站出来说话就是。

15. 你不觉得中国当代诗人已经说得太多了吗？太多不相干的言谈是否反而妨碍了诗歌创作？

多也无妨,只要不是废话、重复性的话。关键是,当代诗人的话语场似乎太狭小,故一说就重复。

这或许还与其知识背景和阅读趣味有关系。从诗人们的文本中可以觉察到,大量的诗人们出于急功近利的驱使,好像只是"一根筋"似地在读诗在琢磨诗,以便多写些诗来好早些成名成家,这实在是一种误会,忘了老祖宗"工夫在诗外"的遗训。

诗人本该是世界的大知者、大智者、大自在者,我们则更多的是一些小才子成就了一点小气候——这是我憋了多年想说的一句话,这次终于借此话题说了出来,或可给那些自以为是者提个醒。

其实这也正是当代中国诗歌以及整个文学界,很难长出几棵像样的大树、很难成为一片像样的大森林的根本原因。

16. 再换个话题。诗在你的生活中占据什么地位？在物质时代,诗歌的意义与前途何在？诗人自身的生存处境与价值冲突对诗歌创作有何影响？

对我而言,诗既是生命之仪式化的神圣托付,又是日常化的生活方式。以劳作来养家养自己，养好了再拿来养诗，再拿诗来养心，好自以为正常地活着。

诗是物质时代的精神植被。对一个长期缺乏宗教文化背景，且与传统断裂甚深甚久的国家来说，诗的存在，所谓"诗教"，包括古典的和现代的汉语诗歌，对当下中国人的精神世界无疑是至为重要的，其作用是任何其它文学艺术所无法替代的。

因此，我从不担心诗的前途。如果有一天发现再没有人读小说了，我不会奇怪，因为小说的功能可能已完全被影视所替代了，或被其它什么新的艺术、亚艺术形式所替代了。而诗不会。诗是在物质时代与消费时代最少量依存于商业文化存在的艺术，因而也是最少可能被商业文化所吞噬掉的、有独立、独在、独活之生命力的艺术。何况她现在已自甘边缘，退身于民间广阔大地的丰厚滋养，自有广阔的未来，令国人期待，令历史重新认领。

在此，我想引用一段法国人让·贝罗尔的话，作为诗与物质时代、诗与当代人（包括诗人在内）的生存处境与价值冲突，最为恰切而深刻的说明："在一切都欲置我们于罗网之中，一切都欲使我们失去活力、变得标准化的时代，诗歌以其特有的方式构成了一种解毒剂，促使我们变得清醒，变得有活力，变得美妙异常，变成完美的自我"。

顺着这句引言再多说一句：只要真正认领诗为生命的初稿，并准备托付一生的诗人，就不会因任何时代风潮的变化而改变初衷，且乐于活在时代风潮之外，而深入时间的更深处。

17. 在诗内和诗外，你如何理解"自由"?

在现代汉语语境下谈"自由"，可说是过于奢侈了，甚至是个伪命题。以我个人的经验和认识，且仅对我个人而言，"自由"仅止于对不自由的一点警惕感，实际的自由永远是个梦想。

或许是要讨论诗人内心的自由和写作的自由吧？那更是个遥远的神话——至少对于眼下的中国诗人来说！

当今的中国大陆诗人，已然成名了的，正在成名中的，或想着要成名的，无一不在焦虑中，各种的焦虑，谈何自由？还是那个上面所说的"小才子"气在作怪！"飘飘何所似，天地一沙鸥"，谁有这样的"心斋"？因此近年来，我在文学艺术界到处喊叫，提出要倡导一种优雅的诗歌精神和现代版的传统文人风骨——不过就眼下来看，大概也只是一厢情愿，另一个遥远的神话而已。

18. 那你又如何评价新时期以来的民间诗歌运动及其精神呢？

经由朦胧诗的崛起，以及继之而来横跨1980年代、1990年代的现代主义新诗潮，历时30年的合力奋进，当代中国汉语新诗终于形成了属于自己的精神传统，而不再左顾右盼、无地彷徨。这其中，尤其以民间诗歌运动所产生的"民间精神"的确立与发扬，显得特别突出。

在今天，只有诗歌，在先后遭遇了意识形态暴力、体制机制拘押、商业文化进逼、消费文化洗劫的多重近于严酷的考验后，率先彻底告别延续半个世纪的文学创作与文学传播之主流机制，全面地、毫无保留地返回民间，以体制外写作和体制外传播为新的运行方式，而获得了空前的自由，也同时恢复了诗的尊严。数以千计的民间诗社，数以百计的民间诗报和网络诗歌论坛，数以万计的民间自印作品，在"自由创作""民间传播"的理念支撑下，集结为新的阵营，并一步步由边缘而主流，进而成为真正代表当代中国诗歌发展的方向、坐标和重力场，实在可谓是历史性的进步。

但同时也应该看到，当民间诗歌运动及其"民间精神"逐渐由边缘成为主流之后，一些浮躁、功利的东西也在随之伴生与蔓延，表面的热闹与繁荣下，也存在不少危机。对此不宜过早下什么结论。我只是在想：我们经历了那么艰难而漫长的过去，难道就是为了争得今天这样表面的话语的盛宴和浮华的分享，而失去诗性生命之"初稿"之仪式化的存在吗？

19. 能否就新世纪以来的当代诗歌现状发表一点见解？

新世纪六年了，当代诗歌可用"分流归位，水静流深"八个字来形容。

比起潮头初起的1980年代，现在好像处于一个有意味的间歇期。名诗人少见有新的名作让人惊艳，在高水平上做低水平的重复；新诗人虽然常常出手不凡，但大多写出几首佳作后便平庸起来，格局不大——整体去看，呈现一种平面化、平均化、平常化的状况，似乎已耗尽现有的精神资源和语言资源，期待一次新的注入与再生。

至于一些表面上的热闹，乃至"事件"纷生，乃至娱乐化泛滥，其实都与诗无关，甚而至于有害，尽管也害不到哪去。

20. 有没有一句有意思的话来做结尾？

不是一句，是两句——
现代诗的自由，不仅是解放了的语言形式的自由，更是自由的人的自由形式。

诗贵有"心斋",方不为时风所动,亦不为功利所惑,而得大自在;有大自在之诗心,方通存在之深呼吸——诗的存在,生命的存在,历史的存在。

2007 年 7 月

语言、心境、价值坐标及其它
——新世纪诗歌现状散议

1. 如何看待新世纪以来中国诗歌的语言表达方式？

当代诗歌之主流"语言表达方式"有无问题？问题何在？确实是考察新世纪以来中国诗歌现状，一个可以说是首要面对的命题——因为这一命题已成为新世纪以来诗歌现状中，乃至回顾整个新诗近百年的发展历程中，最为核心的命题。

大家都知道诗歌是语言的艺术，但所有的文学都是语言的艺术，那么体现在诗歌写作中的语言艺术，与体现在其他文学样式中的语言艺术，到底有何本质性的区别与差异，却一直缺乏明确的理论认知和典律性的写作依据，结果只有"无限可能的分行"，和"移步换形"式的"唯新是问"，成为新诗与其他文学样式唯一可辨识的文体边界。

到了新世纪这十余年，连这样的"边界"也更为模糊，以

"叙事"和"口语"为主潮的诗歌"语言表达方式",既极大地扩展了当代诗歌对现代社会与现代人生命体验、生活体验、生存体验的容纳性和可写性,也极大地稀释了诗歌文体的美学自性与语言特性。

追索此中根源,关键是当代诗人过于信任和一味依赖现代汉语,拿来就用,从语感到内容指向,皆只活在当下,局限于所谓"时代精神"和"时代语境"中。

仅由语言层面而言,新诗其实是一个伟大而粗糙的发明。当代汉语诗歌在未来的路程中,到底还能走多远,拓展开多大的格局,很大程度上,将取决于是否能自觉地把新诗"移洋开新"的写作机制与话语机制,置于汉语源远流长的历史传统的源头活水之中,并予以有机的融会与再造。

2. 新世纪以来中国诗歌的美学变化主要体现在哪些方面?

当代诗歌在创作数量上的极大繁荣,已造成诗歌版图的空前扩张,从诗人到诗评人,很难相信有哪些个人的阅读,能真正全面把握新世纪以来中国诗歌的美学变化。仅以我自己的有限阅读而言,"叙述性"语式的滥觞和"叙事性"结构的加强,乃至无所不在、无孔不入,大概可算是"主要体现"的方面。

"叙事",原本是小说与散文等非诗文体的主要话语方式,被现代诗写作借用来后,不但盘活了语感,有更多能力来表现现代人动态的、情节化的、复杂多变的思想、情感和心理,同时也有效扩展与丰富了现代诗的表现域度。

这样的"盘活"与"扩展",具体于文本"操作",则基本依赖两个关键性的美学元素:一是"戏剧性",二是"反讽";前者又可视为"小说企图",后者按俗人的理解,近于"正话反说"。——问题的关键在于,这两个"元素"都是"借来之物",一旦剔出还回,诗中还剩下什么?——而这个"剩下"的、不可被替代和剥离的部分,也许才可能是、也应该是诗歌美学的真正存在之所。

如此也才好理解,古典诗歌其实也大都在"叙事",但何以不失其诗美,因其依赖的是"叙事"之外的东西;同时也才可明白,何以曾经繁盛一时的"叙事诗"与"散文诗",近年大多销声匿迹,原来都借分行之身而"与时俱进"了!

当代汉语新诗愈来愈"散文化"的根源,大概正由此而生。

对此,在很难回答"这样写有何不可?"或"这样写有什么不好?"如此的诘难外,如何直面当代诗歌"叙事美学"之滥觞后的正负双重价值在性,才是我们真正要认真思考的问题之关键。

换言之,仅仅因为所叙之事的差异性及活跃性,而掩盖其"叙事性"语式与语感的同质化,实在是当下诗歌理论与批评及创作实践中,一再忽略了的一个大问题。

3. 网络作为新生事物,对于新世纪诗歌有怎样正面和负面的影响?它是否可能改变中国诗歌发展的某些基本格局?

包括文学艺术在内的当代人类文化发展,整体上来说,大概都难以逃脱倡行于20世纪以来的"科学逻辑"和"资本逻辑"的"绑架",除非你转过身去彻底背离"现代化"而另寻他路。

因此,网络媒体是我们迟早要直面而对的"逻辑存在"。新世纪中国诗歌生态的空前多元、空前自由、空前活跃的盛况之获得,与网络这条新的"生产线"和"传播体"的迅猛发展有直接的关系，其正面的作用不容低估。未来的诗歌乃至整个文学的发展格局，必然会以网络和纸媒二分天下的态势而行之，且最终可能会以网络独领天下而了之。

问题的关键在于，对于那些真正自由而个在的诗人和文学家来说，怎样与网络为伍而不失"自性"——包括诗人主体自性和诗歌文体自性，实在是个大考验。

网络在本质上是一种更加体制化的存在，且更具"改造"能力，稍失警惕，便会导致"寄主"与"寄生"之主客翻转，为其所"役使"，由"介质"性存在转化为"本质"性存在，所谓介质本质化。

而我们都知道，诗歌天生是非体制性话语的产物，其主要功用，也正在于将作为类的平均数的"社会人"——将来的"网络人""机器人"等，重新带回到本真自我的精神空间，而不至于完全体制化或物质化。因此，如何处理好二者之间的关系，是未来诗歌发展必须要面对的大问题。

此处需要特别提醒的是："网络"的存在与挑战，依然是一种"势"的层面的存在与挑战，真正自由而个在的诗人，还是要坚守于"道"的层面去思考去应对，或可葆有一己之艺术自性的"生命之树长青"。

西人王尔德有言：在艺术中一切都重要，除了题材。或许可以就此戏仿一句：在诗歌创作中一切都不重要，除了心境。

这"心境"，说起来好像是"虚"的，但落实于具体的文学艺术创作，却是实实在在的一种存在。

这里不妨举证"新科"诺贝尔文学奖得主、瑞典诗人特朗斯特罗姆为例，从阅读其文本到仰止其人本，那一种气定神闲的语境与心境，有如"深海的微笑"而感人至深——这是我于 2009 年

8月，在斯德哥尔摩老先生家中拜望时，为之震撼的直觉感受之意象化"命名"！——而这样的"微笑"，大概置于哪个时代哪种境遇中都不会改变的。

　　当然，如果你非得视网络为"快车道"，为一点我称之为"虚构的荣誉"或宣泄性、娱乐化的"自我抚摸"，而"狗撵兔子"式地"赶场子"，写得快，"秀"得也快，以写过再写来填补一次性消费式的看过就忘，那可就真的要考虑"如何应对"的了。

　　当然，若真的如此"应对"下去，也就难免舍"心境"而求"心劲"，最终成为彻底被网络化了的"类的平均数"，再也找不到自己，找不到真正意义上的诗的存在。

　　说到底，古今诗人或艺术家，本该是最为自由、最为洒脱、最为纯正可爱的一群人，方为他人所尊重，为社会所敬重。而当今中国诗人族群，大都争先恐后地变身为"时人"、"潮人"，离"道"就"势"，舍本求末，将自在本真的创作变为"展示秀"或"网络秀"，整个诗歌界也由此成了一个超级 big show，充满了功利的张望而妄念多多，难得返璞归真。

　　这里的关键是"自性"的丧失——包括人本的主体自性和文本的艺术自性。不仅是网络时代，我们可能还要面临更多被新的"介质"所改变的新的时代，如何避免"介质本质化"，才是未来的诗人和艺术家，需要时时提醒自己的问题的关键。

4. 当代诗人及其创作如何实现在社会发展中的价值？

　　诗人与社会的关系，有如诗歌与时代的关系，一直是个越理越乱的老话题。由此或可以说，什么时候我们不再提及、最好也不再想起这样的话题，什么时候才可能真正回归到诗歌本体和诗学本体之发展与研究的常态。

作为语言历险与思想历险的诗歌写作，就其发生学而言，在任何时代语境及任何社会结构中，都是一种个人化的"偶在性"发生机制。这种发生机制决定了既不可能预设其价值的实现，也不可能如物质生产一样，为其价值的质与量以及怎样的价值"下订单"。在此，社会扮演的只是"等待"的角色，而不是"协调"的角色，有如我们无法决定或调解自然风景的变化与降临一样。

反过来，从接受美学来说，当代诗歌在社会发展中的价值作用，倒真的还有些问题可讨论。

当代中国社会转型，"集体的人"转为"个人的人"，文学之社会性的"启蒙"与"疗救"以及"宣传教育"的效用随之减弱，而如何作用于"个人教养"的问题，则上升为第一义的要旨。具体到诗歌，所谓"诗教"，到底是重"言志"，所谓"直言取道"、"直击人心"，还是重"洗心"和"养心"，大概也是该重新考虑的时候了。

长期以来，我们过于看重诗歌的思想作用与精神作用，疏于其作为一种语言艺术之美而润化人心的作用。包括近 30 多年来，作为"深度链条"而作用于当代诗歌发展的先锋诗歌，其原驱动力，也多以来自于对存在之真实的探寻与追索，并确实达到了这样的目的，由此彻底改变了当代汉语诗歌的精神立场和思想气质，但其本质上，也大多只是社会学意义上的进步，而非完全意义上的美学的进步。而且这样的"直言取道"，似乎也并没有对所谓"世道人心"的根本改变，有多少实际性的补益，反留出巨大的"曲意洗心"之审美空间，于古典诗歌的润化。

因此，时至今日，我们应该郑重其事地对新诗的美学价值体系给出一个重新的认定：在一贯强调的社会价值、思想价值、精神价值之外,再加上"语言价值"的要求——我想,如果一定要确认一个诗人,无论是哪个时代的诗人,和他的诗歌创作,如何实现在社会发展中的价值的话,那么此一"语言价值"的要求,大概应该是首要的。

5. 新世纪以来,中国诗歌与国际诗歌交流越趋频繁。如何进一步借鉴国外诗艺、体现民族性与世界性,以更好地与国际接轨?

有如"弱国无外交"一样,新世纪以来中外诗歌交流渐趋繁盛,自当理解为当代中国汉语诗歌的整体成就,已足以与国际诗坛展开平等对话。

只是如此判断,需要先厘清两个逻辑前提:其一,被视为"国际"的那个诗歌水准,是否还是我们一直以来"高山仰止"的水准,而要去"接"的那个"轨"?其二,"徒弟"熬成"师傅"后,以怎样的心态去与"老师傅"对话,才是真正意义上的平等对话?

这是前提。接下来的问题是:这样的对话和交流,对本土汉语诗歌写作的提升,是否有实质性的作用,还是仅仅拓展了一个走向世界的展示平台?

而最终的尴尬在于:绝大多数当代中国汉语诗人是不"通"外语的,且恐怕也"通"不了多少古典汉语。一方面,引进西方文法语法改造后的现代汉语,本身已造成一次"母语性"降解,尤其是汉语诗性的降解,再通过这样的语言去翻译、去取"外国师傅"的"经",难免造成又一次衰减,如此"拿来"的"经"到底是怎样的"经",恐怕很难说清楚。

另一方面,大多数外语、文言"两不通"的当代中国诗人,也大多都不加思考地将这种"二度衰减"后的现代汉语当作"看家本事",顺手拿来就用,如此写下的诗歌作品,是否能真正道出我们自己的现代感,同时也足以纾解我们内在的文化乡愁,实在是难以乐观评价的问题。

问题的关键在于:尽管从理论批评到创作实践,我们一直以来都在强调"两源潜沉",实际的情况却总是倾心于西方诗质一源,而疏略了古典汉语诗质一源,好像现代汉语下的中国新诗写作,就只能从翻译诗歌那里去查"坐标"、找"进步"。如此"衰减"了再"衰减",谈何"民族性"与"世界性"?以及怎样的、以什么为价值坐标的"民族性"与"世界性"?恐怕到了也顶多能争得个"世界文学"之诗歌的"平均值"而已?

说到底,新诗一直是喝"翻译诗歌"的奶长大的,又一直在被西风东渐了的"现代汉语"家门里打转转,从根上就决定了难以"青出于蓝而胜于蓝"。因为说到底,你根本从来就没有搞清楚那个纯粹的"蓝",那个 pure blue 为何?

是以近年来,我总在诗歌界反复强调:在全球一体化的今天,何为"汉语的"存在之家?我认为,必须是要包含并确认了"汉字和汉语诗性"这个"家神"的存在,才足以真正安妥我们的诗心、诗情及文化之魂。而这个"家神",自现代汉语以来,尤其在当代诗歌写作中,实在已经与我们疏远太久了。

6. 中国作为一个物质文明日趋发达的诗歌大国,应该怎样促进自己的诗歌建设?

这一考察命题实在有些大而无当,且逻辑关系不清,须得先把几个概念理顺了再说。

首先,"诗歌建设"一词就不成立:"诗歌"怎么建设?无论作为个体的诗歌写作,还是作为整体的诗歌生态,都只能是一个自然孕育的过程和自由生成的过程,无法去规划建设的,有如我们无法规划与建设鸟的飞翔样式或花的开放姿态一样——连这样的比喻都显露出,把不相干的词扯到一块有多别扭!

其次,"诗歌大国"的自我命名依据何在?是指诗歌人口之大,还是指诗歌产出量之大?是指诗歌创作层面的提高之大,还是指诗歌阅读层面的普及之大?

至少近世以来,中国一直有一个以"量"为上的价值取向之"优良传统",影响到无论在哪个领域和哪个层面,都难以真正看清了自己和世界。不可否认,当代中国诗歌的繁荣之盛,确实是前所未有的,其形成的因素也是多方面的,不宜单向度论定。不过若稍稍调整一下价值坐标体系,以"质"代"量"观之,大概就不好轻易言其"大"了。

其三,"诗歌大国"与"物质文明日趋发达"有何必然联系?

记得马克思有一个说法:人类的物质财富增长与精神财富增长,并不是一个成正比的关系。实际上,在现代科学逻辑和现代资本逻辑的双重"绑架"下,整个现代人类文明都面临着这样一个"非正比"的挑战,何况中国?何况诗歌?

——置于这样的大视野中,回看当代汉语诗歌,既不可虚妄,也不必彷徨,写诗爱诗的人,只管守着自己的那份热情和爱心就是。

理顺了以上三点,好像也就没必要再就题论题的说什么了。

2012年7月

个人、时代与历史反思
——答诗友胡亮问

胡：作为上世纪 50 年代出生的诗人与诗评家，写诗、评诗、编诗 30 余年，从个人经历到时代变迁，都不乏话题可谈。

我们先从上世纪 60 年代说起，那时可称之为你的"勉县时期"。你在家乡勉县读书、失学、经历"文革"、插队务农，期间大量阅读古典诗歌及文学作品。这样的早年经历，我想，可能已潜移默化为你日后从事现代诗写作与批评中，不能轻易揭去的一层宿命般的文化皮肤。

具体地讲，古典诗词的规定与支使，让你的写作与批评在哪些角度或哪些方面，呈现为对于古典传统的呼应？是写作中禅味的闪现，还是批评中语感的铿锵？

沈：无论是作为生存体验的积累，或是诗歌美学体验的积累，这一可谓苦涩年少的"勉县时期"，都算是我整个近 40 年诗性生命历程的"初稿"或说是"底色"。这一"初稿"与"底色",既是之后从事诗歌写作和诗歌理论与批评,探索和追求的基点,也是可能的局限。从文化学角度而言,我和我们这一代大多数同辈们一样,经历了农业文明(乡村小镇)和工业文明(现代都市)两个阶段;从美学角度而言,又是由古典传统和现代潮流相互冲撞相互交融所构成。二者之间的矛盾所形成的内在张力,成为创作与批评的原发点。

我写诗30多年,一直没有固定的风格,原因是既非天才而后天又营养不良,虽然一直有个在的风格追求,但到底还是少了些原创性成分,只是捡拾的记忆而非刻意的经营。但有一点我是一直坚守的,即力求做到不失真情实感和生命意识。

直到近两年,开始《天生丽质》实验组诗的刻意探求,我才算找到了一点真正属于自己独创的语言形式。对此诗人柏桦认为"非常有想法,也非常特别,它简直是再造了一个文本,其意义不仅是实验,而是预示着丰富的可能性之一种"。洛夫也认为这组诗"企图从古典诗歌美学中去找回那些失落已久的意象与意境的永恒之美,是一种极具挑战性的实验。"

其实,这正是我绕了一大圈,最后还是回到了"勉县时期",经由古典诗歌的滋养所启蒙的对汉语诗性的初悟之结果,当然也必须要有这个"绕"的过程。我甚至想和可能的同道一起,创立一个"新古典诗学"流派,来弥补当下极言现代和唯西方诗学是问的缺陷,以探求葆有汉语诗性之本源性感受的现代汉语诗歌的本质特性,拓展现代汉诗的审美域度。

至于从事诗歌批评,打一开始起,就是想写点随感性的"文章",而不是做"学问"。我上大学学的是经济专业,搞诗歌批评以及间而涉足文艺评论,完全是爱好所致,性情使然,写作与阅读中，有话想说，便随缘就遇地一路说了过来。虽然，自大学毕业后就一直在高校工作，进而挤进教师队伍，做了文学教授，但毕竟不是科班出身、学院正宗，是以也一直未上"学术产业"的轨道，只是个"业余选手"而已。如此处境，不免尴尬，却也便由尴尬生了如履薄冰般的虔敬，且因"业余"而少了功利的促迫、学科的驯化、专业的拘押，得自由自在之言说的爽利与率意。不过这其中，有两个原则是我始终坚持的：一是有感而发，二是成文章，有可读性。

再引申开来说。古典文论包括古典诗学在内，在不乏学理探求的同时，大都自成好读有味的文章或诗话，恰好应合了现代西方所谓批评是另一种写作的说法。这一点对我影响很深。我承认，由此也带来我的诗歌理论与批评缺乏体系性和学术严谨性的问题，并尽量在不失自己批评风格的前提下，做一些这方面的弥补，力求将现代学理架构和传统文论肌理有机地融会贯通，使之更坚实也更有味一些。

问题是，做诗歌评论与批评，其实同写诗一样，"怎样说"是远比"说什么"更重要的事情；何况诗本无"达诂"，只在仁者见仁、智者见智，"见"得有味没味上分高下，而没有一个唯一正确的"见"的。

记得五年前，我在温哥华与痖弦先生就此问题专门聊过一次，他也是倾向于诗歌批评要在学理的基础上，多一点批评家个在的感觉和才情才好。顺便在这里提一下，痖弦的诗歌理论与批评文章就是这方面的典范，尤其是他的点评式小文，足可与古典诗话相媲美，可以说百年新诗批评史上无出其右者。而洛夫也曾经指出我的诗评中有古典诗话的影子，别有特点和味道，并屡示激赏。可惜当代大陆诗歌理论与批评的主流走向，是向西学看齐的，一时很难有什么改变。这大概也是当代汉语诗学一再为诗歌创作界所诟病，陷入理论空转和话语缠绕之痼疾的原因所在吧。

胡：1970年代可称之为你的"汉中时期"。你在成为一个"工人作者"和"民歌诗人"的同时，开始现代诗的写作。

我饶有兴趣但又深感迷惑的是：你如何在这两种界面的写作中求得平衡？主流的认可与乎心灵的享乐如果是两码事，何者成为你当时写作上最大的内驱力？

沈：我们那一代人开始写作时，正逢"文化大革命"。我的家庭出身本来就不太好，又因兄长沈卓1968年冬在西北大学不堪忍受批判屈辱而跳楼自杀，打成"现反"后，一直背着个"反革命家属"的"罪名"，自此从下乡到进工厂，都要为此"挣表现"以求生存，再加上对发表作品的渴望——潜意识里当然不乏所谓"扬名正身"的念头，故而写了不少符合当时所谓"反映时代精神"的诗公开发表。但私下里的主要写作，还是一些抒发个人情感的诗作，包括旧体诗形式的和新诗形式的，写完后除同朋友交流外，主要是作为精神依托，安慰自己的苦难人生和苦涩灵魂。

同一主体，两种写作，前者可谓"动手不动心"，明知是哄人蒙世的东西，只是图它现实的功利，后者才是真正发自心灵而求修身养性的东西。我从不讳言这里面有人格缺陷的问题，因为实际上，并没有人逼着你去写那些迎合时代的作品，后来更知道我们这一代诗人中，有很多人并未因生存的险恶，去俯就时代的认可，很是惭愧！

好在心里揣着个明白，主要的精力还是放在后者的写作上，虽因地处偏远，难以得风气之先，未赶上第一波即朦胧诗诗潮的开启，但很快就主动地投入到了第三代诗歌的大潮。这其中，写于1975年秋天的《红叶》一诗，发表在1979年第12期《诗刊》上，后被选入由伊仲晞主编、广西人民出版社1982年出版的"文革"后第一部《爱情诗选》，以及后来在《飞天》文学月刊的"大学生诗苑"和"诗苑之友"专栏上发表的作品，也大多是在这一时期所留下来的"密藏作品"。

现在看来，正是有了对这一早期"双重写作"的忏悔与反思，才促使自己比较早地看透了体制性写作的危害，也较早义无反顾地彻底与体制性写作分道扬镳，确立民间写作的立场，并一直为之鼓与呼——从上世纪80年代初至今，我基本上没有再在官方刊物上发表作品，并早在1982年就创办民间诗刊《星路》，或算是一个证明。

胡：1981年，你大学毕业留校工作，此后可称之为你的"西安时期"。

当年，你的组诗《写给朋友也写给自己》在甘肃《飞天》月刊的"大学生诗苑"上刊出，按照徐敬亚的观点，"大学生诗苑"可以视为后来所谓"大学生诗派"的雏形。你同意此一观点否？你认为"大学生诗派"的诗歌史意义何在？

沈：由张书绅先生主持的甘肃《飞天》文学月刊"大学生诗苑"和"诗苑之友"诗歌专栏，可以说，是当代中国大陆诗歌史中不可或缺的重要篇章，不仅形成了所谓"大学生诗派"的雏形，而且构筑了几乎整个第三代诗歌诗人们"试声"与"发声"的大平台，其广泛而切实的影响力与推动作用，不亚于朦胧诗。

这里不妨简要回顾一下当时的背景。

上世纪70年代末80年代初，朦胧诗曙光初露，尚处于半公开传播状态，而刚刚全面恢复出刊的各省官办文学期刊的诗歌栏目，大都掌控在"文革"前出道，后中断了写作和发表而于"文革"后复出，并占据要津的一批中年诗人编辑手里。这些活跃在体制内的编辑诗人们，其诗歌意识基本上还停留在"十七年"诗歌的模式中，且又急于自己发表新作以扬名正身，很难顾及到新生力量。尽管包括《诗刊》在内，偶尔也发表一点新锐作品，但大都基于当时思想解放运动的大背景，略表姿态做点点缀而已，不真当回事的。我对此曾在90年代初做过一个粗略统计，将近十年间，官方文学期刊的诗歌栏目，编辑之间交换发表作品率竟高达百分之九十多，而当时民间诗刊诗报的存在，基本上还处于"地火运行"的状态，难得发为广大。

正是在这样的艰难过渡时间段，有《飞天》这样一个平台之造山运动般的崛起，可以想象，它对当时绝大部分还如"孤魂野鬼"般在黑暗中摸索的先锋诗人们的感召有多么大！那简直就是民间诗歌或地下诗歌的公开版，形成了和主流诗歌截然不同的第二诗坛。实际的结果是，后来成为第三代诗歌的代表诗人们及其代表作品，大多都是在这个平台上首先亮相的，包括于坚在内的许多重要诗人，多年后还对此深表感慨和怀念，尤其是对张书绅先生表示极大的敬重！

当然也不可否认，由于时代语境以及地缘文化所限，《飞天》的这两个诗歌栏目，当时也仅仅只是一种新生力量的历史性集结与展示，尚缺乏明确的诗学主张，这大概也是后来渐渐被当代诗学界所忽略或看轻的原因所在吧。但仅从精神力量而言，那绝对是一次历史性的重要推动。我想，如果有有心人将这两个栏目的作品重新作一个整理编选出版，无疑是一份极为珍贵的诗歌文献。

胡：1986 年 10 月，你以"后客观"为旗帜，独自一人参加了《诗歌报》和《深圳青年报》的"中国诗坛·1986·现代诗群体大展"。请试描述"后客观"之具体内涵，并列出你自己践行此一诗学理念的代表性作品。

沈：参加那次大展，一是应徐敬亚的来信——我至今很吃惊他能向那么多诗人亲自写信邀约，二是看重他的先锋意识和民间立场。至少就我个人而言，绝非趋流赶潮凑热闹，而是郑重其事的三思而行。

"后客观"旗号的打出，基于当时已成雏形的一个对第三代诗歌、尤其是以韩东为代表的"他们"诗派的认识，即后来成文为我的第一篇诗论《过渡的诗坛》中的主要观点，认为这类诗歌的主要美学特征在于"真实世界的客观陈述"，以区别于此前主流诗歌之"想象世界的主观抒情"的美学特征。

韩东 1982 年大学毕业分配到陕西财经学院任教，我们很快就认识了。当时我自己的诗歌观念，还徘徊于传统与现代之间，与韩东全新的探索不能完全对上号，倒是我大学同班一起写诗的丁当与他一拍即合，成为同道。其实我从理性上也深知，韩东们的探索是一个划时代的新理路，但在具体的写作中一时转不过弯来，便想出来这么个"后客观"的思路，企图在吸收"他们"诗歌理念的同时，再保留点自己的东西，以求区别。后来就有了这一时期的几首代表作，如《上游的孩子》《致海》《看山》《十二点》《碑林和它的现代舞蹈者》《过渡地带》，以及再后来的《惊旅》《淡季》等诗，实现了"后客观"的某些想法，即在口语加叙事之客观陈述的调式中，适当保留意象与抒情的成分，走了一条符合自己生命体验和语言体验的路子。

同时，这也是我多年来，一方面坚持为"他们"及第三代诗歌张目，一方面又较早提醒"口语"和"叙述"一路诗风，一旦滥觞后可能出现的问题之所在的起因。

胡：作为一次空前的飞行聚会，"现代诗群体大展"展出了一代诗人的自由与梦想、狂欢与谵妄、嚣叫与喑哑，其影响所及，不仅仅是在文学领域成为一个重要事件。

你认为"现代诗群体大展"的诗歌史意义何在？

沈：一个文学事件或艺术事件的发生有无意义，有多大的意义，不在于它是怎样发生的，发生得像不像样子，以及规模的大小或形式的标准，而在于它"就这样发生了"，并且有效地产生了历史性的影响力和历史性的推动力——这是一个公认的常理。

1986年的那场"现代诗群体大展"，过后看去，确实有点"鱼龙混杂"、"一哄而起"的样子，但在那个时代背景下，又确实起到了登高一呼、群雄并起、狂飙突进的作用。后人诟病，多在于嫌其泥沙俱下，乱立山头乱举旗，没个章法。其实这不重要，春潮初起时都是泥沙俱下的，但万物随之而勃发。

至于诗歌史意义，我真不知该作何归纳，想到的只有两点：

其一，提前开启了第三代诗歌大潮的闸门，并以"青年性"、"前卫性"、"民间性"、"后崛起"为标志，集约性地公开为民间先锋诗歌鸣锣开道；

其二，有效而全面地展现了一个过渡时代之诗歌现场的驳杂样貌，强调并确立了探索性诗歌写作的历史作用与历史地位，并深刻影响及后来的先锋诗歌发展。

在此需要补充指出的是，这次"大展"也衍生出后来才逐渐显现出来的两个负面作用：一是无意间遮蔽或至少是延搁了"朦胧诗"诗学的深入影响；二是引发或暗结了沿以为习的"运动情结"。对此，我在多年多篇文章中都有论及，此处不再赘言。

胡：在参加大展的同时，你在《文学家》发表了《过渡的诗坛》一文，全面评价第三代诗人，从此转入理论与批评。

1991年后，你渐次分力于台湾现代诗研究，提出"三大板块说"，并专文论及洛夫、痖弦、罗门、郑愁予等诸多诗人，几欲自成一部台湾现代诗史。

台湾孤悬海外已有60年，较之大陆，其对于西方文化之引进与中国文化之传承，均更为充分而完整。台湾现代诗固然在西化与归宗的两个极端，以及两个极端之间的若干过渡地段，都苞开七色之花，蒂结五味之果，提供了各异其趣的美学类型；但是，较之大陆现代诗，台湾现代诗似乎仍然具有一些共性特征。请试总结之。

沈：我在评论洛夫的文章中有这样一段话，似可拿来作为对台湾现代诗共性特征的一点指认："得西方现代诗质之神而扩展东方现代诗美之器宇，获古典诗质之魂而丰润现代诗美之风韵，为汉语新诗的成熟与发展，提供了更多有益于诗体建设的元素和特质，使之具有更明晰的指纹和更丰盈的肌理"。

这是就文本价值特征而言。就人本亦即主体精神特征来看，又不妨以我整体评价"创世纪"诗人之诗歌精神的三点指认作为借用，即其一，现代版的传统文人精神；其二，优雅自在的"纯诗"精神；其三，多元开放的探索精神。

就文本价值特征来看，大陆虽一直讲"两源潜沉"，其实光顾着赶补西方的课，进而赶与西方接轨的路了，古典一源，大多是在理论家那里说说而已，少有切实而突出的创作体现。像洛夫的现代禅诗，周梦蝶和郑愁予的新古典主义诗风，我们就很难找到堪可比肩而立的大陆诗人和作品。

具体到语言感觉更不一样。

大陆诗歌语言尽管很爽利，很明锐，表现力很强，但大多缺乏细微精致的肌理，多以思想、精神、生命意识、生存体验取胜——这一点台湾诗人尤其是中生代之后的台湾诗歌是没法比的。尤其近20年，不是过于翻译语感化，就是过于口语化、叙事化，一直缺乏对汉语诗歌本质特性的发掘与再造。这里的问题是缺乏对可谓"大陆形态"的现代汉语之意识形态化、资讯化、单一化的反思，或者说过于信任与依赖这种习以为常的语言形态，以致习为广大而难成精微。

若再展开来说，其实整个新诗发展历程，至今都存在着因语言形式的粗陋，而导致"道"有余而"味"不足的遗憾，是一个挥之不去而需要我们长期探究的根本问题。

就人本价值特征来看，差别更大；尤其是现代版的传统文人精神和优雅自在的"纯诗"精神这两点，我们实在差得太远。我一直认为，从发生学的角度而言，正是这两点才是保证诗歌写作之纯正与久远的根基。生存的挤迫，时代的鼓促，"运动"的推力，都可能产生重要的诗人和重要的作品，但真要成为能超越时代而深入时间广原的重要而又优秀的诗人，恐怕没有这两点精神的支撑，是很难成就其功的。

很多大陆先锋诗人或成名诗人，一提起台湾诗歌，就人云亦云地轻言"格局小"、"语言旧"等说头，其实并未潜心研读其文本和体味其精神的真正价值之所在，也由此一再忽略了此一近在身边的借鉴与反思，实在是一个一误再误的误区。

这个问题说到底，还是文化形态不一样所形成的人格差异、心理机制差异和精神气质差异。而借镜鉴照，我们自可发现，大陆半个多世纪来的诗歌历程中，所出现的种种缺憾或问题，大概总是与或多或少地缺乏像上述台湾诗人之文本与人本的特征有关。

胡：上世纪90年代以来，你曾先后编选语录体的《西方诗论精华》《台湾诗论精华》和《诗是什么——二十世纪中国诗人如是说·当代大陆卷》在海峡两岸出版。

请你简要概括西方与中国、台湾与大陆诗论之同异。

沈：这个问题大得有些吓人，真不知该如何回答。

若仅以《西方诗论精华》和《台湾诗论精华》相比较，我在编选中设立分辑栏目时就发现，像"诗"、"诗人"、"诗歌本质"、"为诗而诗"这四个分类，在《西方诗论精华》中占了相当的比重，在《台湾诗论精华》中就很难单列成辑，说明在台湾诗歌理论中，对这类有关诗歌本体的讨论少有涉及，占主要成分的，是关于具体诗歌创作经验之类的言说，以及对语言形式和技巧问题的关注，形成台湾现代诗论的一大特点。

例如台湾中生代著名诗人、诗评家白灵先生，先后在九歌出版社出版了《一首诗的诞生》《一首诗的诱惑》和《一首诗的玩法》三部书，就是专门讨论现代诗创作技巧的专著，做得非常细，多年再版长销，影响很大。90年代中期，我曾经读到过一期《创世纪》，刊发集体讨论简政珍两首短诗的发言记录，长达两万多字，逐字逐句地讨论，近于苛刻的细抠，连标点的使用合适不合适都不放过，各抒己见，毫不客气，真正的细读啊！当时就很感动，慨叹大陆诗歌理论与批评界就缺乏这样的细活。这些年好一些，大家开始注意深入文本细读的讨论了，算是进了一大步。

由此再反思大陆诗歌理论的整体状态，还有一个长期存在的问题，就是空话、大话和套话太多，有关思潮、运动、发展状况的老套路言说太多，有的则成了诗歌政治时事报告（我自己也写过这方面的文章），而深入诗歌本体和诗学本体的研究成就不大。虽然也不乏这方面的提倡，问世的文本也不少，但不是隔靴搔痒，不切实际，就是套用西学，兀自空转，缺乏原创性、本土性，以及与当下创作紧密联系的见解。

这里要细究下去，可能还存在一个理论话语的言说方式问题：既没有西方学者说得那样精确而俏皮，以及富有逻辑美感，又没有汉语古人说得那样微妙而感性，只是堆积学识，罗列资料，再加上大多都缺乏才情和艺术感觉，成稿不成文章而味如嚼蜡，你就是有所发现，也没人待见。

这个问题由来已久，要彻底扭转，还有待时日。

胡： 关于大陆现代诗，你对于坚、伊沙、麦城用力最多。1992年，于坚完成长诗《0档案》，两年后，你就借助北京大学"批评家周末"的平台，发起召开"对《0档案》发言"专题座谈会，打破了批评界的失语状态。毫无疑问，你是最早意识到此诗重要性的批评家。对于伊沙与麦城，你也有同样的推举与彰显之功。我认为，你所做的这些工作，对于确保本阶段诗歌史的深刻度与公正性具有重要意义。

对此我想知道：是你的文化秉性和诗学观点与这三位诗人相接近——我在你的一些作品，比如《十二点》中，发现了你和他们之间确乎存有一种奇妙的血缘呼应——还是纯粹出于对他们的重要性的尊重,引发了你的批评激情?

沈:自打小爱好文学艺术,到后来涂鸦入道,我都一直是一个"审美杂食动物",学养杂,兴趣也杂,缺乏"崇一而尊"的执着。但细回想起来,又并非随波逐流的被动反应,还是有隐在的立场与选择的。正如你所体察到的,至少在文化秉性上,还是有自我的取向与定位:一是反主流宰制,乐于为新生的和被遮蔽及被忽略的一些人和事摇旗呐喊,所谓"拾遗补缺",打点边鼓;二是体制外思维,包括话语体制在内的所有被体制化了的,都不愿"入流",想着有无另辟蹊径的可能。

这种心态说白了,就是不愿做大家都在做的事,不愿说大家都在说的话,不愿与大家挤在一起后找不到自己。所以无论是写作还是批评,我的出发点都不在乎重要不重要,而在于有没有打动我的兴趣点。这显然不是一个有为的诗人和合格的诗评家应有的态度,但天性使然,好像总是专业不起来。

我与于坚结识20多年,行迹往来不多,但自诩是他各种作品的最恳切而忠实的热爱者。这种热爱既非友情所惑,也非其声名大小,就是喜欢读,读来有兴趣,总有新的感动乃至撼动,没有审美疲劳。于坚通过各种文体所体现出来的那种独一无二的视角与说法,在当代中国文学界(不仅是诗歌界)是最具有原创性的。尤其他的诗歌,不但有效地担负了他对存在独到的观察与体验,而且开辟了新的表意方式乃至新的诗歌道路,将我们长久以来不知如何表达的种种,那些与我们真实的存在真正有关的部分,显现出真切的肌理和异样的诗性光芒,从而使现代汉诗对现实与历史的承载方式和承载力,发生了质的变化,并提升到一个更加开放和自由的境地。比如其《〇档案》与《飞行》两部长诗,可谓历史性地完成了两个超级命名：对 20 世纪中国文化专制之典型代表"档案话语"的命名，和对进入现代化之"飞行时代"当下中国文化心态的命名——这不是什么"客观评价"，而是作为一个一直在潜心读文学思考文学的文学人的切实感受。

当年在北京大学做访问学者，读到《大家》文学期刊发表的于坚的《〇档案》时，我真的是非常震撼，可周围的人大都无动于衷，不谈及，也无评论，让我大为惊讶！一者看不下去这样的失语状态，二者想为谢冕老师主持的"批评家周末"补个漏，以免有负历史，我才多次冒昧建议，获得"计划外"的"对《〇档案》发言"专题研讨会的召开。过后我整理了近万字的发言纪要，却始终发表不了，最后拿到海外刊出，影响面不大，至今遗憾。

我与伊沙认识 20 年，且同在一个城市，可以说是看着他怎样一步步走过来的。伊沙最早的评论文章是我写的，后来又跟踪研究断续写了几篇。伊沙在诗坛上一直是个备受争议的人物，我为此也承受了不少误解与压力，但他的存在，在这 20 年的当代中国诗歌发展中，绝对是个绕不开去的重要话题。我甚至在和别人辩论时极端化地提出过一个发问：你就说伊沙的诗是一堆垃圾，这堆垃圾又何以能带动起那么大的簇拥，甚而拱起一座山系？仅从文化学的意义来说，这样的问题你就不得不正视。这也正是当初我刮目相看而为之鼓呼的动因所在：一个真正的异数和另类。

与麦城的结识，完全是遭遇性的。当年经由钟鸣介绍认识时，我并不知道他的写作情况，后来看了他早期的作品，吓我一跳：在 80 年代中期就写出那么优秀的作品而一直被埋没，实在难以置信，于是又激起我"打抱不平"和"填空白"的激情。后来就熟悉了，却是打心底里喜欢他的诗，与"历史责任"无关。尤其是他的语言，在当代诗歌中可谓一绝，真正专业的阅读，大概没有不喜欢的：叙事与意象的有机整合，寓言化叙事的有效创化，对精练的守护，对意象的原创性营造，以及玄思意味与悲悯情怀，都是让人心仪的。

其实所谓"推举"与"彰显"这样的活，我干得多了，还有赵野、李汉荣、杨于军、中岛、孙谦、古马、娜夜、南方狼、吕刚、高璨等等，并不一定都具有你所说的"重要性"，但确乎是从各个方面打动了我的诗学趣味，觉得有话可说而说的，并相信他们在当代诗歌发展中，都是有独特贡献而最终会重新为历史所认领的。不过话又说回来，当代中国诗歌的版图实在是过于辽阔和庞杂，对于像我这样边缘而业余的所谓诗评家，也只能是挂一漏万地做一点力所能及的事而已，最终能起多大作用，也只有留待将来的历史去认证了。

至于你提到的"奇妙的血缘呼应"，也可能存在，因为我的诗歌写作和诗歌阅读本来"血缘"就很杂，"呼应"的可能性也就很大。且认为搞诗歌批评，如果没有这样的"呼应"，而仅仅只是盯着"诗歌史"、"文学史"来择其重要而为之，大概也是有问题的。

胡：你所做的另外一项工作则同样重要，有可能更加重要：1996年，与李震等编选《胡宽诗集》出版，次年成功策划在北京文采阁召开"胡宽诗歌作品研讨会"，并与吴思敬先生共同主持现场研讨，有效地完成了对一位杰出诗人的追认。

另外，今年初，你在《你见过大海：当代陕西先锋诗选》序言中指出：胡宽"开启了陕西先锋诗歌的先声，并潜在性地影响到后来的先锋诗人写作，成为出自陕西本土的先锋诗歌精神的源头，同时也使得他个人的创作成就，获得和早期北京'今天'派诗人的探求不差上下的历史意义而为历史所记取"。你同时指出，胡宽"有'陕西的食指'之称"。

但是我认为，胡宽和食指不可类比。食指是一位前现代主义诗人，胡宽是一位后现代主义诗人；食指，正如多多所说，是"我们一个小小的传统"，但是胡宽，似乎从没有成为任何陕西诗人的美学上游；食指是源头，而胡宽，仿佛是来自外星与未来的大海；如果真有诗人受到胡宽影响，那么他肯定还在去胡宽的半途。不知你同意我的观点否？

沈：我在胡宽去世前，与他几乎没有来往，仅在诗歌聚会中见过两次。去世后，在他兄嫂和挚友、著名电影编剧芦苇的主持下，搜集整理其遗作，大体归拢后，找到我负责具体编选工作，李震和芦苇写前言。从1996年年初编选，到当年七月诗集出版，整整半年为此劳心劳力。那时我刚由北京大学做谢冕尊师的访问学者一年后回到西安，遂和胡宽的家人友人商议，由我联系请人，在北京开个高端的学术研讨会。仅仅一个月的联系商榷，就很快成行，于当年九月在北京文采阁，与吴思敬先生共同主持了"胡宽诗歌作品研讨会"。

出席这个研讨会的与会人员的身份和整体学术规格确实很高，牛汉、谢冕、邵燕祥、洪子诚、杨匡汉、蔡其矫、吴思敬、唐晓渡、陈超、程光炜、林莽、崔卫平、刘福春等40多位在京诗人、学者出席，发言十分热烈，对胡宽的评价也很高。记得最后谢冕老师作完总结后，我以主持人身份致答谢词时，竟至感动泪下，话都没说规整。实则内心深处，一是感慨我为本属陌生的胡宽做的这些事，有如此重要结果；二是感激同道师友们真是给足了"面子"，难得啊！

会后回西安后整理了题为《除了诗，一无所有——胡宽诗歌作品研讨会综述》的会议纪要,以"西汉"笔名,在1997年第4辑《诗探索》发表。

　　拿胡宽和食指比,从学理上讲是有些问题。但问题的关键倒是,并不在于胡宽是不是"后现代"而能不能与"前现代"的食指作类比,在于食指通过后来的不断被经典化而影响广大,成为公认的"传统"部分,胡宽却一再隐匿于时代的背面,不被人了解。即或是后来被我们发掘出来,彰显于世,也好像因时过境迁而不为重视,除在理论界还时而有新的研究者光顾外,很少再影响及广泛的阅读层面和当下的诗歌写作。而且,胡宽在活着的时候也很少影响到别人,既不发表作品,也基本不和写诗的人交流,没有进入任何的诗歌团体和圈子,独往独来。所以我特别斟酌地说他"潜在性地影响到后来的先锋诗人写作,成为出自陕西本土的先锋诗歌精神的源头",强调的是"潜在性"和"精神性",实际的影响确实如你所说,"没有成为任何陕西诗人的美学上游"。

　　但我们在总结历史的时候,对这种孤立而卓越的个案性存在,是绝对不能疏忘的。正如牛汉先生在会后写给胡宽父亲、"七月派"老诗人胡征信中所说的:"宽儿的诗,时间将会证明,具有不可替代的历史价值"。(全信与研讨会纪要一起刊发《诗探索》)

　　为此,我也很欣慰能在《你见过大海:当代陕西先锋诗选》这部新的诗选中,再次追认这位诗人的存在价值和诗歌史意义,为将来更为全面公正的诗歌史书写,留下一己之见。

　　胡:1999年2月,你在《出版广角》发表《秋后算账——1998:中国诗坛备忘录》,后来成为世纪末诗学大论争的导火索之一。十年过去了,你认为这场起自"盘峰诗会"的大论争的诗歌史意义何在?

沈：首先感谢你澄清了一个事实，即我的那篇"惹祸"的《秋后算账》，是先行发表在由刘硕良先生主编的非诗歌刊物《出版广角》，而后才出现在《诗探索》上的。但诗歌界很少有人看到前者的发表，误以为就是为"挑起论战"而直奔《诗探索》去的。

再次澄清此事的原因，在于说明当时代表"民间写作"一方的"反叛"，确实不是一场有预谋的所谓"阴谋"，而是一种散点式的不谋而合。记得我当时到"盘峰诗会"会上后一时也懵了，因为两边大多都是同道或朋友，突然间争执到水火不容的地步，并硬是将我那篇《秋后算账》的文章归入"阴谋"之作，高调批判，我也只能是被动应战了。

如今十年过去，我还是坚持认为，这是一场发生在纯正诗歌阵营内部的、有着十分重要的诗学意义和历史价值的论争，而不是后来被一再曲解的什么"内讧"，或"无聊的话语权力之争"。还是前面谈到"现代诗群体大展"时所说的，一个文学艺术事件，不在于它是怎样发生的，发生得像不像样子，而在于它"就这样发生了"。"盘峰论争"爆发的时间和形式不无偶然性，但还90年代中国大陆诗歌一个公正全面的历史真实的吁求与辩白，是迟早要发生的事。

至于这场大论争的诗歌史意义何在，只能从这十年的诗歌现实来反观其影响。现实的结果是：在经过对官方诗歌批评空间的长期宰制之反抗，再经由对唯北京中心与学院中心为是的诗歌批评空间的精英化、单一化而致狭隘化之反拨后，"民间立场"试图重建诗歌批评空间的意向，得到了历史性的呼应，并逐渐回到真正多元互补的健康状态，回到丰富深广的大地，和共同呼吸共同拥有的天空，已成不争的事实。

这个结果，这个认识，其实在"盘峰论争"一年后，我在题为《中国诗歌：世纪末论争与反思》的长文中已有所思考和论及。此文后来被连续转载十几次，其中一些主要观点，现在看来还依然有效。

胡：你和当代中国先锋诗歌一起走过了30多年，并一直在场守望至今。在此，可否以你的经验与观察，就新世纪十年诗歌，及回溯先锋诗歌30年的历程，谈一点新的认识或总结性的说法？

沈：这个话题最近刚好有一点新的想法，这里不妨先点个题，以供参考。

步入21世纪的中国新诗，已走过整整十年的路程，并以其十分突出的文化学特征与美学特征，将这十年与其他阶段区分了开来，同时也越来越明显地暴露出它的负面问题，提醒我们适时予以总结。

自朦胧诗"新的美学原则"的崛起算来，当代中国大陆新诗发展历程，大体经历了四个阶段的革命性跨越。这四个阶段，概括而言，可分别表述如下：

第一阶段，朦胧诗时期，可谓意识形态与审美形态双重意义上的革命。

这次革命，以反意识形态暴力和反文化专制主义为旗帜，一边纵向回归"五四"文学传统，一边横向接纳西方文艺思潮，重在"写什么"上开启新的道路，以求获取人性、诗性的复归，重建现代诗歌精神和现代诗歌品质。

第二阶段，滥觞于整个80年代的"第三代"诗歌运动时期，可谓文化形态与生命形态意义上的革命。

这次革命，以"生命写作"和"反文化"为主旨，消解二元对立的、意识形态化的写作立场，从"写什么"为主的单一维度，过渡到以"怎么写"为要的多向度展开，促使当代大陆诗歌全面进入真正意义上的"现代汉诗"发展阶段。

第三阶段，"九十年代诗歌"运动时期，可谓语言形态意义上的革命。

这次革命，以"民间写作"和"知识分子写作"为主力，共时性地将现代主义、后现代主义、新古典、后浪漫等诗歌思潮并置分进，而又对诗歌语言与诗歌表现形式的探求，赋以共同的关注，并引入以"口语"与"叙事"为主的新的修辞策略，有效地扩展了诗的表现能力与表现域度。

第四阶段，所谓"新世纪诗歌"时期，可谓诗歌生态意义上的革命。

这次革命，以"民间诗歌"立场的全面确立和"网络诗歌"的迅猛发展为标志，彻底告别延续半个多世纪的文学创作与文学传播之主流机制，全面地、毫无保留地返回民间，以体制外写作和体制外传播为新的运行方式，在"自由创作"与"民间传播"的理念支撑下，集结为新的阵营，并一步步由边缘而主流，进而成为真正代表当代中国诗歌发展的方向、坐标和重力场。

经由上述四个阶段的合力奋进，作为"现代汉诗"意义上的当代中国大陆诗歌，终于形成了属于自己的精神传统，而不再左顾右盼、无地彷徨。可以说，这是新诗百年发展最好的时期，似乎已没有什么外来的力量，可以阻遏或妨碍她的正常生长。

胡：你以前提出现代汉诗的"三大板块说"，影响广泛，现在又提出"四个阶段说"，很有分量，我们期待它的反响。

最后我想提一个有关诗歌批评的具体问题：多年来，你以诗歌批评名重海内外，请问一篇批评文章必须具备哪些条件才能臻于上乘之境？

沈："名重"一说，我实在承受不起。

要说一篇批评文章必须具备哪些条件才能臻于上乘之境，我也只能依我个人多年的摸索和经验简要言之：一是要有学养，这是基本的储备；二是要讲学理，这是现代文论的基本要求；三是要有综合性的艺术感觉，不能只一门心思钻在诗里面，同时最好有一点自己的诗歌创作经验；四是要有问题意识；五是要讲情怀，讲立场，有担当；六是要成其文章。

这其中，文字功底即"成其文章"，既是最终的体现，又是最基本的体现。从发生学而言，"学养"、"学理"、"直觉"、"问题意识"以及"情怀""立场"等，都是理论与批评写作的内动力、原驱力，但最后都得通过具体的文字语言和文体结构，来作文本化体现。即或从接受与传播角度而言，成文章也是文论之存在第一义的东西。

另外，有20世纪西方音乐评论教父之称的哈罗德·勋伯格在谈到乐评时，曾提出影响评论家评论水准的几大要素，即背景（文化背景、生存背景）、品位（艺术品位、人格品位）、直觉（艺术直觉、生命直觉）、理想（艺术理想、人生理想）和文字能力，大概也可借用过来，提示我们的诗歌批评该如何更能臻于上乘之境。

2009年11月

诗性生命历程的"初稿"与"原粹"
——"八十年代大学生诗歌运动"访谈录

1. 20 世纪 80 年代,是中国大学生诗歌运动的黄金时代——作为从那个时代走过来的您,是否认同这个观点?

当然认同。同时还需重新定义何谓"黄金时代"?

这里首先得设置一个逻辑前提,即所谓"中国大学生诗歌"在 20 世纪一直存在,方有"黄金"不"黄金"的对比性。问题是是否"一直存在着"这样的"中国大学生诗歌"运动?此前与此后的"存在"与这里特指的"八十年代中国大学生诗歌"是否是一回事?我个人认为,这样的对比性很难成立。

"八十年代中国大学生诗歌"这一具有诗歌史、文学史、乃至思想史和文化史意义的"诗歌运动",实际上是 80 年代之"精神气质",经由"诗歌媒介",在大学生族群中的历史性体现。除了其"文本意义"——作为第三代诗歌的开启与奠基,和其"人本意义"——涌现了一批影响后来诗歌历程的重要而优秀的代表诗人,以及其他显性的外在"黄金"价值之外,我更看重的正是这种内在的"精神气质"之所在:那是我们后来一切诗性生命历程的"初稿"和"基点"——初恋的真诚,诺言的郑重,纯粹、清澈、磊落、独立、自由、虔敬……还有健康,尤其是心理的健康。

换句话说,那是整个当代中国大陆现代主义新诗潮之精神层面的"原粹"。

我刚刚发表的一篇题为《诗意·自若·原粹——关于"上游美学"的几点思考》的论文中,在谈到"自若"这个概念时有这样一段话:"说到底,所谓'自若',一言以蔽之:无论做人、做学问还是从事文学艺术,有个'原粹'灿烂的自己——保持清晨出发时的清纯气息,那一种未有名目而只存爱意与诗意的志气满满、兴致勃勃",其实就是拿80年代之"精神气质"作参照而言的。而这样的"原粹",已是进入新世纪以后,无论什么路向的诗歌发展,再也找不回来了的"稀有元素"了。

所以在我看来,不仅"黄金时代",而且"孤迥独存"!

2. 请您简要介绍一下您投身"八十年代大学生诗歌运动"的"革命生涯"(大学期间创作、发表、获奖及其他情况)以及您是如何参加并狂热表现的?

谈不上狂热,更无从表现。

"文革"后1977年冬天恢复高考,我以1966届"老初三"底子与工人身份进考场,当年差1分没录取(数学只会做第一道8分的"简化题"),半年后即1978年夏天二次报考,分数够了,却又因体检搞错查证后,补录到当时陕西新办的一所大学"西安基础大学"（后改名为"陕西工商学院"继而再更名为"西安财经学院"），文科只有"工业企业管理"大专班，被迫改学经济。因学校新办，暂时一无师资二无校舍，只有将我们这个近100名学生的特殊大班，交由当年的陕西财经学院托管，所以没有可"狂热"去"表现"的舞台，也很难以这样的"条件"去和外校交流，只是影响到本班几位爱好诗歌的同学，包括比我小12岁、后来成为"他们"诗派代表诗人的丁当（本名丁新民）。

从1978年冬入校，到1981年夏天毕业，在校两年半时间里，基本上是埋头自己写自己的，包括后来个人较为满意的《海魂》《和声》《飞鱼》等诗。1979年12月，首次在《诗刊》第12期发表旧藏小诗《红叶》（写于1975年秋，一直珍藏到上大学后才试着投给《诗刊》）。记得当时还是丁当在学校图书馆阅览室翻该期《诗刊》先看到，然后到班上来告诉我的，显得比我还兴奋，让我感动好久。

这年毕业前，又得《飞天》文学月刊诗歌主编张书绅先生激赏，组诗《写给朋友也写给自己》在其主持的第7期"大学生诗苑"栏目刊出，后来入选由潘洗尘主编、北方文艺出版社1985年出版的《中国当代大学生诗选》。同时在丁当与另两位诗歌爱好者同学李宝荣和张勇的帮助下，找学校打字员帮忙打印了个人第一部诗集《和声》，分送同学和朋友留念，随之便毕业留校工作了。

接下来到1983年9月，组诗《写给自己也写给朋友》在《飞天》第9期由张书绅先生主编的"诗苑之友"栏目刊出。11月，经由我的诗歌启蒙老师沙陵介绍，在西安拜识老诗人牛汉，并得以在他不久后主编的《中国》文学杂志发表诗。由此逐渐在陕西先锋诗歌领域和大学校园诗歌中形成一定的影响力，为我的"后大学诗歌"时期"有所表现"奠定了基础。

3. 在您早期写诗的过程中，甘肃的《飞天》文学月刊给予您很大扶植，能具体谈谈您和《飞天》的渊源吗？

身处话语狂欢、空心喧哗、"介质"本质化而"娱乐至死"的时代，我不知道还有多少未失情怀的同辈诗友，尚能在正午的困乏里，想到那些个出发于黎明时分的步程，和伴随那些艰难步程所留存的记忆——至少，在我个人的"诗歌年表"中，伟大的"八十年代"，是和一个叫《飞天》的文学月刊、和一位叫张书绅的诗歌编辑、与他主编的"大学生诗苑"紧紧联系在一起的——那是第一抹曙光照耀的惊喜，那是第一口乳汁润育的承恩，那是自青丝到白发都难以忘怀的扶助与激励，念念在心，耿耿在怀，而在在提醒着活在俗世中的我自己：在"上游"的记忆中，还有一份诗的清白。

1981年夏天，我刚大学毕业留校工作。此前在读期间慕名投给《飞天》文学月刊的组诗《写给朋友也写给自己》，经张书绅老师编发，在第7期"大学生诗苑"栏目刊出。虽说这次发表的三首诗，都是早期习作，但就自己的诗路历程而言，却是一个转折点：一个建立信心和确立信念的转折点。

当时的"大学生诗苑"，已成为继朦胧诗之后在全国最具影响力的一个平台，许多后来成名的诗人，都是在这个栏目上"亮相"启程的。尤其是主编张书绅老师，已成为当时的青年诗人特别是校园诗人最可信赖的诗歌编辑，作品经由他的编发，便是一种资格的认证和荣誉的认取。

其实，那时《诗刊》早已复刊，各省的文学期刊也大多已经正常运作，但总体上还是十分保守，而且大多篇幅都给了刚刚恢复创作的中老年诗人，再就是诗歌编辑们之间的交换稿。乍暖还寒时期，民间自办诗报诗刊尚处于个别的"地火运行"阶段，大量的青年诗人及其写作，虽蓬勃欲出而不知何处安顿。此时，张书绅主持的"大学生诗苑"，无异于"指路的明灯"，一下子收摄了那个时代诗歌新生力量的聚焦点，成为一代诗歌青年的精神家园和艺术高地，能得到这一"家园"和"高地"的认可，自是信心大增而信念有加。

自此，我便和张书绅老师断续保持着书信联系，其间也想到过去兰州看望他，但那年月正是我们这一代人艰难爬坡之时，上下左右地艰难着，一时分身不得。后来，张老师在"大学生诗苑"之外，又特意创办了一个"诗苑之友"栏目，意在对那些在"大学生诗苑"上发表过作品，走出校园后又一直坚持诗歌创作的青年诗人，做跟踪培养与激励。可见当时连张书绅先生自己，也已经认识到了他所创立的"大学生诗苑"的时代意义，方才想到以后续的"诗苑之友"来形成一个完整的谱系以作历史认证。

1984年，应张书绅先生约稿，我一组五首《写给自己也写给朋友》的新作，又得以在《飞天》第9期"诗苑之友"栏目刊出，整整三栏两个页码。记得作品发稿后，张老师还特别来信，说这期刊发我的诗分量较重，值得留作纪念。为此我特地跑到当时西安一家专卖学术和文学书刊的个体书店"天籁书屋"，请老板代我预购了十本该期《飞天》，收到后分送朋友并自己珍藏。

从"大学生诗苑"到"诗苑之友"，经由张书绅先生前后两次关键性的"给力"，对于一个既不在"体制内写作"，又难得"先锋写作"风气之先的边缘诗人而言，实在是"筑基"性的"再造"之德。

得此"筑基"，此后三年间，成为我早期诗歌创作的重要收获季，包括《上游的孩子》及千行长诗《仲夏夜，一个成熟的梦》

等大部分代表作品,都是在此间完成并得以发表和选录——1985年,除《写给朋友也写给自己》入选《中国当代大学生诗选》外,还有代表作《和声》《海魂》入选贵州人民出版社出版的《当代青年哲理诗选》,另有《上游的孩子》《过渡地带》《巫山神女峰》在《延河》文学月刊第12期刊出;1986年,代表作《看山》《十二点》《碑林和它的现代舞蹈者》分别在《诗刊》第4期、《星星》诗刊第4期、《中国》(牛汉执行主编)第9期发表,同年秋以《碑林和它的现代舞蹈者》一诗和"后客观"旗号,参加由《深圳青年报》和《诗歌报》联合举办的"中国诗坛·1986·现代诗群体大展"。同时分力于现代诗歌理论与批评,开始了此后诗写与诗评双向并进的诗路历程。

现在回头看,至少就我个人后来从事当代诗歌研究的思考来说,整个80年代,真正实际影响并改变了这一时期"新诗潮"进程的重要节点主要在四点:一是《今天》的出刊与朦胧诗的传播与影响;二是张书绅主编《飞天》"大学生诗苑"及"诗苑之友"的广泛激励与推动;三是老诗人牛汉在实际主持《中国》文学月刊期间,对"新生代"即第三代诗歌的特别扶植;四是由徐敬亚主持的"1986·现代诗群体大展"造山运动般的聚焦与展示。

遗憾的是,至今30多年过去了,我一直没能登门拜望张书绅先生。开始是分身不得,后来则成了习惯性地搁在心里惦念着,而不再付之行动。这其中的缘由一时我自己也无从清晰,只是觉得先生在我心里,已是一座纪念碑式的雕像,早晚敬着就是。

实则身处这样一个"翻天覆地"而不断"新颜"换"旧貌"的时代,能持久地热爱一个人实在不容易;不是热爱者变了人,便是被热爱者变了味。便常常想着从未谋面的张书绅先生,曾经那样"指点"过半壁诗歌"江山"的人,却自始至终,如红尘道人般在西部兰州城里，守着繁华后的落寞和浮沉后的淡定，甚至不知或许也不想，有谁还因为早年的"承恩"而深永地热爱着他——这样想过后，我便再次原谅了自己，并继续以自己的方式热爱这位值得永远热爱的师长、知音和真正的诗人。

4. 当年，您创作的那首《上游的孩子》曾经很受读者喜欢，能否谈谈这首诗的创作、发表过程？

只有14行80余字的《上游的孩子》一诗，成稿于1984年春节期间，至今整整30年了。这里不妨抄录如下：

> 上游的孩子
> 还不会走路
> 就开始做梦了
> 梦那些山外边的事
> 想出去看看
> 真的走出去了
> 又很快回来
> 说一声没意思
> 从此不再抬头望山
> 眼睛很温柔
> 上游的孩子是聪明的
> 不会走路就做梦了
> 做同样的梦
> 然后老去

此诗的写作，从语言形式上说，受到当时已成为诗友的韩东影响而成。记得最早看到此诗的丁当很是赞赏，说这首诗肯定会成为名作。后来也确实传播很广，有研究者将之与韩东早期名作《山民》作比较，也听到传闻说，南方有些中学的语文教辅材料，将此诗和《山民》一块拿来讲解，但我并没有见到实在的文本。

这首诗的实际"起兴"，则源自我个人经历的真情实感。

那年我由西安回汉江上游的勉县小城老家过年，见到许多当年一起上小学、上初中的伙伴们，却再也难以找回青春年少时那种风发的意气、理想的情怀，大家都活得很现实，也很平和，对诸如外面的世界、早年的理想一类的话题，总抱着怯怯的回避态度，一派乐天知命的样子。也许是受了这种"语境"的感染，连我自己也觉着一种莫名的疲倦和空茫，一种被"存在"掠空而又似乎重新认识了"存在"的悬疑状态。我预感到，该有一点什么诗性的灵光要填补这幽茫的虚空了，却未料到诗念竟来得那样突然，又那样顺溜、自然和不容思考。在一个昏暗的冬日薄暮中，当我在随手拈来的纸片上急急草就这首小诗后，整个的人竟软瘫在那里——没有哪一首诗，包括上千行的自传体长诗，能使我有这样被一掠而空的感觉。

一年后，《上游的孩子》经丁当转寄当时尚未认识的另一位青年诗人黄灿然，介绍给香港《新穗诗刊》1985年第5期"中国新一代青年诗人专辑"发表，引起反响。随后在国内《延河》月刊1985年12期刊出，并先后入选人民文学出版社1989年出版的《情绪与感觉——新生代诗选》（邹进、霍用灵编选）、四川文艺出版社1990年出版的《中国当代诗人传略·第一卷》、北京师范大学出版社1999年出版的《九十年代文学潮流大系——主潮诗歌》（吴思敬主编）、太白文艺出版社2005年出版的《被遗忘的经典诗歌》（伊沙主编），及日本学者、诗人前川幸雄编著的《西安诗人作品选注》（日本福井新闻社1995年版）等海内外多种选本，成为大家所熟悉的一首代表作。

5. 在大学期间，您参加或者创办过诗歌社团或文学社团吗？担任什么角色？参加或举办过哪些诗歌活动？参与创办过诗歌刊物或诗歌报纸吗？编印或出版过诗集吗？

要回答这一类问题，就该说到我所谓的"后大学诗歌"时期。

上面说到过，由于客观因素所限，我在1978年至1981年上大学期间，其实并没有什么好"表现"的，真正对80年代大学生诗歌运动有切身体会并间接参与其中，反而是大学毕业之后。

这里面有几个原因：其一是毕业后我留在大学工作，自是主动或被动地参与其中；其二是那时在陕西诗歌界，我已经算是为大家认可的"新诗潮"代表人物之一，有一些影响力，无论是本校还是外校的诗歌活动，总要找我参加。另外一个关键性的原因是，1982年秋天，韩东从山东大学毕业分配来陕西财经学院任教后，其不同凡响的诗歌观念和作品风格，在大学校园诗人和社会上的年轻诗人中，形成大面积影响，期间我也与韩东和他的诗友们熟悉起来，时常聚会，直到三年后韩东调回南京，这期间可以说是西安大学校园诗歌活动最为"经典"性的时期。

下面具体来说。

1981年夏天大学毕业留校工作后，与丁当分配工作的单位离得很近，经常来往，交流新写的诗作。一年后韩东山东大学毕业，分配来西安，在陕西财经学院马列主义教研室教哲学，与他同在一个教研室且同住一间宿舍的另一位青年教师刘文，刚好是我和丁当大学同班班长刘安的弟弟。刘安毕业后留在陕财任教，是当年西安城里有名的经济学家和社会活动家，还有另一位爱好诗歌的同班同学张勇，也留陕财教书，俩人与韩东很快熟悉结好，知道韩东写诗，便介绍他认识了丁当和我。丁当与韩东可谓一见如故，很是投缘，尤其在诗歌观念上一拍即合。当时我的诗歌写作还在浪漫主义和现代主义之间徘徊，对韩东所提出的诗学观念及其作品风格，既感到新奇又一时无法投合，按后来有些诗友调侃的说法，错失了一次"搭车"入史的良机。

记得1982年初冬的一个下午，我单独去陕西财经学院拜访韩东。这一次我们聊得比较久也比较深入，韩东系统地阐述了他的想法，并背诵了不少他和小海的诗作，还说到小海是位天才诗人。这回我似乎稍稍有些"开悟"，意识到这个学哲学的青年诗人，是个了不起的开宗立派的人物，如果按他的诗学理念发展起来，可能会拓展开一个不得了的诗歌潮流。但同时我也说到，假如有一天大家都照你这么写，恐怕也是一个不得了的大问题。那天聊到半夜，门房睡了，韩东帮我翻过陕财的铁栅栏大门，才回到我远在东郊的家中。

此后的三年中，韩东的影响力很快在西安的大学校园诗人中，以及社会上的新潮诗人中蔓延开来，成了陕西大学生诗歌和先锋诗歌运动真正的灵魂人物。

20多年后，我在主编为陕西先锋诗歌30年做总结的《你见过大海——当代陕西先锋诗选·1978—2008》（西北大学出版社2009年版）的长序中这样写道："拉韩东作当代陕西先锋诗歌的代表，似有'拉大旗作虎皮'的嫌疑，但韩东这杆大旗又确实是在陕西这块诗歌版图上最早树起来的，且由此直接开启了陕西先锋诗歌之真正意义上的发生与发展，并内化为灵魂与血液性的存在。"

"韩东在西安写出了他最具代表性的早期力作，如《你见过大海》《有关大雁塔》《我们的朋友》等，同时创办民间诗刊《老家》和进行他的诗歌观念的'布道'活动，一时风生水起，为陕西诗歌的发展开辟了一条新的道路，并延为传统，一直影响到80年代末大学毕业回陕西的伊沙等人"。

这三年里，我和丁当与韩东往来比较多，经常一起聚会，或上秦岭山里去游玩，去大学校园朗诵作品等。记得有一次在丁当工作的单位宿舍聚会，有刘安、韩东和同学张勇、刘科健等。饭后闲聊中，大家请韩东朗诵他的新作，几首念下来，刘安故意恶作剧起哄，说韩东你这种大白话诗我也会作，不信你念一首我给你对一首，结果真的在现场就对了几首，还对得像模像样的，搞得韩东又好气又好笑。这是一个颇有意味的细节，当时就让我想到韩东他们这种以口语为要的写法，真的是差之毫厘失之千里，拿捏不准，很容易鱼目混珠，泛滥成灾。许多年后的当下诗坛，所谓"口语"与"叙事"的滥觞，也确实出现了我早年所隐隐预感到的许多问题。

在当年而言，毕竟因年龄和代际的差异（我是50年代初出生的，韩东、丁当都是60年代生人），再加上我已是拖家带口的人，在学校又做的是行政工作，到底不能如丁当那样成为韩东的密友。不过在诗歌写作上，我已开始受韩东的影响，一方面继续我原来的写作路向，一方面写一些受韩东他们风格影响的、如《上游的孩子》等一类作品。

这就要说到创办民刊和自印诗集的事。

1982年深秋，丁当来我家聊天中，提议由我主编，办个同学诗友的交流诗刊，以弥补上大学时没有自己园地的遗憾，再说当时复刊的各种文学杂志的诗歌栏目，大多都是诗歌编辑们之间的交换稿，年轻诗人很难发表作品。我同意后开始组稿编选，便起名为《星路》，封面和内文及插图，都是我自己一人蜡纸钢板刻写好后，私下找学校打印室打印装订，分送诗友和校园里的诗歌爱好者。

记得创刊号主要刊发了丁当的两组诗，一组是1982年春夏新写的五首抒情小诗，一组是1981年冬天写的五首散文诗，统稿刻印时，我临时给这两组诗分别起名《星路集》和《晨露》，用的笔名也是我起的，叫做"星鸣"，与他本名"新民"谐音，也与刊名相关。还有我自己的三首诗，和我约来的一些校内校外诗友的诗。

半年后，1983年初夏，开始编第2期。封面还是我设计刻印的，内文找工作单位的同学帮忙打印后连封面一起装订，在当时已算是较为像样的民间诗刊了。此时丁当已成韩东密友，送我一本韩东的打印诗稿，里面有《我不认识的女人》《老渔夫》《有关大雁塔》《我们的朋友》《一个孩子的消息》《水手》《给病中的哥哥》《半坡的雨季》《你见过大海》九首早期代表作，我选了《一个孩子的消息》和《我不认识的女人》二首，发在《星路》第2期。卷首是依然以"星鸣"为笔名的丁当的一组五首总题为《致——》的新作，写于1982年冬，其中《给Y》一首，已明显受韩东的影响，由书面语的主观抒情向口语的客观叙述过渡；或者说，由与沈奇同路的《星路》之"星鸣"，向与韩东同道的《他们》之"丁当"过渡。同期还发表笔名"贝斯"的女诗人高铭的力作《皂角树，你看到了什么？》，此诗后来又被韩东拿去在《他们》发表，并选入小海和杨克编选的《〈他们〉十年诗歌选》（漓江出版社1998年版）。

《星路》创刊后不久，韩东开始筹办《老家》，记得第一期刊名叫《我们》，第二期才改成《老家》，由当时在陕西财经学院上大四的校园诗人杜爱民找人打印。当年受韩东影响的西安青年诗人中，很快成熟并卓有成就者，除了丁当就是杜爱民。1983年秋，正当《老家》集稿打印第3期时，我这边的《星路》被有关方面按非法出版物立案审查，搞得大家都很紧张。那时我们完全不知道这样办刊是对还是不对，只是凭着爱好诗歌的热情，像当年在校园办板报墙报那样去想去做的，既然"非法"，停了就是。多少年后民办诗报诗刊如雨后春笋满天下都是，成为一个几乎主导当代诗歌发展的主要"媒体"，让人不胜感慨！后来韩东回到南京，也重新将《老家》改弦易张为《他们》，终于还是以民刊的形式，创立了一个影响到当代诗歌史和文学史的重要诗歌流派。

仅就我个人经历的80年代大学生诗歌运动来说，真正风生水起且形成大气候并具有历史意义的，是80年代中期，韩东"布道""播火种"离去之后，终于"星火燎原"起来。此前的校园诗歌，大体而言，基本上都是同仁伙伴式和半"地下"式的，不显山不显水，还要冒无辜的政治风险。到了80年代中期，整体精神气候所致，加上意识形态管制的宽松，更年轻一代的学子们，几乎集体性地患上了"诗歌理想"症，形成热潮。不久，诗人岛子也随其前妻、女诗人赵琼到西安工作，为陕西的校园诗歌和先锋诗歌，带来了新的"激素"和活力，一时更加风起云涌，如火如荼。

那时的西安高校之多，排全国第三，如西安交通大学、西北大学、陕西师范大学、西北政法学院、西北工业大学等名校，都有自己的文学社团，西北大学后来还创办了作家班，投身其中的大多都以诗歌创作为重。此时，韩东已回南京，丁当不久也去了深圳，杨争光埋头改写小说，先锋诗歌运动的承前启后，就全靠新一波校园诗人的推波助澜了。

这其中，尤其以西安交大、陕西师范大学和当时的西安纺织学院（后更名为"西安工程大学"）先后两批校园诗人为重心，我这个"老校园诗人"，便自然而然地成了大家亦师亦友的常客，或邀请去举办诗歌讲座，或小范围聚谈，很快形成了一个颇具影响力的诗歌气场。

记得1986年10月6日晚，我应西安交大文学社邀请做诗歌讲座，居然有上千人来听，三分之一的同学都因没座位，硬是站在过道或靠墙边听了两个多小时，那种狂热的场面至今令人感念不已！

那次讲座的内容，正是我由创作转向理论与批评后，写的第一篇正经诗论文章《过渡的诗坛》，也是国内最早全面评价与鼓吹韩东及其追随者之诗学价值的重要论文，演讲后同学反响颇为热烈，并波及到其他院校，算是"后播种时代"的"经典"一幕。一年后，大学生诗歌运动的代表人物潘洗尘由东北来西安，也是由我陪同一起到交大作的诗歌讲座。

正是在这一波风云际会的大学生诗歌运动中，我有幸结识了交大的杨于军、仝晓锋及已毕业的马永波等校园诗人，进而绵延到90年代又结识了逸子、夜林、方兴东、陶醉等校园诗人，构成了我的"后大学诗歌"的重要"运动谱系"。也正是这前后两波校园诗人，成为继韩东、丁当、杜爱民之后，陕西先锋诗歌发展历程中另一种里程碑式的存在。对此，我在主编《你见过大海——当代陕西先锋诗选·1978－2008》一书的长序中，都一一有所阐述。

顺便说一下，这部诗选中的近一半作品，都是出自陕西校园诗人之作，可算是对当代陕西大学生诗歌运动的一个侧影式的总结，也是至今为止唯一的一个文本化的总结。

6. 当年的大学生诗人们多喜欢书信往来，您和哪些诗人书信比较频繁？有何浪漫的故事和难忘的记忆？

不是喜欢书信往来，而是只能书信往来——纸媒时代，书信是唯一的交流方式，这种传统方式现在已经成为"遗迹"，但确实在当年给了我们极大的精神支撑和生命意义。我至今保留着几百封海内外文朋诗友的来信，或许将来写回忆录时会成为珍贵的资料。同时我至今也还保留着纸质写信的习惯，遇到重要的事和给朋友回信，依然手书一封，且是繁体竖排，郑重其事。

我一向认为，文本介质的转换，常常会潜移默化为本质性的变异，纸笔书信，哪怕三言两语短短几行，也是有人情味的，电子媒介再怎么方便热闹，到底是隔了一点说不清道不明的什么，让人——至少是我们这样的人，总觉着不靠谱。

具体回忆当年，书信往来较多的是丁当和杨于军。

早年的丁当与我亲如兄弟。那些年丁当还单身，他父母家在远郊，加上我家离他工作的黄河机械厂很近，就算是他的半个家。有一年暑假我们全家外出旅游，刚好他由外地回来，干脆留下钥匙任他脏乱差了半个月，等我们回到家，整整收拾了多半天才安顿下来。至今我保存着丁当写给我的所有书信，及零星的诗稿手稿，其中《星期天》一首，与后来正式发表的差别很大，但也能看出语感上的一致。还有他一本黑色硬封皮的笔记本，钢笔字手抄的他早期诗作，共分"致太阳"、"母亲"、"路"和"夏朦集"四辑，大部分是散文诗，清纯的，抒情的，想象世界的，浪漫主义的，开头扉页上写着"为了瞩望着我的同学和一切"，落款是"1981年冬于西安东郊"，显然是刚毕业工作后，对大学期间和我在一起写诗时期的一个回顾性的结集。《星路》创刊号上刊载的那组散文诗，便是从"路"一辑中摘选的。我只是想不起来的是，何以这个笔记本一直在我这里保存着，丁当也一直没有再要回去。

认识于军正是在1986年10月6日晚那场交大的诗歌讲座上。

于军那时上大三，"英美文学"专业，是交大文学社副社长，散场后代表交大文学社致谢送行，匆匆一面。一周后于军找到我学校的办公室，送来她写在两个笔记本上的诗作，我正上着班没细聊，让她留下笔记本看后再约谈。下班后我仔细翻读，所有的诗全部没分行，就那么一顺顺的写下来，但实际上还是大体按分行的断句和节奏写的，而且写得非常好，天才式的语感和独在的生命体悟。激动之下，我用稿纸改抄成分行的正式诗稿，约来于军细谈并征得她的同意，遂先后推荐出去发表。

最先是在《陕西青年报》的副刊试着发了几首，接着我写信向当时的《星星》副主编叶延滨推荐，很快得其辟专栏推出组诗"白色的栅栏"，并附评论惊呼"很难相信这是她的处女作"。近水楼台的《当代青年》杂志在西安交通大学找到这位身边的"新星"，一下子发了她整整两大版。之后我给了于军一些刊物的通讯地址，动员她自己随便投稿就是，遂得到《飞天》《诗刊》《人民文学》《作家》《诗歌报》等一系列无一例外的惊异而热情的"接待"——仅仅一年，年仅22岁的校园女诗人杨于军（部分作品发表时用的"黑子"的笔名，后来再没用）竟连续发表近百首作品，入选数种诗集，一时间成为上世纪80年代校园诗歌一颗耀眼的新星。

我也由此和于军成了亦师亦友的亲近诗友。

1988年秋天，于军毕业回东北工作，后来去了广东台山一所中学教书，并在那成了家。之后十几年间我们再没有见过面，只是断续保持着书信往来。特别让我感念的是，出于最初的信赖，以及后来她迫于生活的压力渐次离开文学界,十多年间里,几乎将所有她发表或不愿再发表的写作手稿都寄给了我,并就此一直在我的书房里静静地待着。曾经的偶遇变为久远的托付,让我为之感动而又不安。我知道这托付的重量,却惭愧总没能力将之与诗界分享。而这些珍贵手稿的主人,也似乎一直以"得一知己而足矣"的态度,对她这批手稿(包括大量后来创作而从未发表的诗歌、随笔和小说断章手稿)的出路无置可否,以至于连渐老渐忙乱的我自己也渐渐疏淡了。

幸好到了2006年,渐次重新恢复创作并开始同诗歌界往来的于军,终于从遥远的台山来信,说想整理她的诗集准备出版,让我寄去她的旧作手稿,这才重新回到了诗人自己那里。我在欣喜中为她的这部名为《冬天的花园》的诗集(后以中、英文两部形式由香港高格出版社出版)写了长序,并在结尾处写道:上帝是存在的。上帝为每一个生命所安排的宿命都别有深意,只是我们常常不能完全领会而已。

由此,阔别20年后的杨于军又重返诗歌界,依然是那种香客般的笃诚与自若。同时还逐渐成了文学翻译的新秀。2013年诺贝尔文学奖获得者、加拿大女小说家门罗的两部中文小说集,便是她和马永波合译的,文笔相当漂亮!

如此绵延近30年单纯而深厚的友情,在当下社会语境下简直就像是童话一般,而在我和于军这里却如植物生长般自然而然,实在是那个年代之精神气质一个浪漫而又真实的投影。以至于多少年后,当我的中文专业的学生吴心韬,读到我在1986年冬天为于军写的题为《静水流深——评杨于军和她的诗》的文章后,十分感慨地在一篇《一个诗人与一个诗评人》文章中写道:"我分不清是沈奇的诗评吸引了我,还是于军的诗勾住了我的魂,总之,我在这篇诗评中读到了单纯真挚的交流与依偎信赖的温暖……这样诗歌世界的偶遇，这样如上帝 joking 般的巧合，和谐而美丽，仿佛散落人间两端的真诚、纯洁、高尚的拼图，完美地凑合在了一块"。

读着"八零后"校园文学青年如此真切感性的文章，我庆幸在我近 40 年的诗歌生涯中，有过"这样诗歌世界的偶遇"，且绵延至今，成为我生命中最为深刻的记忆与念想。

7. 在您印象中，您认为当年影响比较大、成就比较突出的大学生诗人有哪些？哪些诗人的诗歌给您留下了比较深刻的印象？

由于当年我既没有机会去外地大学"串联"诗谊，也很少读到其他院校的校园诗歌报刊或油印诗集，只是"运动"在西安的高校范畴，是以回答这个问题，也只能就近而言，就个我的所知而言。

整个 20 世纪 80 年代的中国大陆大学生诗歌运动中，就我所知范畴及学理认知而言，最为突出并最终历史性地深度推进当代中国先锋诗歌进程的，当属韩东所开启的陕西及西部早期校园诗歌板块，和由李亚伟、赵野等诗人，与虽不在校园但一直奔走于大学生诗歌运动中的周伦佑等诗人，所开启的四川校园诗歌板块，以及北京、上海两大板块（这两大板块我不熟悉也便不敢随便置喙）。

在上述板块中，印象最深刻、同时也确实影响巨大、成就非凡的大学生诗人，我记忆中还是韩东一人最为突出。

这里的关键在于，韩东不仅在诗歌写作上另辟一道，开宗立派，还在诗学上有他一套言之有理、行之有效的理念，加上天生的"领袖范",在那个时代,几乎成了大家公认的先锋诗歌"导师",走到哪儿,影响到哪儿。遗憾的是因为各种原因我没能和韩东成为至交,且后来也疏于往来,但在心底里是一直敬重他的。2002年我应邀去南京的东南大学作讲座,打电话约他见面,他正在埋头写长篇小说,犹豫了一下后,还是抽晚饭时间在一起聚了聚,让我感念至今。

韩东诗歌的影响,不仅在语言形式方面,更在于他那种解构性的看待世界的立场与方式,这在当年绝对是"领风气之先"。我是在汉江上游出生长大的,直到30多岁才在天津至大连的邮轮上见到真正的大海,此前满脑子尽是精神乌托邦和浪漫主义式的大海想象,虚妄化、符号化,真的面对实实在在的海洋了,一时竟愣怔到那里,随即涌现而出的,竟然全是韩东《你见过大海》一诗的语句与意绪,早年普希金式的大海意象,以及各种意识形态化、文化符号化了的大海意象,被瞬间颠覆,乃至有些不知所措。虽然后来对此也慢慢有所反思,但仅此一点,也足以证明韩东诗歌的深刻影响力。

另一位印象深刻的是于坚。

我与于坚1986年夏天在昆明认识。此前丁当去昆明出差长住,又是《他们》同仁,与于坚很快深交,一回西安就说及。那时我也知道于坚获过1983年《飞天》"大学生诗歌奖",读过他不少作品,心仪已久。因此,在昆明第一次见面就像熟识许久的朋友,后来君子之交近30年,并成为我诗歌理论与批评中,一直跟踪研究的重点诗人。现在不但保存着于坚写给我的一些短信,还珍藏有一本1990年10月寄我看后送丁当的自印诗集,封面上的于坚照片,还是一幅长发披肩的"先锋"派样。

于坚的成就完全来自他特立独行的个人创作,无涉什么运动或流派，其总体格局宏大而丰赡，在诗歌、诗学、散文随笔、现代戏剧四个方面，都独备一格且高海拔崛起，形成一列山系，具有无可替代的原创性和丰富性。我一直认为，当代中国文学界，这半个世纪以来，真正代表现代汉语写作之综合成就，而有资格获诺贝尔文学奖的，应该是于坚更具有代表性些——尽管至今这个奖已两次颁发给了另外的汉语作家，但我的这一观点从未改变过。

回顾整个我所经历的上世纪80年代中国大陆现代主义新诗潮，包括大学生诗歌运动，可以说，至少在我的视野和立场范畴里，韩东是这个时代的灵魂，而于坚是绝对高度的骄傲！

再就是丁当。我曾经借用过一个经济学方面的术语评价丁当，说假如用"投入产出"指标来看当代诗人，丁当算是"产出"价值比最高的一个。大学期间和刚毕业那两三年"试声期"不算，从结识韩东找到"组织"算起，三五年时间里，丁当就写出了他所有可以传世的好作品，实可谓天赋异禀。就在我此刻答写这些访谈文字之际，随便就能大体记起诸如《房子》《星期天》《时间》《抚摸墙壁》《背时的爱情》《落魄的时候》等丁当代表作的大体意境与佳句，而其实大多已经时隔30年了。丁当的诗歌写作，可谓韩东诗学理念布道播种之最为经典的"标本"，而且他只为《他们》写作，《他们》办了九期后停刊，至少在公共场域中，丁当就基本终止了他的文学生涯，实在是一个特别的个案和感人的佳话。

当然，一个诗人的成就，其实并不在于量的多少，以及是否终生为之奋斗，关键还得看，是否留下了真正经得起时间汰选的好作品。按我的记忆约略计算，丁当短促的诗写历程所得，总共不足百首，但其堪可进入任何时代任何选本的经典之作，至少有五六首，至今读来仍不失效。这比起无数如过江之鲫般与时俱进、争强斗勇，同时海量"产出"且即生即灭的当代诗人们来说，实在是一个堪作"醍醐灌顶"般的冷冽提示。

8. 回顾 20 世纪 80 年代大学生诗歌运动，您最大的收获是什么？最美好的回忆是什么？您如何看待 80 年代大学生诗歌运动的意义和价值？

大概所有经历过 20 世纪 80 年代大学生诗歌运动的当代诗人，都会有一个基本的体认，即，我们这一两代诗人最大的幸运，便是在人生上路的清晨时分，拥有过一个充满理想情怀、诗性友情、诗性生命意识的单纯年代，并因此留下了堪可珍惜与眷恋一生的美好记忆，进而成为我们无论后来遭遇怎样的命运，都不能丢弃的生命底线，和赖以支撑我们继续前行的精神力量。

换句如前矫情的话说：拥有一个"原粹"灿烂的自己！

在我个人而言，正是有了这样的"清晨"这样的"原粹"，且一直没能舍得丢弃，方能历经坎坷磨折而守志不移，静心不变，及至近年更加定于内而淡于外，于朝市之繁嚣中立定脚跟，"在自己身上克服这个时代"（尼采语）。

记得诗人洛夫在其《杜甫草堂》一诗中，有这样一句："储备整生的热量／只为了写一首让人寂寞的诗"。

诗的存在是家园的存在——对于迷失的现代人，诗已成为我们唯一来反抗生命中的无意义，以及现代文明下的焦虑与迫抑感，从而获得充实与慰藉的最后栖息地——我想，凡真正有过 80 年代大学生诗歌运动之深刻体验，并一直还珍惜那样的"清晨"气息和"原粹"感觉者，对此都会有所了悟的。

当然，时至今日，或许许多当年的"运动员"都已不再写诗，或许许多当年的"大学生诗人"如今都已立身入史而视往事如烟，但总是不要忘了：我们所共同拥有过的那样一个诗的时代，诗的"清晨"与"原粹"！

9. 您如何看待 20 世纪 80 年代"大学生诗歌"运动与"朦胧诗"运动和"第三代诗歌"运动之间的关系？

这个问题很有意义，但其实说起来又很简单明了。

发轫于上世纪 70 年代中期的"朦胧诗"，和发轫于 80 年代中期的"第三代诗歌"，是贯穿整个中国大陆现代主义新诗潮历史的两个重要"节点"，80 年代"大学生诗歌"运动则是实际沟通这两个"节点"的重要"桥段"。

也就是说，从"朦胧诗"的"先声"，到"第三代诗歌"的"滥觞"，无论是美学层面还是思想层面以及精神层面，无论是"发生"还是"接受"，从文本到人本，都主要是通过 80 年代"大学生诗歌"运动的风云际会，而得以真正意义上的推动与发展的。尤其是"第三代诗歌"的"滥觞"，可以说，基本上就是"大学生诗歌"运动所造就的，其诗歌美学方面的多元探索，和在诗歌精神方面的先锋意识，都具有无可替代的历史性价值与意义。

我在大学教书，主要讲授"中国现代文学"和"中国当代文学"，按现行文学史教科书体例习惯，"思潮"、"运动"、"社团"，是贯穿这门课程的三个核心"关键词"。整个"五四"新文学以降的近百年现代文学史和当代文学史，从发生学层面而言，是围绕这三个基本点所展开的。当代文学的前半段（1949 年至"文革"结束）的发展轨迹，大部分都偏离了这个轨道，是朦胧诗的"地火运行"和大学生诗歌的"星火燎原"及第三代诗歌的"如火如茶"，在被称之为"新时期文学"（这个命名既别扭又缺乏学理性而一再被约定俗成地广泛使用）的发展中，率先恢复了"五四"传统而回返这个轨道，拓展开盛大的格局，造就了一个伟大的诗歌时代。

不过现在看来，这次"回返"更像是一个"绝响"——之后的所谓"九十年代诗歌"，尤其是"新世纪诗歌"，其"思潮"、"运动"、"社团"三个"基本点"，尽管都依然充满活力，但其内在的品质和气息，怎么看，都还是与那个伟大的 80 年代不大一样，其学理性的阐释，还是留待后人去关心吧。

10. 涛声远去，星转斗移，作为 80 年代"大学生诗歌"运动的参与者和留下一定影响的代表诗人，在上述回顾后，能否请您再谈谈您自己当下的情况，或可为新的历史书写留下一些新的参考？

谈不上什么影响，更无从代表什么，只是实际参与者的一些感念而已。而正是这份感念，让我能一直坚持到现在，依然以诗歌写作和诗学思考为生活方式和生命归所，好像除此之外都没有什么太大兴趣了。

说句笑话，经历了那次清晨出发时的"初恋"后，再无他顾，有点"曾经沧海难为水"的意思。

尤其是近些年，说老实话，诗坛实在太"闹"了，和这个时代的娱乐化语境与功利化语境过于贴近，乃至已经融为一体，乐在其中——这大概是所有从 80 年代那个清晨出发，而一路艰难跋涉过来的诗人们，所始料不及的！——其成因何在及后果如何，只有留待时间去验证了。

天性使然，加之已是年过 60 的"老运动员"，开始看明白一些历史的吊诡，遂自己给自己提个醒：退出研究，重新思考；退出批评，重新写作。除了上好课，以及偶尔的会议论文撰写外，大部分时间是"宅"在家里读书与写作。此种状态，或可套句电脑术语，叫作"关机重启"。

至于具体的"情况汇报"，还是以具体行世的文本与人本为是，这里就不多说了吧。

2014 年 11 月